本专著为江西省社会科学"十三五"规划项目
("空间视域下打工文学的还乡叙事研究",编号：18WX17)和
江西省高校人文社会科学研究项目
("空间视域下新时期农民工题材小说的身份建构研究",编号：ZGW1424)的
研究成果。

获宜春学院"十三五"一流优势学科"中国语言文学"资助。

空间视域下新时期打工文学研究

◎ 刘丽娟 著

中国社会科学出版社

图书在版编目(CIP)数据

空间视域下新时期打工文学研究 / 刘丽娟著 . —北京：中国社会科学出版社，2019.12

ISBN 978-7-5203-5766-1

Ⅰ.①空… Ⅱ.①刘… Ⅲ.①中国文学—当代文学—文学研究 Ⅳ.①I206.7

中国版本图书馆 CIP 数据核字（2019）第 289233 号

出 版 人	赵剑英
责任编辑	任　明
责任校对	王　龙
责任印制	郝美娜

出　　版	中国社会科学出版社
社　　址	北京鼓楼西大街甲 158 号
邮　　编	100720
网　　址	http://www.csspw.cn
发 行 部	010-84083685
门 市 部	010-84029450
经　　销	新华书店及其他书店
印刷装订	北京君升印刷有限公司
版　　次	2019 年 12 月第 1 版
印　　次	2019 年 12 月第 1 次印刷
开　　本	710×1000　1/16
印　　张	14.75
插　　页	2
字　　数	250 千字
定　　价	86.00 元

凡购买中国社会科学出版社图书，如有质量问题请与本社营销中心联系调换
电话：010-84083683
版权所有　侵权必究

序

转眼间，刘丽娟从研究生毕业已近十年，而我仍然清晰记得，当年她站在我面前的模样：朴实、羞怯、单纯，透露着一种自然、纯净的气息。多年大学生活并没有让她沾染一丝一毫都市姑娘的矫情。

以勤奋刻苦改变自己命运，是许多农村青年的热切愿望。入学不久，刘丽娟就申报并获准了研究生科研创新基金项目"90年代以来农民工题材小说中的身份建构"，取得了骄人的成果。后来，毕业论文也就顺理成章地选择了同一题材。近十年来，她一直热心关注打工文学，围绕这个题材不断撰写论文和著作，笔耕不辍。阅读这部即将出版的书稿，我又一次深受感动。

刘丽娟是幸运的。她亲身经历了从农村进入都市的蜕变过程，大概是大学给予她一个良好的过渡性空间，使她能够从容地融入都市社会。可是，她却依然葆有自己的本色，深切同情那些来自农村的打工者，目光始终没有离开他们的生存状态和曲折命运，牵挂着他们的悲喜哀乐。作为一位大学教师、一位研究者，她的心和打工者没有丝毫隔膜，更没有以居高的姿态俯视挣扎在底层的劳动者。正是自己的经历和同情心，使她能够敏锐地察觉打工者的种种困境，理解他们的内心冲突和苦楚，使她能够对打工文学做出鞭辟入里的公允评价。

刘丽娟是勤奋的。十年来她不仅大量阅读了打工文学作品，还深入钻研了各种理论著作。充分的理论准备给予她以底气，使她敢于挑战自我，选择了"文学空间"这个颇具难度的研究视角。对于人们来说，空间似乎是最熟悉不过的了，谁又能够离开空间而独存？生于斯，长于斯，游于斯，以至于生存空间丧失了陌生感，一切如同空气般变得毫无知觉。随着理论研究的"空间转向"，空间问题被推向理论前沿。但是，文学作为语言艺术，只能在阅读的时间过程中生成，研究者也因此往往专注于故事时间分析。从空间角度进行文学研究则具有开创性，精粹之作仍旧是凤毛麟角，而刘丽娟的《空间视域下新时期打工文学研究》应该属于其中之一。如果说，亲身经历使她对进城民工的种种遭遇有着切肤之感，那么，理论修养则让她的思想获得超越，对作品中的空间叙事做出独到的理性剖析。

正如人在行动中生成了生活时间，构建了文学的故事情节，而随行动产生的人际交往，则形塑了社会生活空间及文学可能世界。社会空间就是交织着各式各样交往行为的空间，并在此基础上织就了特定的社会关系和社会秩序。在各种社会交往行为中就充斥着不平等的权力运作，意识形态正是由这些不平等关系生产出来并维护着既定秩序和权力的有效施行。一个人刚刚踏进社会，他就已经被抛入特定的空间位置，赋予了特定的角色身份，处于特定的权力关系之中，唯一需要做的是如何更好地适应这个事先为他设定的位置，认同身份并养成惯习，扮演好这个角色。一旦想改变位置，改变身份，改变关系，冲突即刻就爆发了。他不得不直面种种可能出现的机遇和风险，开始上演喜剧或悲剧。正因如此，较之于时间，社会空间及文学空间有着更为丰富的含义，更值得研究者深入探讨。

在谈到现代性问题时，吉登斯提出"脱域"这一概念。他认为金钱具有重要的脱域功能，是金钱把人从土地的束缚中解放出来，从有限的固定空间里超脱出来，改变了人的交往方式。由此，社会分工才有了可能，远离农田的城市才逐渐集聚成形，现代化进程才被正式启动。对于农民来说，生老病死、栽种收获是他们对时间最直接的体验，而当自由迁徙成为可能，空间感就凸显出来了。背井离乡，乃至远离祖国，异质空间中的文化身份就造成移民无法摆脱的生存困境和精神磨难。特别是互联网，它有着更为强大的脱域功能，能够以虚拟的交往替代真实的交往，构建起各种异质文化相互关联、相互交错、交相重叠的地球村，甚至截断了历史传统，以空间感置换了时间感。但是，这种变化并没有弥合文化差异，而是以新的方式引发文化冲突。

我国的农民工问题则有其独特性，它是随着改革开放和市场化、城市化而发生的。如果用一个最具象征性的事物来表征这种变化，它最直白地体现在身份证逐步取代了户口本的重要地位。这是一个实质性变化，它打破了家、家族和祖居地对个人的拘囿，开启了农民向城市流动的自由。"农民工"本身就是个尴尬的命名：他们做着工人的工作，又非真正的工人；他们仍然是农民，却又离开了土地；这个社会急切地需要他们进城务工，但并没有为他们准备好安身立命的社会位置。对于农民工来说，从农村到城市，从前现代到现代，从熟人社会到陌生人社会，从平静如止水的乡村生活到瞬息变幻的都市生活，从相对稳定、单纯的人际关系到充满竞争和冲突的复杂关系，种种变化确实来得太突然，他们被掷入一个完全异质的空间，根本来不及转换角色。城市空间并非真正属于他们，乡村空间又难以回归，也不甘愿回归，甚至连乡村也已非原先的"故土"，他们处于双重的无根状态，心灵失却了安顿之所。人是在社会空间中体验自己的生命价值的，当他失去真正属于自己的空间，生存的意义也就荡然无存了。于是，棚屋区、城中村成为他们为自己营造的一个畸形的边缘性、过渡性空间，它既为农民工提供了属于自身的暂栖地和精神的庇护所，却又阻碍着他们顺利融入都市社会，重新构建新的角色身份。对于城里人来说，农民工则是外来的闯入者，一方面，平常生活已经日渐离不开这些打工者；另一方面，内心却庆幸有了地位更卑微的人来垫底，并咀嚼着莫名的优越感。身份认同也愈加成为农民工刻骨铭心的问题。刘丽娟的专著正是抓住所有这些与生存空间密切相关的种种矛盾来展开分析和阐释。

在专著中，刘丽娟细致阐释了打工文学所描写的农民工生存空间的文化表征，并深入乡村的"家"、城中的"家"，以及保姆寄身其间的别人的"家"来做出比较分析，揭露其中发生的变化及对身心的摧折。置身都市的农民工只能是生活空间中的边缘人，种种境遇中的边缘人，文化身份的边缘人，他们处于无权无声的沉默状态，因而，在某种程度上，打工文学正是为农民工代言，申诉他们的内心苦衷，为他们失去的正当权益而愤懑。刘丽娟擅长把作品人物植入特定空间，抓住细节来展开分析，譬如刘高兴和五富（贾平凹《高兴》）、槐花（阎连科《柳乡长》）、黑牡丹和吉宽（孙惠芬《吉宽的马车》）、李想（王十月《开冲床的人》）、万淑红（张弛《城里的月亮》）、胡贵（罗伟章《大嫂谣》）、武俊（冰炎《人在旅途》）、金堂（李锐《扁担——农具系列之六》）……她总能透过细节层层深入地剖析这些特殊场景所存在的独特矛盾，种种行为背后所隐藏的动机，返乡途程的欣喜、焦虑、尴尬和颓丧，以及都市社会对打工者身体的规训和塑造，揭示不同人物各自的欲望、苦闷及独特习性形成的缘由。甚至一碟"蒜泥""油泼辣子"或一碗"麻辣米线"、一个"鸡骨头架子"，她都能剥露出消费时代对不同人群做出的无情区隔。家乡的苞米和谷穗、草丛中的螳螂、车轮上缠绕的麦草、夜间的犬吠虫鸣，不仅牵扯着作品人物的梦魂，也同样勾起刘丽娟满腔乡愁。一辆木轮马车、一双高跟鞋，刘丽娟也能从中挖掘出文化意义和心理暗示。所有这一切，共同构建了打工文学独特的生存空间和心灵空间。设若论著作者没有与农民工心心相印、息息相通，就不可能如此敏锐地抓住作品所描述的种种凡常事物；没有对空间理论的深入钻研，也就不可能从中做出崭新的解读。专著是以作品题材来命名"打工文学"的，它囊括了"主流作家"和来自底层的"打工作家"的创作。从这一特点来说，专著不仅选择了一个更新、更具针对性的视角概括研究打工文学，灵活运用空间理论更深层次地阐释了这类创作，而且自觉地为新时期崛起的"打工作家"立传，对他们在双重空间的夹缝中，在双重焦虑的煎熬中顽强成长的经验做出了总结。

打工文学是文学创作的新领地，空间理论是文学研究的新视野，我期待着刘丽娟在这片沃土上继续深耕细作，结出累累硕果。

马大康
2019.10.18

目 录

绪论 ……………………………………………………………………（1）
  第一节　打工文学的研究现状 ………………………………………（1）
    一　"打工文学"的现状及发展走向 ………………………………（2）
    二　"打工文学"中的"底层"问题 ………………………………（3）
    三　身份研究 …………………………………………………………（6）
  第二节　研究缘起 ……………………………………………………（8）
  第三节　理论资源与研究范式 ………………………………………（10）
    一　空间、权力 ………………………………………………………（10）
    二　身体与身份 ………………………………………………………（14）

第一章　打工文学中的空间表征 ………………………………………（18）
  第一节　"农村"：表征现代性的入侵与传统文化的返流 ……………（19）
    一　农村更荒芜：与传统的割裂 ……………………………………（20）
    二　农村的现代性：城市的幻化 ……………………………………（23）
    三　城中村：传统文化的返流与空间的重叠 ………………………（25）
  第二节　"家"的空间表征 ……………………………………………（27）
    一　乡村的"家"：城市消费的"幻象" …………………………（29）
    二　农民工城里的"家"：由私密走向敞开 ………………………（33）
    三　保姆工作的"家"：希望与噩梦的交织 ………………………（36）

第二章　打工文学中的农民工形象 ……………………………………（42）
  第一节　城市生活的边缘人 …………………………………………（42）
    一　生活空间的边缘人 ………………………………………………（42）
    二　生活境遇中的边缘人 ……………………………………………（45）
    三　文化身份的边缘人 ………………………………………………（48）
  第二节　向城求生的苦情追梦人 ……………………………………（51）
    一　公开空间中的生存艰辛型 ………………………………………（51）

二　象征空间中的焦虑型 …………………………………………（56）
　第三节　身体叙事视角下的女农民工形象 ……………………………（61）
　　一　规训化身体叙事的苦情者 …………………………………（62）
　　二　消费性欲望叙事下的悲情人 ………………………………（63）
　　三　诗意化符号叙事下的幸福者 ………………………………（67）

第三章　打工文学中的农民工生存心态 …………………………………（70）
　第一节　左右夹缝的尴尬 ………………………………………………（70）
　　一　生活方式上的尴尬 …………………………………………（71）
　　二　人生价值观方面的尴尬 ……………………………………（90）
　第二节　追寻身份的迷茫 ………………………………………………（96）
　　一　"都市人"身份的追寻 ……………………………………（97）
　　二　抽象心像的追寻 ……………………………………………（102）

第四章　打工文学中的空间建构与身份认同 ……………………………（108）
　第一节　心灵空间的建构 ………………………………………………（108）
　第二节　身体文化空间的建构 …………………………………………（116）

第五章　空间视域下打工文学的还乡叙事 ………………………………（128）
　第一节　都市空间中的乡愁叙事 ………………………………………（131）
　　一　乡愁叙事的心理动机：寻找温情、心理代偿 …………（132）
　　二　乡愁叙事的空间化特色——"家屋"意象的营造 ……（140）
　第二节　乡村空间中的还乡 ……………………………………………（146）
　　一　还乡者形象分析 ……………………………………………（147）
　　二　还乡中的权力渗透 …………………………………………（169）

第六章　打工文学中流动与留守儿童的身份建构 ………………………（181）
　第一节　认真"读书"、与命运抗争——寻求身份认同 ……………（182）
　第二节　回望中重拾记忆——心理安慰、自我认同 …………………（185）
　第三节　以动物为镜像——建构自我、实现认同 ……………………（188）

第七章　打工文学作家创作心理的空间特性 ……………………………（191）
　第一节　打工作家：记忆的空间性 ……………………………………（192）
　第二节　文人作家：想象的空间性 ……………………………………（206）

附录：本书所涉及的作品 …………………………………………………（213）
参考文献 ……………………………………………………………………（216）
后记 …………………………………………………………………………（224）

绪论

第一节 打工文学的研究现状

在改革开放浪潮的冲击下,南下打工潮席卷全国各地。由于生活的逼迫、幸福的召唤或梦想的追逐,大批农村中青年农民加入了南下打工这一行列,开始了在城市打工的生涯,产生了"农民工"这个特殊群体。横亘在城乡之间的差距,使得进城农民工的身份、生活方式等都与城市人不同。从而引起了许多文人作家书写农民工的兴趣,也有许多底层打工者将自身的遭遇与所见所闻以文学的形式呈现在读者面前。自20世纪末以来,打工文学作品如雨后春笋,欣欣向荣。作品或充满悲情美学色彩,或充满着诗情画意。在以底层农民进城打工为主要叙述对象的文学作品中,有的作品侧重于描写农民工由乡进城后在城里艰辛苦难、饥不择食的生存生活状态,如贾平凹《高兴》中的五富、王手《乡下姑娘李美凤》中的李美凤、陈应松《太平狗》中的程大种、罗伟章《故乡在远方》中的陈贵春等;有的作品着重于刻画农民工在城市里为找回人格尊严或寻找精神情感融入而痛苦挣扎的生命图景,如马步升《被夜打湿的男人》中的牛二军、北村《愤怒》中的李百义、李铁《城市里的一棵庄稼》中的崔喜等;有的作品重点展现农民工在城市里因想改变原有的"农民身份",极力追求"城市人身份"导致焦虑迷茫的精神画面,如夏天敏《接吻长安街》中的小江、贾平凹《高兴》中的刘高兴、赵本夫《无土时代》中的石陀、王十月《烦躁不安》中的孙天一等;也有的作品规避了城乡矛盾及其给农民工带来的内心焦虑困惑,描绘了一群原始、善良、淳朴、讲义气的诗意化形象,如杨亚洲导演的《泥鳅也是鱼》中的女泥鳅、赵本夫《天下无贼》中的傻根、张扬导演的《叶落归根》中的老赵等。

农民工形象在这一系列的农民工题材作品中得到了淋漓尽致的展现。

他们抛家离子的痛苦和焦虑，为了在城市中挣取自己及家人的物质生活所需而忍受的折磨和痛苦，以及在城乡两种差异巨大的文明夹缝中的心灵失衡和精神焦虑等，是作家们极力书写的对象；他们夹身在城市现代文明与乡村传统文明之间的尴尬及追寻"城市人"身份的迷茫和焦虑等也是文学家和底层打工作家书写的着力点。为此，对农民工在由乡进城与由城返乡的生活境遇及精神维度的研究越来越多，以打工文学作品为研究对象的评论性文章也呈现出异彩纷呈的局面。截至目前，就在中国知网、维普等正规学术网站上可查到的学术期刊论文及已出版的相关著作而言，关于打工文学的研究主要集中以下几个方面："打工文学"的现状及发展走向，"打工文学"中的"底层"问题，农民工题材小说中的人物形象、民工生存工作环境及精神状态、打工文学的书写研究等。

一　"打工文学"的现状及发展走向

20世纪80年代以来，以杨宏海为领军人物，一群深圳学者和作家对"打工文学"进行了跟踪研究。例如，杨宏海的《打工文学纵横谈》（《深圳作家》1991年第2期）、《文化视野中的打工文学》（《深圳文化研究》2000年第2期）、《试论广东"打工文学"》（《粤海风》2000年第11—12期合刊）等。杨宏海所定义的"打工文学"是指由底层打工者自己创作的以打工生活为题材的文学作品。因而，他的研究侧重于底层打工者自己创作的文学作品。杨宏海主要对"打工文学"的发生发展进行了适时跟踪研究，初步探索了"打工文学"的整体创作情况，对打工文学的产生动因、本质特征及其发展轨迹等进行了深入研究。洪海、昌龙的《市场经济下的文学新潮：打工文学》（《广州文艺》1995年第3期）认为由于文学认知的偏见，批评界或理论界对"打工文学"的关注不够或研究不足，使得"打工文学"一直未能在更为广泛的范围内得以流行。李小甘的《走向新的地平线——谈深圳的"打工文学"》（《打工文学备忘录》，社会科学文献出版社2007年版）中指出打工文学作为新时期的文学现象，是打工者在别人的城市书写自己的文学，呈现出内容的现实感与技法上的粗粝之状，进而提出打工文学要拓展文学视野，提高文学素质的吁求。凌春杰《打工文学的未来流向》（杨宏海主编《打工文学纵横谈》，社会科学文献出版社2009年版）梳理了打工文学的发展轨迹，概述了打工文学的整体特征及其发展问题，指出打工文学在加强文学性的同时，还要塑造出鲜明的打工文学特点，建立历史的纵深感，认为在多元文化发展的前景中，打工文学在未来必将得到充分展现，值得更多人的期待。

随着时间的推移，一些"打工作家"也对打工文学进行了批评研究。如王十月的《回顾与展望：打工文学的起承转合》中将打工文学的发展概括为"起""承""转""合"四个阶段，深入地分析了打工文学发生、发展的脉络轨迹，并对打工文学每一阶段的创作特征、整体运作概况及存在的问题进行了细致的分析。鄢文江《打工文学：一个未来的文学流派》（《广州日报》2007年9月3日）认为打工文学是平民文学，并非通俗文学，它反映的是特定社会背景下特定群体的生活面貌、生存状态、价值取向、精神风貌、道德风尚、心灵轨迹、忧患意识等，虽然现在还没有完全形成一种流派，但顺应了时代潮流，丰富了文学殿堂，壮大了中国文坛的作家队伍。

杨宏海等人从文本出发，结合沿海城市的经济文化状况，系统地概括了打工文学创作的现状，从宏观角度研究了"打工文学"的发展脉络，探究了"打工文学"产生的动因及其发展走向。他们的研究立足于实际创作、力避玄妙的理论空谈，有着非常重要的参考价值与先导性意义，但也有一定的不足。"打工文学"作为一种文学现象不仅具有独立性的特征也应有开放性的特质。其独立性在于题材的选取上，主要表现进城农民工的生活处境、精神境况等；其开放性在于它应突破地域性的限制，打破创作主体的单一性（既包括打工者也包括城市文人作家），它的开放性还在于与底层文学、城市文学、乡土文学等相交叉。打工文学与底层文学、乡土文学、城市文学有着千丝万缕的联系，却又不能等同。打工文学所描写的对象是由乡进城的农民或城市失业者，他们既无经济资本、文化资本，也无政治资本，属于社会的最底层。他们大多来自乡村，既属于乡村，又脱离乡村，而今在城市谋生，却非城市人。因而，在关注打工文学的独立性的同时，也要密切注意与其他文学的联系交叉。

二 "打工文学"中的"底层"问题

最近，打工文学中的"底层"问题也成了文学讨论的热点。随着"底层文学"的勃兴，对底层群体的生存状态和生命价值的思考与追问也逐渐地成为文学家们的聚焦点。蒋述卓《现实关怀、底层意识与新人文精神——关于"打工文学"现象》(《文艺争鸣》2005年第3期)研究发现打工文学作者在对社会底层命运的描述中,对底层人物遭遇的不平等、不公正给予了强烈的现实关怀,指出当前打工文学的底层意识已具备新人文精神的因素——身份焦虑与主体觉醒,对道德缺失的拷问和对道德与法律关系的思索,对城市认同的追问以及对融入城市的思考,有了超越一般人道主义同情和平等意识呼吁的新质。张颐武《在"中国梦"的面前回应挑战——"底层文学"和"打工文学"的再思考》(《打工文学备忘录》社会科学文献出版社2007年版)认为打工文学不只是一味地反映"底层"的苦与累,也体现着底层最为强烈的渴望、最为实在的梦想及承载"中国梦"的活力和期望。徐慧《被叙述的"底层"——论职业作家的农民工形象塑造》(硕士学位论文,华东师范大学,2014年)透过职业作家的农民工书写——描写农民工在城市遭遇的物质挤压、精神创痛和在苦难中的人性裂变,反观职业作家在书写底层时叙述立场的暧昧和混乱。王东凯《论底层文学苦难叙事的美学缺失》[《温州大学学报》(社会科学版)2013年第9期]指出作家们在进行底层叙事时以代言者的身份凸显了底层的苦难,但过分关注底层的生存困境,使底层文学的苦难叙事因距离感和悲剧精神的缺失,在美学品格方面存在严重的缺陷。由此可见,打工文学中极力体现底层生活的苦与累、生存的不易等,凸显作家们底层关怀与现实关照的特征,希望引起社会对底层人物的高度关注,这是值得肯定的。但如果一味地追求苦难叙事,就会出现叙事裂隙、美学缺失等问题。

在关注打工文学中底层人物的辛与悲之时,有一批学者发起了一场关于底层表述问题的讨论——即底层是否有发出自我声音的机会。从历史层面来看,底层无论是处于高位还是社会底部,都是没有话语权力的,是被言说的群体。在现代化理论中,底层更是一个"被言说的他者"①,必须由知识分子代言的群体。刘小新《底层的自我表述与公共化》(《东南学术》2006年第6期)认为学者既不能否认底层的自我表述,也不夸大,而底层的自我表述形成整体感并进入公共空间是一个很重要的问题,知识分子的社会关怀写作与对底层自我表述文本的阐释或许是底层自我表述进入公共空间的一种重要方式。唐虹《当代知识分子如何表述底层——从

---

① 刘旭:《底层能否摆脱被表述的命运》,《天涯》2004年第2期。

打工文学透视底层写作》(《广西青年干部学院学报》2007年第9期)认为"底层"囿于政治、经济、文化等方面的窘境，要向社会发出自己的声音仍需一个过程，而知识分子以真诚、平视的姿态为底层代言，或许是构建底层文学最可能的途径。正当大部分学者认可知识分子或许是底层的最好代言人之时，陈晓明、毛丹武等对知识分子表述底层的动机及如何能真正代言底层等问题却提出质疑。陈晓明在《"人民性"与美学的脱身术》(《文学评论》2005年第2期)中批评当前小说把底层民众"苦难"生活的表现视为一种美学表现策略。南帆、郑国庆、刘小新等人的《底层经验的文学表述如何可能?》(《上海文学》2005年第11期)讨论了表述底层及知识分子为何与如何代言的种种问题。练暑生、刘小新、林秀琴指出知识分子关注底层只是一种乌托邦的冲动，是寄托其浪漫想象的文化抵抗资源；毛丹武进一步指斥知识分子的底层表述是知识者的审美现代性冲动，是一部分知识者的文化策略甚或是一种政治策略。底层表述的讨论陷入了一个怪圈，知识界似乎陷入了代言而不得的僵局。底层表述真的只是一个虚幻之影吗？张未民《关于"在生存中写作"编读札记》(《文艺争鸣·评论》2005年第3期)将表现底层经验的文学分为"在生存中写作"和"在写作中生存"两种写作方式，打工者将自我打工的经历与遭遇表述出来，此种创作称为"在生存中写作"，在一定意义上，他们是在为自己代言。刘旭在《在生存中写作：从"底层文学"到"打工文学"》(《新世纪文学研究》2010年第23期)中认为打工文学基本上代表着打工者的真实经历，在某种程度上打工文学解决了底层的"自我表述"问题。

另外，对"打工文学"中的"底层问题"研究有许多是立足于作家作品的个体研究。例如，陈思和在《文学如何面对当下底层现实生活——关于长篇小说〈泥鳅〉的讨论》(《杭州师范学院学报·社会科学版》2003年1月第1期)中，高度评价尤凤伟的《泥鳅》是多年来呼吁文学要关怀社会底层、体现当代人道精神的一部力作。聂伟指出《泥鳅》是知识分子的原始正义体现与都市民间的弱势言说。刘颖慧《以〈民工〉为例解读孙惠芬的底层叙事》(《名作欣赏》2011年第30期)研究发现《民工》这篇小说体现出作家对弱势群体的关注和对农民工形象的重新定位，进而探讨了作家孙惠芬在底层文学中的创作价值。黄曙光《被城市分裂的身体——从〈高兴〉谈农民工的城市梦》(《名作欣赏》2009年第

2期)通过对主人公刘高兴的分析,认为农民工在长期的城乡分治和严格的户籍管理制度下要实现"城市人"身份的转变,只能是自我臆想中的自欺欺人。傅书华《对社会底层卑微人生个体日常生存的关注——读王祥夫的新世纪小说》(《理论与创作:作家作品研究》2005年第5期),李雅妮《论〈高兴〉对农民工问题的关注与思考》(《作家杂志》2010年第3期)等也是对具体作家或作品研究的重要学术论文。

以上种种关于"底层"或"底层表述"研究往往将描写农民工在都市打工生活的作品与矿难题材、下岗题材的作品等并列作为研究对象,忽略了打工文学的文体独立性。这种研究将凡是描写底层人民的生活处境及精神状态的作品划归一起,从而笼统地进行"底层创作"或"底层叙事"的价值评判和人道主义关怀。

三 身份研究

在改革开放的冲击下,一种关于农村与城市二元对立的想象在人们头脑中油然而生。农村是令人厌烦的、墨守成规的和落后的否定性意象,城市的变化、激进和进步等积极性意象对农民而言更加具有吸引力。一批又一批世世代代没有离开过黄土地的农民,带着原初的梦想奔向理想的城市。然而,在城市化进程中,农民工与乡村文化之间的联系被割断,被带入现代化的快车轨道。现代性引发的身份危机使得进城农民不再拥有恒定不变的文化身份。原有的农民身份日益瓦解,新的身份尚未形成,成了游离于传统与现代、乡村与城市之间无根的漂泊者。他们的身份焦虑和认同危机,在打工文学中以文学的方式做了最形象的呈现,在文学评论中也引起了广泛的关注。江腊生《城乡焦虑、叙事伦理、和谐意识——新世纪文学中的"农民工"书写》(《文艺争鸣》2011年第8期)结合创作者的叙事伦理和革命伦理探究了农民工书写中表现出来的生存焦虑、身份焦虑以及精神焦虑,研究结果为当下文学创作提供了理论性指导意义;苏奎《永远的异乡人——论"农民工"主题小说》(《当代文坛》2005年第3期)、《漂泊于都市的不安灵魂——中国现代文学中的"城市外来者"研究》(博士学位论文,东北师范大学,2006年)等从多纬度深入剖析了打工文学文本,探讨了农民工在异质文化境遇中的生存心态和精神状态。展示了农民工们在面对物质和精神双重困境时的不同生存姿态。同时,在不同程度上对农民工形象的身份问题进行了分析。农民工们通过对自身位置与身份的辨认,表达出一种对自我价值的质疑,充满着对身份的追问。逢增玉、苏奎《现当代文学视野中的"农民工"形象及叙事》[《兰州大学学报》(社会科学版)2008年第1期]按照时间顺序对不同时期的农民进城文学作品中的农民形象进行了系统的梳理,分析了从"五四"以来不同阶段的农民背井离乡到城市谋生的原因,叙写了他们的城市遭际和心路历程。其中对当下打工文学中的女性农民工形象给予了特殊的关注。分析了性别和身份都处于劣势的女性农民工们在追求阔绰的物质生活的同时,也有追求真正的平等和自我价值实现的"人性"和人格诉求。但是,在充满歧视的空间里,身份从"农民"转变为"农民工"了,物质生活条件或许有所提高,但是心理与情感的焦虑却与日俱增。此外,范耀的博士学位论文《论新时期以来"由乡入城"的文学叙述》主要从城市外来者视角进行了由乡入城的文学叙述研究。文章涉及由乡入城的文学叙述如何呈现及何以如此呈现,阐述了这一文学叙述中所透露出的艰难复杂的现代性追求问题。同时又对20世纪80年代中后期以来的文学作品中的农民工身份建构问题也进行了一定的分析研究。主要从人的自我认同和人的社会认同两个方面出发,探讨了由乡入城的"闯入者"的身份认同危机。作者指出在这种文学叙述中,"人"之类属的甄别结果出现了"我们"乡下人和"他们"城市人的分类。这种"人"的类属,使得城市闯入者时刻处于"他们"城市人的群体之外,使内在的身份确认陷入尴尬的境地。魏红珊《当代四川文学的农民工书写与身份认同》(《中华文化论坛》2010年第4期)将农民工的身份认同置于新时期四川文学的背景下予以考察,由聚焦当代文学农民工书写推进到农民工身份的内涵阐释及焦虑起因。魏红珊《农民进城与身份缺失——以罗伟章、夏天敏、邵丽的作品为例》(《中国社会科学院研究生院学报》2008年第6期)从文化身份入手,审视文学文本中滞留在文化边缘地带的农民工的认同危机,并试图找寻解决危机的途径。徐德明《乡下人的记忆与城市的冲突》(《文艺争鸣》2007年第4期)通过探讨乡下人的前现代"记忆"与现代化意志的冲突,阐释了"由乡入城农民"艰难的生活处境及精神困境;丁帆《"城市异乡者"的梦想与现实——文明冲突中乡土描写的转型》(《文学评论》2005年第4期)论述了在城市与乡村两种文明冲突的夹缝中,农民工不仅陷入了物质困境,也遭遇了精神和身份的双重尴尬境地。

从总体上看,打工文学研究已取得了相当可观的成就,有非常重要的参考价值和先导性。但与蓬勃发展的打工文学创作相比,打工文学的研究显得相对冷淡。我在研究这条路上执着地坚持,希冀为打工文学研究提供些许参考价值,为打工文学创作奉献绵薄之力。

第二节 研究缘起

在相对长的时间里,空间仅仅是作为一种"僵死的、刻板的、非辩证的和静止的东西"①,在社会学、文学研究领域里,空间都是缺失的。英国著名社会学家 J. 厄里在《关于时间与空间的社会学》中说道:"从某些方面来看,20 世纪社会理论的历史也就是时间和空间观念奇怪的缺失的历史。"② 直到 20 世纪 70 年代列斐伏尔的著作《空间的生产》出版,引起了社会学界对空间理论概念的关注。随之,学界沿着两条路径展开了对空间的理论阐释:一方面,吉登斯、布迪厄等社会学家重新梳理了时间与空间的关系,从社会学角度对时间和空间进行了重新解读,力图实现将时空理论融入社会学领域;另一方面,福柯、爱德华·W. 苏贾等后现代理论家从城市建筑及经验的研究角度,探索社会化空间的理性内涵以及城市化空间结构与社会之间的联系。

随着福柯、列斐伏尔等思想家对"空间时代"异军突起的前瞻性、预见性的阐释,空间问题开始引起国内外社会各界研究者的关注。那是一种对时间性历史观的颠覆,对漠视空间的传统观念的反拨和挑战。于是有人根据有关迹象和研究现状,宣称人文社会科学研究中出现了"空间转向"③。在学界,"空间转向""被认为是 20 世纪后半叶知识和政治发展最举足轻重的事件之一。学者们开始刮目相看人文生活中的'空间性',把以前给予时间和历史,给予社会关系和社会的青睐,纷纷转移到空间上来"④。"空间转向"和空间叙事是小说叙事研究的一个重要视域。空间既

---

① [法] 福柯:《权力的地理学》,《福柯访谈录:权力的眼睛》,严锋译,上海人民出版社 1997 年版,第 70 页。
② [英] 厄里:《关于时间与空间的社会学》,载特纳主编《社会理论指南(2)》,李康译,上海人民出版社 2003 年版,第 505 页。
③ 龙迪勇:《空间叙事研究》,生活·读书·新知三联书店 2014 年版,第 14 页。
④ 参见陆扬为爱德华 W. 苏贾(《第三空间——去往洛杉矶和其他真实和想象地方的旅程》,上海教育出版社 2005 年版)所撰写的译序。

是可以被标示、被分析、被解释的具体的物质形式，同时又是精神的建构，是关于空间及其生活意义表征的观念形态。这种"空间转向"也给文学界带来了深远的影响，以"空间"的视角探析文学作品已成为热潮。

任何小说的故事都必须在一定的空间发生，小说的写作"无非是在空间的改变中寻找悲哀与欢乐，寻找种种主题与种种美学趣味"。就如龙迪勇先生在《论现代小说的空间叙事》中所言，空间不仅可以用来表现时间，安排小说结构，甚至可以利用空间来推动整个叙事进程。打工文学作品的结构安排、情节铺展、对农民工生存情状的变异与身份的焦虑等描述都是在城与乡之间的对峙下完成的。农民离开家乡涌进城市，成为城乡两种文化的边缘人，他们的一切行动也都归结成了在"空间中的被迫移动"。农民工在城市和乡村之间的"被迫移动"，改变了他们的处境与境遇，使得农民工不仅要面对社会转型、文化冲突，而且自身面临着身份尴尬与重构的问题。因此，很有必要从"空间"的角度对打工文学进行深入的研究。然而，这方面的研究比较鲜见，只有零星几篇研究性文章散见于国内的一些报刊：陈一军《农民工小说叙事的时空体》（《宁夏社会科学》2012年第3期）结合具体作品，从时空的视角论述了农民工小说叙事的时间和空间以及异乡时空体。他认为在农民工小说叙事中，过去、现在和未来各自呈现了自己的强度并且相互之间交叠冲突，由此形成了故事时间的较大跨度。所有这些时间特性又都是通过对立的城乡空间的颠转来实现的。程亚丽《论〈吉宽的马车〉——孙惠芬创作中的空间叙述》（《文艺争鸣》2010年第6期）从"空间"的角度研究了孙惠芬《吉宽的马车》这部小说的空间叙述，阐述了在城市空间的观照下农民工的精神危机及其救赎方式；王宗峰《农民工文学中的空间正义》（《小说评论》2012年第6期）从空间视角切入对近年来农民工文学进行探析，探求并解析了农民工文学对空间正义的书写情状；潘泽泉《社会、主体性与秩序：农民工研究的空间转向》（社会科学文献出版社，2007年版）主要从社会学的空间角度研究了农民工在日常生活实践中所嵌入的"在场"或"缺场"。

由此可见，当前国内外的空间转向研究颇受关注，并形成一股研究热潮。目前从"空间"角度，思索打工文学中所汇聚的进城农民的身份重构与深度生命体认的问题，还缺乏较系统深入的研究。为此，本论著在前人研究成果的基础上，结合文化身份理论，从"空间"视域出发研究新时期打工文学。

第三节　理论资源与研究范式

一　空间、权力

时间与空间是人类感知世界的两种基本方式。时间—空间的感知形式反映了人类对历史的理解把握，彰显着在各种自然、社会环境中的思维方式与文化形态。人类在时间感知的过程中，蕴藏着如何理解、把握自身的历史。历史指人类在时间长河中所经历活动的全部，或者指对人类过去活动的叙说和说明。正如历史学家德罗伊森所言："历史这个词和过程，和时间是不可分的。只要是我们所能想到的永恒的东西，或无时间性的东西，都不是历史，能否让我们称之为历史的东西，是那些踏入时间之流的东西。"[①] 文学的创作和研究长期以来受历史主义的影响，形成了具有强烈历史学意识的现代知识体系。自晚清以来，文学历史意识影响深远，形成了具有历史现代性与美学现代性相结合的中国现代化想象。中国文学"渴望创造一种现实主义的叙事模式，将历史时间的线性顺序或者人物的发展顺序置于其中"[②]。

然而，任何文学作品不可能将时间与空间绝对地分离开来，不存在超越空间的唯时间叙事现象和叙事作品，它是一种时空结合体产物。进入20世纪下半叶以来，突破线性时间—历史的束缚，在社会学界与文学界引发了思维范式的转型，为文学空间书写和空间批评打开了一条由时间性向空间性转向的道路。就如福柯所说，"当今的时代或许应是空间的纪元。我们身处同时性的时代中"，"其中由时间发展出来的世界经验，远少于联系着不同点与点之间的混乱网络所形成的世界经验"。"我们时代的焦虑与空间有着根本的关系，比之与时间的关系更甚。时间对我们而言，可能只是许多个元素散布在空间中的不同分配运作之一"。[③] 福柯指

[①]　［德］德罗伊森：《历史知识理论》，北京大学出版社2006年版，第120页。
[②]　李欧梵：《李欧梵论中国现代文学》，生活·读书·新知三联书店2009年版，第23页。
[③]　［法］米歇尔·福柯：《不同空间的正文与上下文》，陈志梧译，载包亚明主编《后现代与地理学的政治》，上海教育出版社2001年版，第18—20页。

出了空间性问题的重要性以及空间化的趋势。列斐伏尔的《空间的生产》一书颠覆了传统的思维模式，带来了思想范式的重大转型——空间转向。他认为，空间不仅仅是承载社会关系的静止的"容器"或"平台"，而且"空间是一种（社会）生产"。它既是社会生产的产物又是生产者，"空间里弥漫着社会关系；它不仅被社会关系支持，也被社会关系所生产"①。空间是在历史发展中产生的，并随历史的演变而重新结构和转化。"空间"内涵非常丰富。就福柯而言，空间是权力、政治角逐和斗争的场所。列斐伏尔侧重于认可空间是社会生产，一种"符号性"表达。麦克·克朗与菲利普·韦格纳等则发现文化属性是空间理论中的焦点之一。到爱德华·苏贾那里，他在继承列斐伏尔的空间思想基础上，提出了空间具有空间性、历史性、社会性的本体论构想，并进而提出突破二元对立思维模式，以开放包容的姿态容纳种种边缘、异质、对立的"第三空间"理论。

在西方空间理论的构建过程与思想界"空间转向"浪潮中，文学理论与批评也一直参与其中。源于生活又高于生活的叙事作品，也离不开对时间与空间的感知深思。就如塔迪埃所说："小说即是空间结构也是时间结构。说它是空间结构是因为在它展开的书页中出现了在我们的目光下静止不动的形式的组织和体系；说它是时间结构是因为不存在瞬间阅读，因为一生的经历总是在时间中展开的。"② 时间注重线性发展，是小说的一个主要组成部分，有着同故事、人物同等重要的作用。然而，时间并非小说这种叙事文体中的唯一。空间在文学艺术作品中已然超出物理空间范畴，"被卷入时间、情节、历史的运动中"，空间不仅仅是"故事发生的地点和叙事必不可少的场景，而且可利用空间来表现时间，利用空间来安排小说的结构，甚至利用空间来推动整个叙事进程"。

透过作品中所营构的私人生活空间、公共空间、象征空间、心灵空间等各类空间形式，可窥视到其中隐含的权力关系。自古以来，权力就是政治哲学中的一个核心问题。大多数学者普遍认同权力是某个人或某个组织影响、支配或控制其他人或其他组织的能力和力量。自秦始皇将中央集权——至高无上的权力视为维护其统治地位的法宝以来，历朝历代的皇帝

---

① Henri Lefebvre, *The production of Space*, Trans Donald Nicholson-Smith. Massachusett Blackwell, 1991, pp.126-138.

② 龙迪勇：《空间叙事研究》，生活·读书·新知三联书店2014年版，第111—112页。

都殚精竭虑地考虑如何掌控这种权力。历史证明,秦始皇等君主的权力在某种程度上来说是奠定在实力的基础上,权力可视为君王实际所具有的能力和力量。从柏拉图、亚里士多德到现当代的西方政治哲学家,在权力问题上最关注的就是这种对人实施的统治权问题,尤其是国家权力的问题。而福柯认为,权力是各种力量关系的集合。他另辟蹊径,试图突破传统的权力观念,立足于空间角度来阐释权力的运作机制、权力与知识和空间之间复杂而微妙的关系,理解现代社会权力的运作方式。福柯认为,"要探讨权力关系得以发挥作用的场所、方式和技术,从而使权力分析成为社会批评和社会斗争的工具"①。他注重从权力发生作用的各种经验性的局部空间,诸如监狱、医院、工厂等场所来研究权力的运作方式和形态特征。通过意识形态的规训自上而下地实行对人的监管。具体而言,拥有权力者通过一整套话语实践,借助一系列的符号和程序的重构和实践来构筑空间。在这个空间中,权力"以符号为工具,把'精神'(头脑)当作可供铭写的物体表面,通过控制思想来征服肉体;把表象分析确定为肉体政治学的一个原则,这种政治学比酷刑和处决的仪式解剖学要有效得多"②。

空间是任何权力运作的基础。权力的空间化在一定程度揭示了权力背后隐匿的一整套的策略和逻辑的地理学面向。纪律作为权力技术最主要的表征之一,是要由一整套技术、方法与规制实现的。它可以通过对人的空间分配入手。工厂、酒店、建筑工地等在某种程度上是有明确边界的、封闭式的。例如,工厂里,区分了领导者的办公室及工人工作之地,厂房与住宿区。在规定的空间里,通过时间的标准化、空间的细致安排、工作任务的精密区分以及对工人技能的操练等多方位纪律的运用,从而保证权力的实施,实现身体的空间化。每个人都被安排了相应的位置,可以有效地被视察是否缺席。这一空间建立了一个在场/缺席的体系,使得被管理者具有显著的可见性。然而,权力本身则要寻求空间上的不可见性。

可见性与不可见性在权力与空间中的辩证关系,在边沁的全景敞视建筑中得到了很好的诠释。全景敞视建筑也就是由一座中心瞭望塔与围绕着瞭望塔的鳞次栉比的小囚室组成的。每个囚室都有两扇窗子:一扇用于采

---

① 谢立中:《现代性后现代性社会理论》,北京大学出版社2004年版,第161页。
② [法]米歇尔·福柯:《规训与惩罚》,刘北成、杨远婴译,生活·读书·新知三联书店2007年版,第113页。

光，另一扇则朝着中心高塔便于被监视。位居瞭望塔的监视者借助逆光效果，可一目了然地看到囚室里的每个人。这种监视是单向的，囚室里的人无法看到瞭望塔中的情形，无法得知瞭望塔中监视者是否缺席；相反，囚室中每个人的饮食起居、行为活动，甚或是喜怒哀乐等却尽收监视者眼底。个体的任何行为都受到监视，任何情况都被记录在册，权力完全按照等级制度运作。"权力应该是可见的但又是无法确知的。所谓'可见的'，即被囚禁者应不断地目睹着窥视他的中心望塔的高大轮廓。所谓'无法确知的'，即被囚禁者应该在任何时候都不知道自己是否被窥视。"① 所有这一切构成了规训机制的一种微缩模式。

空间参与了社会关系的生产和再生产，融入了文学创作与文学批评领域。文学创作在保持时间——历史的线性写作时，又体现了时间不在场的断裂感，也就是文学空间感。法国著名的文学批评家布朗肖在《文学空间》中认为，文学空间并不是一种外在的景观或场景，也不是见证时间在场的固化场所，而是一种生存体验的深度空间，它的生成源自作家对于生存的内在体验。② 打工文学中有大量作品是由"草根"创作者创作的，如安子《青春驿站——打工妹写真》、王十月《出租房里的磨刀声》、林坚《深夜，海边有一个人》、张伟明《我们的 INT》《下一站》、黄秀萍《绿叶，在风中颤抖》、谭伟文《广州城》、周崇贤《那窗 那雪 那女孩》等。作家本着"我手写我心"的创作宗旨，将自身作为农民工的内在体验完美地融入了作品中，真实地记录下了农民工在城市这个公开空间中的生活境遇及精神困境。同时，文人作家虽没有这个特殊的经历，但他们对社会的深度认知、对生活的个性体验、对农民工问题的独特思考等，使得他们在文学作品中营构出了一种内在的、深度的想象性体验空间。

"文变染乎世情，兴废系乎时序。"在改革开放的感召下，大量以进城农民为主人公的打工文学作品如雨后春笋般纷纷破土而出。农村与城市作为两个不同的空间形态，在都市化进程中不断地对农村进行解构与重组。农村由传统工业文明下的自发、自然、淳朴、无序的生产形态转变为以发展经济为目的的结构形态。大量农民再也不固守生存之根本的土地，

---

① ［法］米歇尔·福柯：《规训与惩罚》，刘北成、杨远婴译，生活·读书·新知三联书店 2007 年版，第 226 页。

② 李静：《空间转向中的当代中国小说研究》，博士学位论文，苏州大学，2013 年。

不再坚守祖辈世居的乡村了，开始了进城务工之旅。带着失去土地的惶惑或怀揣着梦想，一批又一批农民相继涌入了广东、上海、北京、福建等经济发达的城市。他们在空间结构上的迁徙造成了农村的空心化。然而，进驻了城市，却只能居住在"中关村"（《烦躁不安》）、"市郊结合部"（路遥《人生》）、"中心城区未改造过的旧式里弄、简屋"或待拆迁改造的"危房"（贾平凹《高兴》）、"近郊区"（赵本夫《无土时代》）等。这些空间在地理位置上处于被隔离的区域，隐喻着由乡进城农民在社会、经济、政治、文化等层面与城市居民有着不一样的资格和待遇，他们是被隔离、被束缚、被排斥的特殊群体。由此，非农非工、既是农民又是工人的主体身份认同的不确定感、危机感将一直伴随着他们在城市里的现代性生活和体验中。

农民、工人、游民、农民工等身份的多重化、模糊化、游移化，使得这些农民再也找不到以前的稳定感、安全感与认同感了。而农民的生活方式与身份的演变都是在空间的流动变化中发生的。其间渗透着政治权力的角逐与意识形态的纠缠。正如雷蒙德·威廉斯在《乡村与城市》中所言，城市与乡村之间并不是作为单数的存在，二者之间存在着多样中介和新形式的社会组织，而所谓的"空间"只不过是意识形态和权力关系建构的结果。[①] 农民工进城了，只能像虫蚁般在建筑工地、垃圾场、娱乐空间等空间忙碌。他们是城市的底层，生活在被隔离的边缘地带。为城市的社会建设流血流汗，为城市的服务业"献身"献力，却始终没能摆脱城市空间的排斥和剥夺。

二　身体与身份

　　作为一名作家，我的作家二字之前，多了一个定语——"打工"。就像老乌脸上的那块胎记一样，这是我的精神胎记，是我无法抹去，也无法回避的存在。当老乌用他的善良、宽容与爱，让自己站立起来，站成一块碑，站成一个大写的人字时，他脸上的那块胎记，将丝毫无损他的荣光与魅力。我把作家前面的"打工"二字，看着

---

① Raymond Williams, *The Country and City*, New York: Oxford University Press, 1973.

是我的胎记。和我一样的,一代人,甚至两代人的胎记。我们必得正视他,无法回避,无处可逃。每个人都有自己的胎记,有的长在脸上,有的长在心里。(王十月:《理解、宽容与爱的力量——〈无碑〉创作谈》)

王十月在创作谈中,道出了"身份"的重要性。无论是对作家还是普通打工者而言,无论是外在还是精神层面,身份的确认都是大家非常关注的话题。

自柏拉图开始,学界一直将身体看作灵魂、意识的对立物。身体是阻碍意识和精神活动的因素,只有身体死亡了,灵魂才能自由自在,才能通向纯粹的智慧与真理。柏拉图、苏格拉底等哲学家认为死亡只是身体的死亡,是"灵魂和肉体的分离;处于死的状态就是肉体离开了灵魂而独自存在,灵魂离开了肉体而独自存在"①。而笛卡尔认为身体与意识虽然还是对立的,但身体没有被压制,只是逐渐地淡出。以前,如柏拉图等人认为身体是个问题,必须压制,而笛卡儿觉得身体不再是个问题,无须在意它。

直到尼采提出"以身体为准绳",一切从身体出发的口号,打破了身体和意识对立的哲学观点,开辟了新的哲学方向——以身体为哲学中心。尼采认为,"一切有机生命发展的最遥远和最切近的过去靠了身体又恢复了生机,变得有血有肉。一条没有边际、悄无声息的水流,似乎流经它、越过它,奔突而去。因为,身体乃是比陈旧的'灵魂'更令人惊异的思想"②。身体与权力还具有同构性,身体就是权力意志,身体与力是一体的,"每一种力的关系都构成一个身体——无论是化学的、生物的、社会的还是政治的身体。任何两种不平衡的力,只要形成关系,就构成一个身体"③。身体不是力的表现形式、场所、媒介,而就是力本身。身体跳出了长期以来囿于意识、灵魂的支配地位,可以自我做主了。

真正引发学界对身体关注的是福柯。福柯是尼采的信徒之一,并从尼

---

① [德]柏拉图:《斐多》,杨绛译,辽宁人民出版社2000年版,第13页。
② [德]尼采:《权力意志》,张念东、凌素心译,中央编译出版社2000年版,第37—38页。
③ [法]吉尔·德勒兹:《尼采与哲学》,周颖、刘玉宇译,社会科学文献出版社2001年版,第59页。

采那里接受了身体的概念。福柯与尼采一样，认为身体是一切事物的起点，社会各种各样的实践内容、组织形式、权力技术等都围绕着身体而展开角逐。但福柯并不赞同尼采身体的无所不能的主动生产性。他认为身体具有被动性，就如惩罚"最终涉及的总是身体，即身体及其力量、它们的可利用性和可驯服性、对它们的安排和征服"①。这样的身体是被权力意志宰制、改造、规范化的身体。身体是权力纷争的核心场所。洋溢着权力意志的身体，"权力关系总是直接控制它，干预它，给它打上标记，训练它，折磨它，强迫它完成某些任务、表现某些仪式和发出某些信号"②。身体是被动的权力改造。权力可以利用、规训身体，按照权力意志对物质性身体进行改造，也可以将身体作为一个驯服的生产工具改造历史。在欲望化社会，身体还被纳入消费计划和消费目的行列，使得身体成为赞美、欣赏、把玩的消费对象。

在城乡文明的相互冲撞中，从乡村入住到城市的"闯入者"遭受了地域空间变换所引起的"悬置"感；同样，携带着乡村记忆的他们，在现代都市文明的冲击下，不只是激起了心理上的涟漪。主体身份意识的确立和建构又如何能拨开城乡文化缠绕的迷雾，冲破城乡二元结构长期以来造成的文化和心理尴尬？在城市及其文明的召唤下，大量中青年农民走向了通往"美好、光明"的城市打工之路。他们有的为了自己及家人生活得更好，有的为了一个梦想，也有的为了享受，纷纷涌进了象征着财富与未来的城市。但在遭遇了生存物质需要无法满足，深受精神与心理的焦虑以及主体身份尴尬的困扰之后，他们依然存留着摆脱农村落后贫穷的初心、在城市生活和生存得更好的幻想，从而被迫或主动地发掘了自己的唯一的优势与资本——身体。

经济资本和文化资本极度匮乏的乡下人，在城里唯一富有的是其劳动力，是其身体。身体不仅仅停留于作为男女性别区分的生理性物质肉体，个体身体的习惯和爱好等还使自我异于他人。尼采认为身体是个体的根本性基础，人与人之间的根本性差异也镌刻在身体之上，有助于辨认和识别身份，成为特定的文化身份的符号代码，成为解读和阐释文化身份的文本。通过身体这

---

① ［英］福柯：《规训与惩罚》，刘北成、杨远婴译，生活·读书·新知三联书店1999年版，第27页。
② 同上。

一符号资本的表达,在喧嚣繁华的都市里"透露出行动者的社会归属或者说社会身份"①,也是城市乡下人个体自我认同和身份确认的起点。

农民从农村迁移到城市,并非国家、种族间的迁移,是在中国这一大语境下地区间的迁移。他们的迁移遭遇的不只是陌生的物理空间,而是全新的文化境遇。从世代定居的农村剥离出来,从自然亲和信任的乡村文化中规避出来,"我是谁"的问题始终成为其难以拨开的迷雾。

"身份"并非一成不变的,它是一种建构的过程,在演变中持续和在持续中演变的过程。"它不仅仅是被给定的,即作为个体动作系统的连续性的结果,而是在个体的反思活动中必须被惯例性地创造和维系的某种东西。"② 也就是说,文化身份"即是'变成',也是'是',既属于未来也属于过去","它远非永远固定于某个本质化了的过去,他们服从于历史、文化和权力的不断游戏"。③ 文化身份的这一特点说明了它是由"相似性和连续性""差异与断裂"这两个向量相互融合与排斥所组成的。运用到进城农民工身上,我们就可以看到他们一方面在陌生的异域空间保持其固有的与生俱来的传统农耕文化特征,另一方面试图凭借仅有的身体资本极力寻求城市认同。当农民工带着原有的乡村经验进入一个全新的时空时,必然面临乡村与都市、乡村文明与现代文明的融合与冲突。"相似性"或"连续性"使他们难以脱离已有的乡村文化记忆;而"差异"或"断裂"却令他们必须正视当下的现代文明。携有原初经验的农民工置身于现代文明的都市中时,面对着意识形态的迥异、价值观念的不同、生活习性的差异,他们总是试图使乡村记忆融入转换了的时空中,从而定位自我文化身份。农民们从恒常稳定的乡村移居异地,既远离了物理生存空间上的故乡,精神文化依附的故乡也悄然远逝了。面临着转换了的时空,异质的文化形态,持有"相似性"或"连续性"的特征重组经验建构身份时,他们再也无法取得一种确定的身份,内心的冲突和焦虑、身份的尴尬和迷茫始终伴随着其城市打工生活的起落沉浮。

---

① 张意:《文化与符号权力:布尔迪厄的文化社会学导论》,中国社会科学出版社2005年版,第14页。
② [英]安东尼·吉登斯:《现代性与自我认同》,赵旭东、方文译,生活·读书·新知三联书店1998年版,第14页。
③ 曾志浩:《意识形态与文化身份》,《福建论坛》(人文社会科学版)2008年第2期。

第一章　打工文学中的空间表征

基于生存—实践论理论，空间是人类生产实践的产物，是一个建构的产物，也是一个属人的空间。空间具有社会性、历史性和人文性等特点。文学作为文化表征，与人类的生存生活紧密相连，是与时空共同作用的产物。同时，文学作品作为一种文化生产活动，又可赋予空间以特定的象征意义与生存意蕴。在空间与文学的互动阐释过程中建构起了一种文学的空间理论。对文学的空间性思考可从文学的角度阐释空间与从空间的维度来理解文学两个角度进行。文学的空间性理论以生存—实践论理论为基点，探寻了文学空间的文化表征意义，进而审视空间体验、生存体验与情感体验的内在关联。

空间表征（representation of space）是列斐伏尔在《空间的生产》一书中提出的。他认为空间表征与空间实践（spatial practices）、表征空间（representational space）构成了空间的三个维度。在这三个维度中，表征是理解空间的重要概念。斯图尔特·霍尔认为表征是运用语言、物象、形象等符号系统赋予事物以特定意义价值的文化实践活动。霍尔指出表征的实践是"把各种概念、观念和情感在一个可被转达和阐释的符号形式中具体化"，"正是通过我们对事物的使用，通过我们就它们所说、所想和所感受的，即通过我们表征它们的方法，我们才给予它们一个意义。在某种程度上，我们凭我们带给它们的解释框架给各种人、物及事以意义。在某种程度上，我们通过使用事物，或把它们整合到我们的日常实践中去的方法给事物以意义。正是我们对一堆砖和灰浆的使用，才使之成为一所'房屋'；正是我们对它的感受、思考和谈论，才使'房屋'变成了'家'"。①霍尔对"表征"概念的理解，克服了客观反映论和主观意向

---

① ［英］斯图尔特·霍尔：《表征：文化表象与意指实践》，商务印书馆 2003 年版，第 10 页。

论的偏颇,强调了"表征"的意义建构性和文化实践性,意味着人类实践活动及其产物在一定程度上都具有"表征"性。空间表征"涉及概念化的空间在任何社会或任何生产方式中都是主导性空间。它趋向一种文字的和符号的系统。表征空间是通过相关的意向和符号而被直接使用的空间,是一种被占领和体验的空间。它与物质空间重叠并且对物质空间中的物体作象征(符号)式的使用"①。空间的表征属于构想层面,是一种体验的空间、一种象征想象的空间、一种概念化的空间想象,可以通过意识形态与知识理解对空间纹理进行修改。

日常生活世界中无处不在的空间与社会文化紧密相连,并以个体的身体作为空间起点,连接时间的向度,区分为过去的空间、现在的空间与将来的空间。在三个向度的空间世界里,通过叙事、想象、意象、象征、符号、隐喻等精神性生产实践,赋予空间以特殊的意义,创造出文化表征空间。

第一节 "农村":表征现代性的入侵与传统文化的返流

农村,相对于城市而言,指的是以农业为主要经济活动形式的劳动者聚居地,人口呈散落居住状态。一直以来,农民在一定地域范围内集中居住,从事着农业生产,是不允许离开农村的。新中国成立至改革开放之前,国家总是试图用政治群体的统一性来凝聚文化群体,形成城市与农村二元对立的文化群体。1953年4月17日,政务院的《劝止农民盲目流入城市的指示》首次以政府的名义提出,除有工矿企业或建筑公司正式文件证明其为预约工或合同工者外,均不得给其余进城农民开具介绍证明。如有进城农民,要劝其还乡。② 随后,国家政府及有关部门连续发了七个有关限制农民进城的文件。鲜明的城乡二元社会结构将农村居民都限制在以血缘、地缘为主导社会形态、以乡土观念为文化形态的农村聚居地。土地是滋生万物、涵养大地的空间容器,是人们赖以生存的自然条件。就如

---

① Lefebvre, H., *The Production of Space*. Oxford: Blackwell press, 1991, pp. 38—39.
② 龚育之主编:《中国二十世纪通鉴》第3册第11卷,线装书局2002年版,第3429—3430页。

《说文解字》所云:"土,地之吐生万物者也";在《管子·水地》中提到:"地者,万物之本原,诸生之根苑也。"

随着1978年改革开放的到来,农民陆续离开世世代代居住的农村,放弃祖祖辈辈赖以生存的土地,逐渐涌入城市这个全新的空间,谋求生存、发展的机会。城市现代文明以开放民主、兼容并包的姿态吸纳了一批又一批来自农村的农民。赚钱、工作的同时,一些农民工也感受到了城市现代文明与生活方式的召唤。就如王圣学在《城市化与中国城市化分析》中分析:"城市化的最主要特征表现在由工业化引起的生产的积聚和集中以及由此而引起的农业人口向城市人口转移与城市生产方式和生活方式的普及。"①

一 农村更荒芜:与传统的割裂

土地于农民而言,有着亲切之感;农民对土地充满着感激之情。土地养育了世世代代的农民,却也束缚了农民。"人自己变成了植物——即变成了农民,他生根在他所照料的土地上,人的心灵在乡村中发现了一种心灵,存在的一种新的土地束缚、一种新的感情自行出现了。敌对的自然变成了朋友,土地变成了家乡。"② 城市与乡村二元对立的政治、经济、文化等因素制约着农村的发展。长期的历史积弊,使得农村地处偏远,经济落后,土地贫瘠。在现代性的感召下,农村的"空心"现象越来越普遍。因而,在城市现代文明的映照下,农村显得更落后、贫瘠、封闭。吴玄《发廊》中的故乡西地,在大山里面,样子相当破败,仿佛挂在山上的一个废弃的鸟巢。随着外出打工的人越来越多,农村建设越发显得落后。就如赵本夫在《无土时代》中写道,"村里年轻人走光了,就剩些老弱残疾和妇女","差不多十年了,草儿洼再没添一口新屋,看上去一片破败景象,老屋摇摇欲坠,一场大风大雨,总会倒几口老屋"。闫永群《见证》中的"我"离乡二十多年后的一个初春早上,回到家乡的一条乡间小路上时,感觉"那些记忆里的残雪,早已委身于岁月的河流中,一去不返了。两旁的白杨,也不知行踪,田野上写满了空旷和荒凉。村子,越来越

---

① 王圣学:《城市化与中国城市化分析》,陕西人民出版社1992年版,第43页。
② [德] 奥斯瓦尔德·斯宾格勒:《西方的没落》,齐世荣等译,商务印书馆1991年版,第198页。

老旧了，如同和村里尚在的老人，相比着缩小着身躯和容貌"。王十月《梅雨》中的烟村一到梅雨季节，"山洪挟裹着周围村庄里的秽物而下，湖面上漂浮着牛马的粪便、芦柴、菜叶。一头死去的病猪，浮肿的尸体在水中载沉载浮"①。柳冬妩在《空心的村庄》一诗中通过描写荒无人烟的空心村，揭示了农村的凋敝：

    门前的路被杂草掩盖
    我只能在记忆中分辨出来
    一些亲切的门已不存在
    剩下的门一直关着
    锈迹斑斑的锁
    等待偶尔的打开和最终的离去
    钥匙锈在千里之外的背包里……
    熟悉的人越来越少
    陌生的狗越来越多

  家乡落后、偏远，农村孩子上学也是非常艰辛。王十月《成长的仪式》中红狗所在的村庄离学校非常远，每天清晨天还没亮、鸡叫三遍的时候，红狗就必须去上学。红狗摸黑离家，要经过一个遍布大大小小坟墓的黑林子，然后进入一条并不宽阔的土路，在土路上需走上半个小时，就可踏上一条沙子石头铺就的公路，学校就在离公路不远的地方。②

  乡村空间在前现代社会中呈现出静止的、僵死的特征。乡村对农民而言，意味着"家园"。这个"家园"空间意象由家屋、阁楼、地窖、橱柜等一系列空间原型构成。它们具有私密感、圆整感。置身其间的人对这些实体的房舍、家具及其空间的使用，会触发一定的心灵感应，从而赋予其现实意义。"家屋"对我们大多数人而言，那是自己诞生的空间，是生活其中并体验到幸福感、安全感、宁静感的地方。然而，在城市现代化进程

---

① 王十月：《烟村》，邓一光主编《王十月作品 开冲床的人》，海天出版社2012年版，第80页。
② 王十月：《成长的仪式》，邓一光主编《王十月作品 开冲床的人》，海天出版社2012年版，第69—79页。

中，相比城市里金碧辉煌、高楼大厦的居住空间，农村的"家屋"却显现出狰狞的面目。例如，夏天敏《接吻长安街》中小江的家乡人住的是"泥土垛的房子"、屋里"潮湿、阴暗"夹杂着"猪食的馊臭味和黑压压的苍蝇"，门口就是臭水坑，"下雨后裹着牛屎马粪猪尿的泥泞"。阎连科《柳乡长》中槐花家一大家人住在"两间泥草屋，一堵倒坯院落墙"构成的"家屋"里。罗伟章《我们的路》中大宝家必须"穿过一片慈竹林，再下二十来步石梯"方可到达。房子的"左面是喂猪牛的偏厦，右边是一个粪坑"。偏厦是他"父亲在世的时候立起来的，距今有三十多年了，梁柱被虫蚀得千疮百孔，轻轻一摇就要断裂似的。偏厦顶上覆盖的茅草，被风扯走了好大一部分，剩下的被雪长久地捂着，发出一股霉烂的气味"。一进门就可看到火房，那里矗着"一尊巨大的土灶，占据了差不多半间火房，猪食桶、饭碗、筲箕和筷子，都堆积在土灶上面；灶沿黑乎乎的，是长年烟熏火燎的结果，黑中偶尔露出一条白，是米汤，也可能是鸡屎"。而供人休息睡觉的卧室却"跟火房一样凌乱，墙角堆着土豆、红苕和锄头，墙上挂着蓑衣、斗笠乃至犁铧"。故乡的芜杂、贫困、落后就"像大江大河中峭立于水面的石头，又突兀又扎眼"，相对私密性的家是如此凌乱、破败不堪，城市里的现代化设施似乎只是城市的"专用"。当金麦（常君《长在城里的麦子》）嫁给城市人，习惯了城市"家"中舒适的现代化设备后，面对生活了二十多年的农村"老家"感觉很不适应。老家"没有淋浴，洗澡都是在大盆里放了水洗"，晚上睡的是炕，"半夜起来方便，还得深一脚浅一脚去院里茅厕"等，这是金麦习惯了二十多年的日常，而如今这一切于她而言显得很突兀、很不习惯。

由乡进入城市，农民工经历了一种从前现代到现代或后现代的空间体验。农村地处偏远、交通不便、资源匮乏、技术人才的缺失等限制了农民的发展。自给自足的封闭性的生产方式和文化心理，致使农村与外面的世界相比呈现出差异。随着改革开放国家允许人口流动的相关政策实施以来，农民纷纷走出了乡村空间，实行了生活与工作空间的拓展。城市的便利、现代化特色、淘金的梦想等吸引着一批又一批，甚至是一代又一代的农民往外走。当跻身于城市，满怀激情地投入城市的现代化建设中时，他们也就逐渐地与孕育他们的母胎——农村割裂了。城市的声光电化、繁华喧嚣的技术文明，进一步彰显了农村的落后与凋敝，也斩断了从农村走出来的农民工与传统的息息相关的联系，同时也将自身割裂了。在越来越破败凄凉的农村,他们注定无处安身。

二 农村的现代性:城市的幻化

> 所谓现代性,就是发现我们身处一种环境之中,这种环境允许我们去历险,去获得权力、快乐和成长,去改变我们自己和世界,但与此同时它又威胁要摧毁我们拥有的一切,摧毁我们所知的一切,摧毁我们表现出来的一切。①
>
> ——马歇尔·伯曼

在现代文明、国家力量的影响下,现代性逐渐地渗入农村,为农村带来了现代性的生活方式和悖异于传统的道德准则。多元的文化生态和文化心理改变了农村传统的基于血缘与地缘基础的族群身份认同。原来传统封闭、落后贫瘠、简单单一的家族、村落认同逐渐被打破,展现出全新的现代性的面貌。如阎连科《柳乡长》的椿树村"坐落在乡里通往耙耧山深处一绳土道的尽头上",从外面进去,需先坐车,后骑自行车,然后徒步行走十余里路,才可到达。椿树村几十户人家曾经"家家都草房泥屋",白日里,村人们需"下沟几里去挑食水",晚上家家点的是"一摇一晃的煤油灯"。② 而如今的椿树村发生了改天换地的变化:

> 村里不光有了电,有了路,有了自来水,还有面粉厂、铁丝厂、机砖厂和正在建着的流水作业的石灰窑。各家也都有了瓦房、小楼或者带着客厅的大屋房。夏天时,家户里的电扇就和蒲扇样不歇叶儿地转,还有人家把空调都挂在窗前了;冬日里,烤火烧的煤钱比往年吃的油钱还要多,有人家把电取暖的机器都摆在床前了。日子是轰的一下变了的。原来在九都给人家垒鸡窝、砌灶房的小工儿,转眼间他就成了包工头儿了,名片上也印着经理的字样了。原来在理发馆里给人

---

① [美]马歇尔·伯曼:《一切坚固的东西都烟消云散了——现代性体验》,徐大建、张辑译,商务印书馆2003年版,第15页。
② 阎连科:《柳乡长》,载商昌宝主编《接吻长安街》,北岳文艺出版社2014年版,第3页。

家做着下手的，入了夜里要去侍奉男人的姑娘呢，一转身，她就是理发馆里妖艳艳的老板了，侍奉男人的事情就轮到别的姑娘了。……把椿树村的人赶鸭样都赶到城里去，三年后村里就有些城里模样了。从村街上望过去，街岸上的瓦房、楼房齐齐崭崭着，各家都是高门楼，石墩儿狮，门前有着三层五层的石台阶。街面上流动的新砖新瓦的硫黄味，金灿灿如夏时候的小麦香。每日里都有家户在盖房，叮当当的响声一年四季没有息下过，在村落和旷野就像敲着吉祥的锣鼓样。

在城市化的影响下，在柳乡长的建议下，槐花家原来的泥草房已不见踪影，一栋里里外外都透着"洋气"的三层楼房拔地而起，就像一座新式儿的庙院出现在了村落正中央……楼房的砖都是半青半灰的仿古色，窗子都是如木雕一样的钢花儿，钢花中还不时地镶着一些红铜和黄铜，像花叶里边的花蕊样。院墙呢，因为有铁艺，就成了城里公园的围墙了，墙下又都种了花，种了草，虽然是冬季，可那本就长不高的地龙柏和卧塔松，还有本就四季碧翠的冬青树、越冬草，就在那黄苍苍的冬日里缀下了许多蓝绿色。院落里，院落的地上好人家才用水泥和烧砖铺了的，可槐花家的院落地却用了深红的方瓷砖，那瓷砖光亮把脚，说不光是从外国用船运回的，说途道上那砖还转乘过飞机呢。

现代性所具有的"时空分延"特性将农村与城市连接，将在场和缺场连接，从而致使农村空间异化，呈现出现代性的特征。"有新鲜空气，有美丽庄稼"的农村，在现代化、机械化的影响挤压下，也显现出现代化进程中的"空间重叠"景象。如今很多农村如闫永群《民谣》中的南阳村一样，"一切都变了"，"黄土路铺成了冰冷的水泥路"，桥面加宽。还能看见几里外的造纸厂等。城市空间的现代性特点在农村以势不可当之势进行复制和再现。水泥路、工厂等城市现代性事物在农村的蔓延，村民们通过对城市现代文明的创造性利用，对传统文化、集体记忆的再创性营造，弥合了乡村"家园"所显现的裂痕与破落，最终实现了对传统"家园"的超越。现代性悄悄地实现着对原始的农村"家园"的改造。现在的农村，一条条笔直的水泥路伸向了家家户户门口，一栋栋具有现代性特质的楼房拔地而起，一件件家电家具从城里运进来。到处充斥着机械的轰鸣声，高压电线拉进了村庄，外商投资工厂也不断地入驻在各农村（《寻根团》）。现代化、工业化、技术化充斥着农村，给农村带来便利和财富的同时，也带来了隐忧。如吴君《亲爱的深圳》中来自东北农村的张曼丽经理对老乡李水库冷笑反问："现在农村还有新鲜的空气吗？到处都在挖山挖石头，大片大片的土地荒掉了，你在哪儿见到了美丽的庄稼？"闫永群《民谣》中南阳赵河边上"老槐树没有了"，"成团成团的黑烟从高高的烟囱中挤出，汹涌着四散开来"。

车马喧嚣、热闹纷繁的现代性农村一改往日的落后、凋敝、凄冷的面貌。如今，许多乡村有着城市空间现代性的影子，并且还在以令人惊讶的速度复制扩展着。这一过程是农民工对城市现代生活的认识与再使用过程。这是一幅城市在农村再现的图画，交织着城市生活记忆、知识与乡村现实。

三　城中村：传统文化的返流与空间的重叠

在理性层面上，农民为了谋生或寻梦，选择离开农村"家园"进驻城市；而从感性层面来讲，农民对家乡的感情并没有因为离开而终止。离乡迫使农民与农村"家园"的自然关系断开，但乡村情结、家园意识始终萦绕在他们心头。世世代代积淀下来的集体家园意识，在城市现代化的冲击下，在部分农民工身上更加凸显了。

然而，长期的城市生活经历，无形中将农民工置于一条"离去—归来—再离去"的不断循环之路上。他们在被城市边缘化的同时，又试图改变自己以适应城市；他们接受现代性洗礼的同时，又尝试着将传统文明与农村家园"移植"到城市空间，实现精神回归。

苏子村（赵本夫《无土时代》）"三面环山，一面临水，小河上架一座小桥"，是木城中的一块风水宝地，它"离木城有一段路程，但又不太远"，只是木城的"城中村"。有位老板曾经看中了苏子村的风水，欲在此投资建度假村，给当地村民另安置了新居。然而，一个刑事案把老板扯上了，自此这块"风水之地"就成了"是非之地、晦气之地"了。来自农村草儿洼的天柱及其他乡民们，却在苏子村"扎根"了。从此，苏子村集聚了来自草儿洼的民工们，由最初的几十个人发展到如今三百多精壮后生，完全占据了苏子村。而天柱在苏子村无形中替代了草儿洼村长方全林，想草儿洼民工之所想，急草儿洼民工之所急。在苏子村，延续着草儿洼原生的礼俗性、亲和性等风俗习惯。草儿洼的村长方全林一到苏子村，天柱等人就急迫地召集大家开会，让方全林讲话。以前大家还在农村开会的时候闹哄哄的，但"现在不闹了"，都在"等着村长给他们开会说点什么"。

如果说家乡草儿洼变得更荒芜、更破败，压缩了农民工在家乡的生存空间，那么天柱等农民的进城实现了生存空间的拓展。如果说椿树村（阎连科《柳乡长》）更具现代性是现代文明的渗透导致了城市与乡村空间的重叠，那么在苏子村中延续着草儿洼的风俗民情，就是传统文化在城市发展空间的返流。从生存空间的拓展，到传统文化在城市空间的返流，更新了地域空间的表现形式，带来了乡村空间在城市空间的复制和再造。这使得城市现代化进程中呈现出"空间重叠"的象征体系。天柱等草儿洼农民工们，在现代都市空间中努力去建构一个让自己适应城市生活的差异性空间，以抵抗现代性对人的压迫与控制。天柱带领大家将整个木城的绿化带、公园等种上了麦苗，在苏子村种植麦子、玉米等农作物。龚德宝、李元庆等（郭建勋《天堂凹》）在深圳"天堂凹高高的楼房、宽宽的马路背后的另一个世界"——"城中村"承包菜地。这个地方，"早几年，有个香港老板说要在这里建一个深圳最大的家私厂"，可是当把"原来的石场停了"，将附近香蕉林的"香蕉树砍光了，山推平了，金融风暴也来了，香港老板的钱缩了水，他也没建成深圳最大的家私厂"，于是这片土地荒了几年，现在专门租给外地来的农民工种菜，成了城市里的"菜地"。坐落在槐城的"歇马山庄饭店"（孙惠芬《吉宽的马车》）的墙上疏密有致地挂着从乡下弄来的一串串红艳艳的辣椒、金灿灿的苞米、黄澄澄的稻穗、大茧，在大厅最开阔的那面墙壁上一匹前蹄扬起的老马拉着一辆木轮马车"奔跑"着，在这里平日里聚集着同是来自歇马山庄的民工……他们将被遮蔽的农村日常生活在城市空间里再现，将存在感重归于日常生活空间中。对于天柱等进城农民工而言，为了在城市更好地生活与生存，或许首先就是要改变空间。正如列斐伏尔所言，"为了改变生活，我们必须首先改变空间"①，"如果未曾生产一个适合的空间，那么'改变生活方式'、'改变社会'等都是空话"。② 因而，天柱等农民工首

---

① Lefebvre, H., *The production of space*. Oxford: Blackwell press, 1991, p.190.
② ［法］列斐伏尔：《空间：社会产物与使用价值》，载包亚明《现代性与空间的生产》，上海教育出版社2002年版，第47页。

先以群体力量的暴力方式占据了苏子村,圈定了一个只属于他们的空间;然后,他们以迂回曲折的柔性方式颠覆了城市空间的理性秩序,抵抗城市的主流文化对他们的侵袭。

城里的一处处城中村,是进城农民下班之后的栖身之处,是释放疲惫与压力的港湾。

> 马有贵(《寻根团》)的租屋在这城市的一处城中村,这里密密麻麻都是亲嘴楼,马有贵住的那一片,百分之八十的租户来自楚州,他们多在附近的工厂打工,因老乡们住在一起,就把这里的城中村变成了楚州的一个村,走在村里,入耳皆是乡音,这些老乡们,平时在工厂里老老实实打工,下班后的娱乐,除了打麻将,就是参与赌地下的香港的外围六合彩,倒也过得怡然自得,直把他乡作故乡,并不像有些书斋里的人想当然的那样,认为这些打工仔打工妹们每日里觉得生活水深火热苦不堪言,自道自己是底层是什么层的。

行走在充斥着"乡音"的城中村,虽是他乡却熟悉、亲切,虽简单而不寒心,虽在城市却无高低贵贱之分。只有"回归"农村日常生活空间,马有贵、天柱、德宝(郭建勋《天堂凹》)、吉宽(《吉宽的马车》)等进城农民工才能从压抑的城市生活中拯救出来,实现"诗意的栖居"。因为"日常生活是一切活动的汇聚处、纽带和共同的根基。也只有在日常生活中,造成人类和每一个人存在的社会关系的综合,才能以完整的形态与方式体现出来。在现实中发挥出整体作用的这些联系,也只有在日常生活中才能实现与体现出来"[①]。这是一个借助城市空间实现地方化、民间化的过程。在这个"再地方化"过程中,民间传统文化悄悄地实现着对现代性的置换。

第二节 "家"的空间表征

"家"字在商代甲骨文、西周金文中具有 50 种字形体。不管"家"字有多少形体,也不论是许慎把"家"字视为形声字,"从宀,豭省声",

---

① Lefebvre, H., *Critique of Everyday Life*. London: Verso, 1991, p. 97.

还是段玉裁的"家"本义为"豕之居也",或是叶玉森、叶启勋等学者认为"家"字应该从豕,都可看出家庭与住宅是紧密相连的。"家"字由象征家庭财富的"宀(房屋)"和"豕(猪)"构成,表示家庭与住所。"家宅庇护着梦想,家宅保护着梦想者,家宅让我们能够在安详中做梦。"① 家,是人类行动的居所,具有客观物理特性,也是安放心灵的精神憩园。"没有家宅,人就成了流离失所的存在。家宅在自然的风暴和人生的风暴中保卫着人。它既是身体又是灵魂。它是人类最早的世界。早在那些仓促下结论的形而上学家们所传授的'被抛于世界'之前,人已经被放置于家宅的摇篮之中。在我们梦想中,家宅总是一个巨大的摇篮。一个研究具体事物的形而上学家不会对这个事实置之不理,这是个简单的事实,更重要的是,这个事实有一种价值,一种重大的价值,我们在梦想中重新面对它。存在立刻就成为一种价值。生活便开始,在封闭中、受保护中开始,在家宅的温暖怀抱中开始。"② 不管是何种身份的人,领导、教师、医生、工人、农民等总是需要属于自己的居住空间。它对人的重要性是任何其他空间都无法比拟的。家宅是一个摇篮,人在里面享受温暖,畅想未来,也可以抚慰受伤的心灵。因为家是"我们认识世界的基础,与我们生活中最为私密的部分密切相关。家目睹了我们所受的羞辱和面临的困境,也看到了我们想展现给外人的形象。在我们最落魄的时候,家依然是我们的庇护所,因此我们在家里感到安全,我们对家的感情最强烈,虽然大多数时间这种感情并没有为我们所察觉"③。当我们离开了家,失去了家的时候,"我们就会陷入无穷无尽的烦恼与困惑,直到我们找到一个新的庇护所"④。家是人类一切行动的起点和终点。农民工离开农村的"家",忍受抛妻别子的痛苦与寂寞,从事着超负荷的工作,为的是改善这个原始的"家"并早日回归。他们从"家"这个空间开始,去寻求存在感和价值感,兜兜转转最终又回到了原点。经历了打工生活的多重空间体验,农民工们改变了

---

① [法]加斯东·巴什拉:《空间的诗学》,张逸婧译,上海译文出版社 2009 年版,第 4 页。

② 同上书,第 5 页。

③ [英]安德鲁·巴兰坦:《建筑与文化》,王贵祥译,外语教学与研究出版社 2007 年版,第 152 页。

④ 同上书,第 154 页。

对最初那个"家"的想象与认识。

一 乡村的"家":城市消费的"幻象"

"家包含许多方面的内容,坚固的房屋只是家的一部分。"① 因为这个物质"容器","家"成其为"家"。父母兄弟姐妹妻儿等集聚在这个"房屋"里,共同组成一个家庭。房屋由很多间房间构成。不同风格的房间构筑的"家宅",象征着居住者的财富、才干和社会地位。随着消费社会的到来,"家宅"的生命力特征与象征效力也适用于农村。在农耕时代,对自我的称呼是与"家"紧密联系的。例如,在农村要指称某人,通常会说"某某家的谁"之类的。然而,随着进城务工以来,返乡农民工与"家"的自然纽带被拉断了。他们的自主性、财富、地位与尊严需要外在的物质来修饰与肯定。房子自然是一个重要的评判指标。

国家统计局资料显示,2003—2012年,中国农村人均住房面积从27.24平方米增加至37.09平方米,每年新增住宅面积约8亿平方米。2004—2012年,农村在新建住房方面的投资不断增长,从1930亿元上升至6840亿元。与此同时,务工潮有增无减,据统计2004年外出务工人员有1.14亿人,2015年增加到了1.69亿人,年均增速超过4%。

> 湖北郧西县湖北口回族乡虎坪村,2015年底统计:全村常年在外地务工的近800人,几乎囊括了除上学之外的所有青壮劳力。他们出去打工,他们回家盖楼。虽然盖房子是头等大事,但全村185栋砖石房,常年一半都是空的,有的村民盖楼要花20余万,多半靠负债。②

农民外出务工逐年增加,而农村"建房热"却也逐年增加。农民工花费大量人力、物力、财力,甚至不惜债台高筑建起来的房子,实际利用率并不高。"住房空置、闲置甚至废弃现象比较普遍","一方面,部分农民将过剩的住房作为储藏室,甚至干脆空置;另一方面,部分农民积累了

---

① [英]安德鲁·巴兰坦:《建筑与文化》,王贵祥译,外语教学与研究出版社2007年版,第153页。

② 邓海建:《返乡建房承载醇美乡愁》,《湖南日报》2016年1月24日第8版。

一定的资本,已经在城市定居,但因农村宅基地在交易方面存在诸多限制,且价值低廉,导致农村住宅闲置、甚至废弃"。① 如此情况,为什么还会出现农民工返乡"建房热"?陈军对湖南省衡阳县三湖镇的建房情况进行了实地调查,发现:

> 伴随着"外出务工潮"的兴起,富裕起来的农民工纷纷回乡建房,部分"打工村""打工县"兴起了"建房热",由此也带来了一股盲目攀比风,你盖三间平房,我砌一栋小洋楼,有的不顾自己的财力,不惜负债建房,结果弄得债台高筑。②

他们在城市没日没夜地挣钱,回到农村就希望通过房子——这个"门面"来"装饰"自己,实现对自我价值的肯定。身份是外在于人本身的,房子对身份的彰显有着非常直观的效用。在文学作品中,对这种现象也有所描述。在阎连科的《柳乡长》中参观干部与农家主人的一段对话与议论颇有深意。

> 问:这门楼多高呀?
> 说:一丈八。
> 感叹着:天啊,花了多少钱?
> 说:没多少,拢共五千多块。
> 一家新起的楼房外镶的瓷砖,像给楼房穿了一层红绸衣,在日光里亮闪闪如同着了火,大冬天一看这楼房就浑身暖和了。那房家的主人便立在门前默笑着,告诉参观的人,这是"我孩娃去省城买的洋瓷砖,说那瓷砖是坐轮船、搭火车从外国弄进省城的,我孩娃为买这砖跑了三趟儿省城的。"就又问:"你孩娃在九都那儿干啥呢?"说:"跑运输。"问:"开车呀?"说:"自家买了几辆车,让别人开呀。"
> "是当老板呀。那他原来干啥哩?"
> 人家说:

---

① 祝仲坤:《农民工返乡建房行为研究——基于推拉理论的解释框架》,《经济体制改革》2017年第3期。

② 陈军:《返乡民工建房攀比的冷思考》,《中国改革报》2009年2月24日。

"干啥呀，原来是在九都蹬那三轮车子帮人送货哩。"

人家没说自家孩娃原是在九都城里做过贼，偷车子几次被送回过柏树乡，人家说孩娃吃苦呢，原是城里的三轮车夫哩。虽然这车夫和老板儿那天壤的别处让人有着疑，可毕竟红亮亮穿了绸衣的楼房却是货真真的摆在面前了，容不得你有半点怀疑那楼房是假的，是柴草搭的架，是红烧糊的面。

首先，这栋房子是一种身份的象征符号，彰显了它的与众不同。贫穷的小山村原来都是土坯房、泥草房，而如今有着一丈八的门楼，墙面贴的是瓷砖，处处显示着气派，显示着现代化。房子是一个人的生活空间，而对于很多农民工来说，在农村建的房子却弱化了其居住的实用性。农民工一年有350天左右在城里，在家时间不超过半个月，吃喝拉撒睡基本上都在城市。即使是这样，他们也要在农村建房。可为了建房子，他们做贼、蹬三轮车、帮人洗头等，什么苦力活、脏活都肯干。房子承载了人物及其活动，无形中也使人为了房子而呈现出扭曲的分裂的自我。这一栋栋让人艳羡的像穿了绸衣的房子亮闪闪的，它驱散了房子主人心中的那一抹城市郁结，照亮了生活的信心；可它是他们用汗水和鲜血，受苦受累、省吃俭用换来的，那是一种怎样的卑微。房子背后所揭示的经济状况与生活状况让他们陷入身份危机。外在的、物质的东西容易被移植，城市消费观念与生活方式是无法真正进驻农村"内核"的。此时，"家"作为一种空间的"生产"走向了空间消费的幻象。那些独特的城市生活体验，已经蜕变为在乡村空间中的消费文化。这是对城市空间现代性消费的认同，是在乡村空间中对城市空间的想象与意象。

"劳动作为人的生命的基本条件，对于人的存在来说是必须的，而私人领域则为人们提供了一个'遮蔽的空间'。但是如果人只是把自己与劳动和消费的循环过程联系在一起、只是把自己局限在私人领域中，那么，一种'来自他人所见所闻的现实性'、以'公共世界中的各种事物为媒介的与别人相联系或相分离的那种客观关系'、'取得比生命本身更为永久的业绩的可能性'就都被剥夺了。"[①] 因此，很多农民工把"家"留给别人好的印象看成是实现自己价值的方式。

---

① ［德］汉娜·阿伦特：《人的条件》，竺乾威等译，上海人民出版社1999年版，第45页。

"我出去做的工作很苦的,帮那些大海船下货,夏天光着膀子背晒得像娃娃鱼大鱿的背,冬天海风吹在脸上像扇耳刮子一样,好多人都干不了这个活。我在外面多苦多累没人知道,赚了钱我回到家就好好地休息,潇洒地玩。"

"前年快过年的时候,我买了很多城里人放的烟花,各种大小的我挑了一担,走在路上很多人都问我。过年的时候,在这样的山村里放,确实很好看。今年过年就开始有好多人都开始买了,一百多元一桶的也舍得花钱。难得回来过一次年,就得好好地整一下。"①

(FYF,男,37岁)

FYF在外打拼回到家之后潇洒地玩、肆意地"消费"已超出了对物品本身的实用性"消费"特征。买一担"城里人放的烟花"到农村,与其说是为了过年喜庆,给山区增添艳丽与喜悦,不如说是FYF的一次炫耀性消费,一种符号性消费。他的行为无形中给城市做了一次"广告",也是一次自我身份表征的"广告"。"如果我们是在产品中消费产品,我们在广告中,则是消费它的意义……纯粹的符征,没有符旨,自我指涉,它便这样空洞地被人阅读、讨论、诠释,违反其意图地获得意义,它被当做记号来消费。那么,到底它的意义是什么呢?"②消费的"烟花",其实是一种符号、一种象征。买烟花、放烟花的行为,被人们效仿、诠释,使其获得超出烟花本身的意义。当消费的象征意义被证明之后,这种消费就由物品的消费走向了"消费的幻象",由乡村空间走向城市的消费幻象空间。

这种消费指向的是欺骗性"幻象"。就如鲍曼指出:"消费主义允诺的是一种幸福的普遍性:每个人都可以自由的选择,也就是说,人们被同样允许进入消费主义的商店,他们同样被允诺将得到幸福,这是欺骗性之一。其二,消费主义的另一欺骗性在于它设定了一个虚假命题:一旦你提供了消费者的自由,你就完全解决了自由问题。因此,自由事实上被降格

---

① 周书刚:《空间的流动与家的营造》,硕士学位论文,华中师范大学,2009年。
② [法]尚·布希亚(鲍德里亚):《物体系》,林志明译,上海世纪出版集团2001年版,第203页。

成了消费主义。"① 孙惠芬在《歇马山庄的两个女人》中对一位农民工玉柱与妻子潘桃的旅行结婚做了如下描述：

> 他们为自己主张了一个简单的婚礼——到城里旅行结婚。城就是玉柱当民工盖楼的那个城，不小也不算大，他们在一个小巷里的招待所住了两晚，玉柱请她吃了一顿肯德基，一顿米饭炒菜，剩下的，就是随便什么旮旯小馆，一人一碗葱花面。他们没有穿红挂绿，穿的，是潘桃在镇子上早就买好的运动装，两套素色的白，外边罩着羽绒服。他们朴素得不能再朴素，平常得不能再平常。

旅行结婚是一对新婚夫妇从一个生存空间到另一个陌生空间的探问。"面对新的空间，一种'过渡、短暂和偶然'（波德莱尔）的体验便应运而生。这意味着旅行的空间转换导致了对过去'永恒和不变'原则的解构。显然，旅行带来的居无定所的空间漂移，最容易导致原本根深蒂固的传统观念的松动及其怀疑。"② 潘桃夫妇这看似朴素的婚礼，其实是对乡村"过去永恒和不变原则的解构"，是一种现代性体验。这种带有城市现代性的消费只不过是一种暂时靠近城市的幻象。一旦回到日常生活空间，家长里短、婆媳关系等就占据了潘桃的生活与思想。之前的优雅、与众不同湮灭在日常的琐碎中。毕竟这种消费杂糅了城市空间与乡村空间的各种文化因素，交织着对现代性的憧憬与对历史的记忆及地域性知识体验等多重因子。

二 农民工城里的"家"：由私密走向敞开

新中国成立以来我国城市化进程经历了 1949—1957 年城市化起步发展、1958—1965 年城市化曲折发展、1966—1978 年城市化停滞发展三个阶段之后，自 1978 年改革开放以来，迎来了城市化的恢复、稳步及快速发展的新局面。随着城市化进程的加快，城市空间出现了快速的重构：一方面，由于大规模城市建设和城市人口大规模扩张，城市空间出现了前所

---

① 何佩群编译：《消费主义的欺骗性——鲍曼访谈录》，《中华读书报》1998 年 6 月 17 日。
② 周宪：《旅行者的眼光与现代性体验——从近代游记文学看现代性体验的形成》，《社会科学战线》2000 年第 6 期。

未有的空间扩张现象；另一方面，大批量农民进城以及不同阶层空间隔离的加剧，带来了日益严重的社会分化和城市空间的层级化区别现象。从农民工与城市、与社会的关系来看，打工文学呈现出城市与乡村两种空间类别；从农民工生存空间来看，打工文学又呈现出公共空间与私密空间两种空间类型。公共空间在打工文学空间叙事中主要侧重于农民工与都市、政治、经济等宏大领域，表现出公共性、社会性、层级性；与之相对应的私密空间则本应注重空间的私密性与个性性。打工文学中农民工的生活空间建构表征为公共空间与私密空间的公开与封闭相互兼容的特性。

米克·巴尔认为，空间是"行动的地点"，也就是说可以给人物提供活动的背景要素；同时，空间"自身就成为描述的对象本身"。这样，空间就成为一个"行动着的地点"，不同的空间都具有不同的主题含义。① 农民工工作之余栖息的"家屋"里的墙、床、家私等都是空间方面的原型意象，它们是农民工在城市里"行动"的起点与终点。由纤维板或钢筋水泥、砖石等构筑的家屋，上有屋顶封住，屋身用墙包围住，形成了一个封闭的空间。保证了家空间的阈限性、私密性、排他性等特点。在这个私密空间里，个体可以避开外界一切干扰纷争，享受自由自在的生活。然而，农民工自乡村进驻到城市，大多隔断了以血缘为纽带组建的"家"，打断了他们意识中"家"所蕴含的家族、宗族意识。他们在城市的"工棚"等住所，既是他们的私密空间，也是大家的公共空间。

许春樵在《不许抢劫》中对一家建筑工地上杨树根等农民工的"家"如是描述：

　　十九个民工集体睡在毛竹、竹维板、油毡搭起来的临时工棚里，砖头砌起来的床铺上铺上席子，这就是他们的家了。②

李锐的《扁担——农具系列之六》也有对农民工的住所进行描写：

---

① 王欣、石坚：《时间主题的空间形式：福克纳叙事的空间解读》，《外国文学研究》2007年第5期。
② 许春樵：《不许抢劫》，见商昌宝主编《接吻长安街·小说视界中的农民工》，北岳文艺出版社2014年版，第120页。

    黑乎乎的大工棚，工棚里大白天也亮着灯，迎面卷过来一阵浓浓的汗臭味儿，长长的两排地铺上，乱七八糟地堆放着铺盖、衣服、手套、饭盒、脸盆和满是泥污的鞋。①

　　19个来自不同家庭的人，集居在一间由毛竹、竹维板、油毡搭起来的"家"里，大家睡在一张张用砖头砌起来的床上，"床叠床，一人只能占一只马桶的地方"，"工棚很大很大，要住很多很多的人"②。有时简陋的"工棚里连接成排的地铺像抗洪抢险时搭的，四处通花照亮"。（夏天敏《接吻长安街》）相较于鞠福生们而言，杨树根们似乎更幸运。在孙惠芬《民工》中鞠福生等农民工在一家建筑工地上建楼房，由于楼房没建起来，他们就"住在建筑区外边""几辆旧客车车体"组成的工棚里。"车体太薄，经不住日晒，棚子里热得晚上无法睡觉，加上臭脚、汗脚招来蚊虫，工棚简直就是厕所一样的气味。"晚上睡觉时"翻过来，是浓浓的汗臭，覆过去，是浓浓的臭汗"，有时"刚一翻身，身边民工的一声响屁"就冲着旁边人放出。③

　　"家屋""这种私人领域是私人性，用时髦术语来说即是丰富而自由的内心世界的历史源头。'私人'的古典意义——切身所需——同社会劳动和依附关系似乎一起被赶出了私人领域的内在空间，即被从其家园中赶了出来"。农民工从乡村来到城市，从土地上剥离出来，解除了与土地的依附关系，意味着"被赶出了私人领域的""家"。从私密的"家园"空间进入城市这一公共领域，受雇于他人，依附于他人的劳动关系，致使他们时刻处于被敞开的境地。然而，有部分农民没有与城市形成一定的劳动依附关系之前，就只能与"几个拾荒人或者乞丐或者傻瓜"，或其他从乡下进城找工作的人一起宿歇在高架桥下。桥下面完全敞开着，可以容纳来自四面八方不同身份的人，在这里可以自由栖息、自由发言。因为这里是他们的"居住"空间。

---

①　李锐：《扁担——农具系列之六》，见商昌宝主编《接吻长安街·小说视界中的农民工》，北岳文艺出版社2014年版，第36页。

②　李肇正：《女佣》，《当代》2001年第5期。

③　孙惠芬：《民工》，见商昌宝主编《接吻长安街·小说视界中的农民工》，北岳文艺出版社2014年版，第161页。

"家"是由"宀"与"豕"合成的会意符号,指的是"房屋之内""大门之内",具有相较于外部世界而存在的私密化空间这一文化属性。而这种由没有任何血缘关系的人共同居住在敞开的"家屋"里,就打破了原先"房屋之内""大门之内"的既定秩序。"家"本是拒绝喧嚣与嘈杂,是自我的心灵港湾。在有限的物理空间里,个体可以拥有心灵的无限,可以实现"诗意的栖居"。农民工切断了与亲人的联系,在一个陌生的异域空间里艰难求生,身体与灵魂却只能寄居在一个敞开的"私密""家屋"。在这种缺乏对日常生活用心体验和隐秘感受表达的"家屋"里,其生存痛感无法在"家"中得以抚慰,无法从纷繁复杂的社会现实中实现身心的突围。

三 保姆工作的"家":希望与噩梦的交织

保姆一词在《现代汉语词典》中的释义为:受家庭雇用,为人照管儿童或为人从事家务劳动的妇女。在中国现代文学史上,保姆形象广泛存在。自鲁迅笔下的祥林嫂、长妈妈,巴金的杨嫂,曹禺的鲁侍萍、林海音的宋妈等,到改革开放以来,李肇正《女佣》中的杜秀兰,项小米《二的》中的小白,张抗抗《芝麻》中的芝麻,孙惠芬《悄悄跟你说》中的"俺",刘庆邦保姆系列短篇中的周玉影、冯春良、蒋桂玲、祝艺青等进城打工的农民保姆,在文学作品中一直存在。然而,不同时代作家书写的保姆形象负载着不同时代的主流意识以及作家不同的思想价值理念。新时期以来,作家书写保姆形象,既肯定了保姆积极进取的城市生活选择,却又呈现她们的生存困境,凸显尖锐的城乡矛盾;既歌颂现代化,又对现代化的后果深怀忧虑。

打工文学主要叙述的进城农民工大多是为了摆脱贫困,为了让后代过上不跟自己一样一辈子捏泥巴的生活而背井离乡抛家别子。因此,奔向城市追逐物质以能脱贫致富,进而融入城市,无疑是大多数农民进城务工最现实的目的与要求。进城做保姆的女性就是其中一类。保姆与其他农民工的工作空间不太一样,她们可以真正深入城市中产及以上家庭,可以真正体验城市现代化的物质富有。她们与城市主人共处一室,在主人的家中也有自己的一席之地。对于她们而言,城市不仅是一块地方,而且是一种心理状态;保姆所暂居的"家"不仅是一个居所,而且是一种希望的心理憧憬。"家",虽一个单字却蕴意深远。"家"是人类社会生活的基本物理空间之一,本意是指和亲人共同居住之所。许多诗歌、散文书写过赞颂过"家",谈及"家"那种承载童年,庇护心灵,栖息爱情等带给人的种种舒适、温暖、爱、包容的感受;"家"也因其积极意义成为一种喻体,用以指代居住地、社区、祖国等让人怀想、给人庇护之地。就其使用功能而言,正常的"家"有利于个人身心健康发展,让生活其中的人在平和中去爱、去拥抱人生。"家"堪称个体界定自我价值的重要媒介,有人甚至说"寻找正义、机会和自由也就是对家的探寻"。是的,寻找机会与自由也可以从"家"开始。进城当保姆的杜秀兰、周玉影等在原生的"家"里看不到希望与未来,寄希望于城里的雇主之家。雇主家有些是别墅,上下三层的连体别墅坐落在一个大庄园里,里面有碧绿的草地、成群的白天鹅和野鸭子嬉戏的湖泊,别墅里有卧室、卫生间、玻璃花房、露天平台,还有一间健身房……(刘庆邦《走进别墅》)走进客厅,"哪哪都亮锃锃的",在"屋子里走就像在有灯光的舞台上走,能照影儿"(孙惠芬《悄悄跟你说》),此外,"二十四小时热水供应,中央空调供暖。想知道几点钟了,想知道明天刮不刮风,下不下雨,用手一拨,电话全清清楚楚告诉你……"(项小米《二的》)。宜居的家庭环境与舒适享受的现代化设备虽属于雇主家,但雇主家中也有一个属于保姆的空间。哪怕是"很阴暗的一间房""一只小床,鱼网似的破棉絮,黑糊糊的被子",哪怕棉被有股浓浓的霉味,"霉味顺着鼻腔嗤啦地吸进肺腑,觉得身体快要长出绿毛了",杜秀兰依然很满足,觉得出乎意料得好(李肇正《女佣》)。更不要说"有一个专供自己看的小电视"(项小米《二的》),洗澡可以使用热水器,可以"用花洒冲洗着自己,不冷不热的水温,冲在皮肤上,像一场雨只为一个人下"(余同友《雨水落在半空里》)……那种城市主人家生活环境的舒适、温暖、便捷带给她们的是满足,更多的是希望与憧憬。就如加斯东·巴什拉所说"家宅总是一个巨大的摇篮",生活"在封闭中、受保护中开始,在家宅的温暖怀抱中开始"。[①] 人总是居处在一定的空间里,保姆因为雇主的"家",她们有了憧憬和希望。充斥着现代化的空间给了她们对未来之"家"的梦想和幸福感。

[①] [法]加斯东·巴什拉:《空间的诗学》,张逸婧译,上海译文出版社 2009 年版,第 5 页。

小白（《二的》）因为家庭贫穷，故乡男尊女卑、重男轻女的文化陋习而毅然决然地离开家乡。她坚定地认为"老家实在回不去了"，以后坚决"不能做乡下女人"。那么，向城市进军就是她唯一的出路。16 岁的她只身来到城市，被城市新贵聂凯旋律师雇用当保姆。聂凯旋作为律师专接经济案，家庭经济富裕，地位优越；而女主人单自雪主持家政，养尊处优。这样的家不仅富有而且思想开放，正好满足了她对城市的想象与期待，点燃了她对未来生活的希望与憧憬。哪怕自己已经 27 岁了——这个年龄在农村已经很难嫁得出去，小白依然不想回农村做别人传宗接代的工具。"只要聂家不主动辞掉"，"小白似乎准备就这样一直干下去了"，永不返乡。因为雇主的"家"是她改变自我、改变现有生活、挑战命运的起点与希望。有卫生间、热水器的"家"，是李巧雨（《雨水落在半空里》）亲近城市、拥抱城市最现实最物质也是最热切的缘由。为此，李巧雨立誓做不成城里人，也要做半个城里人。支撑杜秀兰（《女佣》）在城里当保姆的信念就是"给儿子买蓝印户口……一家三口过城市的生活"。

家是具象和安稳的，"家在人的大脑中枢或心坎儿里，他们受到尊崇、祭奉和顶戴，就是在'家'的空间方位上，也特别享有一席领地"①。对于小白、李巧雨、周玉影、杜秀兰等来说，城市雇主的家是她们所尊崇的，也是在城里所追求向往的。然而，这种"房屋之内""大门之内"相对于外部世界而存在的私密化生存空间，有时候确立、维护了它的既定秩序，有时候又显示出它的破坏性。富有、舒适的"家"不断地向由乡进城打工的保姆彰显其优越感，暗示主雇关系不平等的层级感。可是，有些雇主与保姆的关系已远远超出雇佣与被雇佣的关系，而是有了身体"性"的接触。那么原有的既定秩序在保姆心理就会发生倾塌。当雇主家女主人单自雪亲自给小白上了一堂都市入门课后，尤其是当将自己的处女之身交与了聂凯旋并得到了聂凯旋的一句句"我爱你""我会对你负责"之类的话语后，小白萌发了要做城市新贵、挤走单自雪自己当聂太太的梦想（《二的》）。周玉影（《榨油》）因老公出轨离婚后，千方百计地接近城里人韩老爷子成为他的保姆，当在韩老爷子三室一厅的家中以 200 块钱为代价交换了身体之后，她成功地

---

① 王政家：《一个绵厚的民族意象》，《东南文化》1995 年第 1 期。

嫁给了比自己大 30 多岁的主人，并希冀继承韩老爷子的遗产。杜秀兰（《女佣》）在雇主家自从第一次以 500 元换来了与男主人宝良的交易之后，她就在心里盘算着要在城里买房子，让一家三口做城里人，要让儿子"像城里的小学生那样，穿起校服，系一根领带，梳三七开的小分头油光锃亮的"……虽说她们是"通过在性别场域的交往而获得与城市之间的交流，通过与城市异性的关系来争取与城市的某种关系"①；虽说这种关系见不得光，有违道德。可是，城市雇主的"家"与主人给予了她们无限的憧憬与希望。

然而，"在一个'乡下人'必须依靠自己牺牲来实现'城里人'身份转换的时候，她面临的已经是一个不平等的前提，而一个不平等的前提可能是平等认同的基础吗？"② 果然，小白的付出换来的只是聂凯旋的逢场作戏，始乱终弃；周玉影到头来一场空，韩老爷子去世前就立了一份经过法律公证的遗嘱，称"周玉影嫁给他是别有用心，另有所图，不能让她企图继承他的遗产的阴谋得逞"；杜秀兰随着一次次献身换取的金钱越来越多，心理的负罪感也越来越大，对未来生活的恐惧也越来越大；祝艺青（刘庆邦《后来者》）大专毕业之后不想步爸爸在煤矿工作的后尘，决心要去北京闯荡一番，谁曾料想先是在表舅家做保姆，后被支配到饭店帮忙，受尽了他人的歧视与刁难，最终只能选择逃离，躲避到一处由居民楼地下室改成的小旅馆里……这讲得好似一个个有追求有梦想的乡下女孩在都市世界中惨遭不幸的悲剧，实则彰显得是在现代化进程中城乡对峙、性别歧视等方面的现实。她们在城市攻略路上所进行的抗争行为在雇主这一封闭的空间中被消解了。

"空间可以给人幸福，也可以杀死人。"③ 因为"空间是任何权力运作的基础"④。在雇主封闭的空间中，保姆的身体是作为被凝视的空间存在

---

① 范耀华：《论新时期以来"由乡入城"的文学叙述》，博士学位论文，华东师范大学，2007 年。
② 吕新雨：《"孽债"：大众传媒与外来妹的上海故事——关于电视纪录片毛毛告状》，《天涯》2006 年第 3 期。
③ 叶木桂、陈燕：《无边的控诉：茫茫天地，何处是我家——〈祝福〉祥林嫂的"空间"解读》，《名作欣赏》2010 年第 2 期。
④ ［法］米歇尔·福柯：《后现代性与地理学的政治·空间知识权力——福柯访谈录》，包亚明主编，上海教育出版社 2001 年版，第 13 页。

的。雇主、邻居，甚至是整个社会都可通过剥夺保姆原有的社会身份和限制保姆的活动来实现对保姆的控制。她们常常按照主人的意见与规约进出雇主家的任何一个空间，而且保姆的饮食、睡眠、活动、家属的探视都会在"家"空间中受到限制、失去自由。例如《女佣》中杜秀兰在雇主一室两居的封闭空间中，被要求住在很阴暗的那间屋，被明令禁止使用电话、看电视等一切耗钱的活动。小白（《二的》）在聂凯旋家的一切行为既要迎合主人单自雪、聂凯旋的要求又要不伤及老太太及孩子果果。而冯春良（《谁都不认识》）一进主人桂阿姨家，就被约法三章："不要和别的当保姆的老乡拉拉扯扯"；除了固定的买日常用品的地方"别的地方最好不要去"；"别人要问你什么，你就说你什么都不知道，就知道干活儿"；家里的狗鹿鹿不是狗是人，比有些人还要金贵，所以鹿鹿的一切事情都不用她管……这些要求、规定、约法三章等彰显得是一种将保姆的尊严剥除、撕毁的无形权力。雇主与保姆所共处的"家"空间充斥着等级与权力的无形制约，是权力运作实施的载体与场所。这样，空间就"从一个安逸的寂静状态被抛向了动荡的战场，它的意义根据争斗的结局而选择被允诺，空间在反复的厮杀之中才能自我表达"。①雇主的"家"空间因为有保姆的存在，由曾经安逸的和谐的状态变成了凸显权力与等级优越性的场所，因此，这个"家"与雇主也获得了意义的表达和"身份"的明证。但是，我们不难看到，在此场博弈中保姆大多伤痕累累、身心俱疲、梦想支离破碎。

小白、周玉影等将身体与情感交付给了主人、交付给了城市，最终却落得身心两空；孙海棠家的保姆蒋桂玲等（刘庆邦《习惯》）无一能逃脱老爷子孙德岳的"性"骚扰；祝艺青（刘庆邦《后来者》）受尽了女主人夏百合的刁难与折磨，最后只能选择逃离，慢慢地舔舐自己受伤的心灵；杜秀兰（《女佣》）与雇主两兄弟等人的交易，换来得是对丈夫的愧疚与对未来的恐惧……所有这一切噩梦都起源于对城市的憧憬，起源于城市的这一个个"家"空间。在这一个个具体的居住空间中，汇集了一场场没有硝烟的战斗。就如汪民安先生所说：居住空间将一系列的战斗会集于自身，这是政治、经济和文化多层次相交织的战斗，也是各个阶层之间的政治经济战斗，是个人同匿名群体的战斗，是利益群体和利益群体的战

---

① 汪民安：《身体、空间与后现代性》，江苏人民出版社 2006 年版，第 157 页。

斗；这也是文化的战斗，是历史和现在的战斗，是文化遗迹和当代欲望之间的战斗，当代的阶层斗争不是被意识形态歧见所怂恿，而是被一个核心的住所空间所激活。可见，这一个个由钢筋水泥构筑的居住空间并非和风细雨般的温馨祥静，并非是保姆身处异乡的"港湾"。因为以社会弱势群体姿态出现的小白、周玉影等保姆所面对得是无比强大的社会等级秩序与政治权、经济权和文化权等的"强权"。小白等保姆在这些"强权"之间的左冲右撞，注定是没有优势的，注定将以惨败告终。

第二章　打工文学中的农民工形象

20世纪80年代以来，随着城市化进程的加快、户籍制度的松弛，大批农民涌入城市，成为尴尬的农民工。他们追求、拥护城市生活方式和文明，为城市建设添砖加瓦，甚至是奉献生命。可是，他们是城市的底层和牺牲者。这种悖论式的境遇，引起了当下文学界的关注，成为作家抒写的对象。在文学长廊上，形成了独特的人物形象系列。

第一节　城市生活的边缘人

一　生活空间的边缘人

新时期以来，乡下人进城一直成为社会学、文学等领域的关注焦点之一。由乡进城后的农民工生活境遇及身份问题更是成为文学作家抒写的一大主题。在一定程度上，随着人口大规模地从农村向城市迁移现象的增加，城市与农村之间鲜明二元对立的界限被打破。很多农民跳出了以前祖祖辈辈的居住区和稳固的关系网，进入一个全新的陌生化、流动化的生活空间时，主体早前形成的稳定的归属感就遭遇了前所未有的危机。另外，在与城市人之间的交错关系网中，他们经常陷入双重边缘人的"悬浮"困境。

从农民工在城市的居住空间来看，他们从世世代代相沿袭的稳定的乡村迁移到了城市，却只能居住在城市的"城中村"或废弃地带。如郭建勋《天堂凹》中主人公德宝、春妹等住的地方叫"城中村"："在菜地和学校中间的地方，有天堂凹最大的一片出租屋群，那是隐藏在天堂凹高高的楼房、宽宽的马路背后的另一个世界。"尤凤伟《替妹妹柳枝报仇》中刘建军"租住的地方是一片破烂不堪的民房，正等待拆迁，四周是已经建起的新楼"。赵本夫《无土时代》中的苏子村居住着一群从农村草儿洼来的农民工，他们是来"木城"谋生与"谋梦"的。在同为草儿洼农民工天柱的带领下，来自草儿洼的农民工齐心合力地共同占据了一个城里的"村庄"。它虽然处于木城的边缘地带，却是他们在城市里的一个生活居住空间。在艰苦劳作之后的休憩空间损坏很严重、处处写满了"拆"字，是城里人眼中的"晦气之地""是非之地"。或者为了城市现代化建设中的治安管理，或者说是为了工人有个"舒心的"休憩空间，很多工厂在工业区附近建造了"外来工新村"（《烦躁不安》）。但工厂住房紧缺或由于夫妻生活的不便，很多农民工只能选择在工厂附近的村子租房。这些地方的土著居民早已在工厂兴建之前搬迁到城市其他区域。下过雨"巷子里积了一汪污水，水中隔尺许扔着一块红砖"（《寻根团》）的空心村自然就成为马有贵等农民工的"好去处"。还有的如《高兴》中的刘高兴、五富、黄八等租住在随时都会坍塌的池头村"剩楼"里。而这些"剩楼"的"墙里都没有钢筋，一律的水泥板和砖头往上垒"，"巷道狭窄幽深"；"往上望，半空的电线像蜘蛛网，天就成了筛子"（《高兴》）……不管是草儿洼民工霸占的城中村苏子村、《烦躁不安》中外来农民工生活的"外来工新村"，还是在西安城拾破烂的刘高兴、五富等农民工居住的池头村"剩楼"，都与城市的高楼大厦遥遥相对，都坐落在远离城区的萧条颓败的边缘地带。

这些被边缘化的聚居地，成为农民工较为容易适应的临时住所。在这些位于城市又与之不兼容的"移民空间"里，乡村的文化习俗依然保持着、沿用着。具有亲和性、恒常性的乡村风俗习惯使生活在农村的人们相互之间充满了信任感、稳定感。当跻身于陌生的流动的城市时，自己的乡民或身份与之相似的民工让许多打工者倍感亲切。因而，苏子村里居住的大多是通过裙带关系从草儿洼迁移来的；"外来工新村"聚集着的都是受雇于老板的打工者；租住在池头村"剩楼"里的同是身份卑微的拾破烂者。他们大多是由于身份背景相似或裙带关系而群居一起。自然而然，在城市的边缘化空间中，他们会将乡村具有亲和性的风俗习惯继续保持发扬。

"苏子村""外来工新村""池头村"剩楼等空间又可称为"城中村"。它们是城市的一部分，却又远离城市繁华。它们是城市人所有的，居住者却是农民工。或许在这些地方，农民工漂泊孤寂的灵魂才能找到寄托。因为在这个全新的聚居地，他们"能够延续和维持原有的农村生活方式和关系网络",从而"缓和了物理空间迁移而带来的身份焦虑和身份危机"。① 例如,《无土时代》中的天柱把一批又一批的进城打工的草儿洼老乡团结在苏子村。天柱无形中践行着草儿洼村长方全林的村长使命:带领乡民们共同创业、守护"苏子村"这个"家园"。在苏子村,草儿洼亲和性、礼俗性的乡村风俗习惯被他们全部"移植"过来了。草儿洼村长带领全村干事业,调解民事纠纷,村民互帮互助等生活方式和文风习俗在苏子村得到了延续发展。这为天柱等民工们筑起了一堵堵厚重的墙,维护了乡村的亲和性稳定性及民风习俗,却把都市文明挡在了外面,也为农民工真正融入城市竖起了一道不可逾越的屏障。

"城中村"自成一体。它维持和延续了原有的农村生活方式、风俗习惯和关系网络。为农民工漂泊于都市上空的孤寂心灵找到了暂时的栖息地;同时阻碍了农民工与城市人的交往。苏子村三百多精壮后生,全是来自草儿洼。他们跟随天柱在木城做环境绿化工作。搞好木城这座城市的绿化是他们共同的目标。同时出工,一起回家;有活大家一起干,有困难大家齐帮忙,有事共同商量。他们是个体,几乎凝聚成了一个人。他们不乐意或许也没机会与城里人有过多的交往沟通。他们的工作生活信条是踏踏实实做事,顺顺利利挣钱。长期的自我封闭、不与外界交往,所以在他们眼里,城市人都呈现出侵略性倾向。信任并非只是"建立在彼此熟悉的个人之间",它也是"基于很长时间了解,从对方的眼中看出可信度证据的个人之间"。② 对于农民工而言,要实现"身份"的转变,得到城市的认同,就必须冲破自我阈居的"移民空间",突破自我封闭的内心。

苏子村等"移民空间"实行着对众多农民工身份的双重认同:一方面,原有生活方式和关系网络的延续和维持强化了他们的"农民"身份;另一方面,这些空间是一种抽象化符号化的空间网,强化了他们是与城市市民不同、与农民也不同的"农民工"。此时,这些"空间"已不仅仅只具有物理性功能——生存居住,还是一种象征标记,彰显出居住者与原来空间主人身份地位的悬殊。高楼大厦代表着富有、精英、崇高;而贫穷、肮脏、道德水平低下等则成为农民工的代名词,是这一特殊群体的话语代码。

---

① 赵晓琴:《农民工:日常生活中的身份建构与空间型构》,《社会》2007年第6期。
② [英]安东尼·吉登斯:《现代性的后果》,田禾译,译林出版社2000年版,第73页。

在现代性与商业化浪潮的冲击下，高楼大厦、灯红酒绿充斥着都市"空间"。然而，随着大批农民工的进驻，在城市的边缘地带保持着农村里矮小简陋肮脏的平房；坑坑洼洼的乡间小路也由乡下延伸到了城市的灰色地带。新奇与玄妙的城市景象，川流不息的街道、金碧辉煌的高楼等给了进城乡下人视觉冲击。而这些空间透露出的生活观念和所蕴含的价值观等，在无形中也不断地影响着农民工。但是，非城非乡的居住空间，使得农民工的身份认同陷入了困境。"我是谁？"是农民吗？是工人吗？这一困惑始终萦绕在他们向城求生的路上。

二 生活境遇中的边缘人

从新时期以来，我们共同见证了中国改革实践的巨大变化。它的影响已深入全国各个角落，动摇了"世代定居是常态，迁移是变态"①的生活观念。现代化的过程带来了经济的繁荣，也涤荡尽了农村里祖祖辈辈视为命根的土地的生命力。现代化以势不可当之势侵袭着乡村，农民们再也不能固守"长着齐人高的茅草和干枯的野蒿"的"瘦瘠的土地"了（罗伟章《我们的路》）。大量农民远离土地，远离乡村，怀着梦想叩开了城市的大门。然而，迎接他们的并非理想的诗意化的伊甸园。相反，文化资本、社会资本、政治资本等极度匮乏的他们，在"异域"空间里将遭遇到物质与精神上的困扰与折磨。

鞠广大父子（孙惠芬《民工》），刘高兴、五富（贾平凹《高兴》），蔡义江、国瑞（尤凤伟《泥鳅》），杨成方（刘庆邦《到城里去》），崔喜（李铁《城市里的一棵庄稼》），程太种（陈应松《太平狗》），李百义（北村《愤怒》）等农民工们，有的是为了自己与家人摆脱生存的困境，过上美好的生活；有的是为了实现由农民向城市人身份的转变；有的为了寻亲或报复等不约而同地"进驻"城市。但是没钱没文化也没有社会资本的他们，只能"牺牲"自己的身体。做着城市里最脏最累最不体面的活，挣取微薄的收入来维持生活，或者进而构筑自己的"城市人"之梦。资本包括经济资本、文化资本、社会资本和符号资本，"它的总量和构成决定了行动者在一定社会空间中的占位"②。鞠广大、程

---

① 费孝通：《乡土中国》，江苏文艺出版社2007年版，第7页。
② 朱国华：《权力的文化逻辑》（三联评论），上海三联书店2004年版，第172页。

太种等农民工没有可以任性挥霍的物质资本，内化为性情的文化也较欠缺。这使得他们在城市必定处于弱势，是城市的边缘人。

为了不饿肚子，有像五富、刘高兴一样拾捡城里人挑剩下的"尽是虫咬过有窟窿"的"芹菜叶子"和"莲花白的老叶"等（贾平凹《高兴》）。也有像张抗抗《芝麻》中的芝麻一样在城里人家当保姆，可以与主人共同进餐，却也只能蒸白薯煮白薯粥、吃小米饭小米粥、玉米糊糊玉米窝头，吃得脸儿都青了，嘴里直反胃酸（见云梦中文网）。也有如杨东明《姊妹》中的常宝贵一样流血流汗为都市修建高楼大厦，但老板们给他们提供的饭菜吃了"拉稀跑肚"：粉条熬芋头，前晚剩余的"煮黑了的绿空心菜"与"有点儿酸臭"的豆腐碎块。民以食为天，只有在不饿肚子的前提下，人类才能创造出更多的价值。可是，农民工为美化城市的环境走街串巷，为都市的现代化建设添砖加瓦，或把自己的青春贡献在服务行业，到头来连一日三餐都不能保证。何其不幸！何其悲哀！

农民工的饮食已经是无法消受的了，他们的居住条件更是让人心寒。有些农民工的经济稍宽裕点能在外面租得起房，也只能在"一片'贫民窟'"里讨生活。那里的"宿舍大门外是一大片黑色腐烂的稀泥，发出腐臭味，泥中间有几块半截砖算是走进宿舍大门的路。八平方米的一间房内有一个特制的大铁架，分为上、中、下三层，每层放五张草席和很旧的五床棉被……最脏的要算洗手间，这是间全村公用的洗手间，整个洗手间里密密麻麻地堆满了粪便。冷看了一眼，直想吐。没有冲凉房，三天供应一次冷水，一个星期能用冷水洗上一次头已经不错了"（梦溺《默默地拥着自己》）。

有的农民工在建筑工地上为都市建筑高楼大厦，"几辆旧客车的车体"却是他们的"卧室"；有的甚至还不如一条狗，狗都有属于自己的一方栖息地，而他们一晚上只能"在高架桥下和拾荒者、乞丐或者傻瓜一起烤火"度过（《太平狗》）……

当初有部分农民工带着摆脱贫穷的简单梦想"闯"进了都市中。可是在都市里他们不期而遇的是人格尊严的歧视，或冷或热的疏离。五角钱买到了三堆被别人挑剩不要的菜叶子，五富和刘高兴却把它看作"好运"降临，把到处是虫眼的莲花白自欺为纯天然绿色食品——"没喷过农药"的。对于食不果腹的他们而言，只要可以充饥又不要钱的饭菜就是困境中的一丝温情。环境不好、空间逼仄，只要是租金低廉或免住宿费的住处，农民工可以在此释放疲惫身心，也不再担惊受怕被查暂住证、边防证等，无不是对他们最好的馈赠。

农民工在都市的艰辛，不仅体现在物质方面，也表现在精神方面。在打工文学中，农民工们既有着物质的艰辛之苦，精神娱乐方面也很难满足。进城之前的农民工，由于资金的欠缺，或认为没必要接受更高层次的教育。于是，他们既没有"以教育文凭、学衔等客观化形式为基准的文化资本"，"内化于精神和身体的持久性情的具体形态的文化资本"[①] 也缺乏。在都市这个大场域中，他们在劳累了一天之后的消遣方式无非是逛"黑市"（《烦躁不安》），或者发工资后一起打牌（《天堂凹》）等。或者去一个广场看露天免费电视（《吉宽的马车》）舒展紧绷的神经。也有些农民工出入抱个女人啃一晚只需五块钱的"穷鬼大乐园""大众录像厅"（《吉宽的马车》）或"两元门票的民工舞厅"（《哥俩好》）等。这些地方是"专供民工们玩小姐的"（《吉宽的马车》），解决夫妻长期分离受压抑的性饥渴……低级的休闲方式和黯淡、低廉、暧昧的娱乐场所等，可以缓解他们的精神空虚、解决性需求。同时，也无形中将自我与都市人区隔开来了。

自古以来，不管是本本分分的农民还是在城市里打工的农民工，"农民"这层外衣都很难剥除。有着这层外衣的他们似乎注定与苦难脱不了干系。与都市里那些狗都有单独的床和居室（《踏着月光的行板》）的有钱人家相比，在城里的打工者似乎比在农村的农民经受得苦难更大，也更有生存艰辛之感，身份边缘之苦。都市市民没有住所之虑，也无饮食之忧。然而，在倡导人人平等的口号下，农民工从身体特征上看与都市人毫无区别，但在现代化的大都市却无宽敞明亮的房子可居住，无可口的饭菜可吃，也不能尽情地高雅地放松自己。他们将自己仅有的资本——身体和汗水奉献给了都市，承担了都市中最脏最累的活，收入却微乎其微。或许他们永远只能默默地生存于被农村和城市抛弃的边缘，永远处在追求物质的满足与活着的韧性中。

[①] 张意：《文化与符号权力：布尔迪厄的文化社会学导论》，中国社会科学出版社 2005 年版，第 129 页。

三 文化身份的边缘人

在对新时期打工文学中的农民工形象进行系统梳理后，不难发现，农民工是一个特殊群体，立足于农村文化走向都市文明。他们进了城，发现农村中的生存逻辑、风俗人情等在都市是如此格格不入。烙印在农民工骨子里头的原有的文化价值与生活习性，使他们始终难以剥离"农民"这层身份外衣。他们根深蒂固的修养、气质、性情等，时刻在强化"农民"的身份。然而，农民工与农民又有所不同。现在，他们处身于现代都市，习染了都市的现代气息。于是，他们身上杂糅了农民、工人、都市人的多重身份特征。他们离开了土地，从事着与服务业、工业等有关的工作；"进驻"了都市，他们又不被都市与都市人所接纳。他们既是"农"是"工"，又非"农"非"工"。这种尴尬的身份使这一群体陷入了困境。寻求"身份"的改变，是他们进城的终极追求。然而，这是一个到处充满着排斥的追求过程。

在充满着梦幻色彩的都市中，面对着充满了技术性、法理性、开放性、欲望性的都市文明时，很多农民工感到猝不及防、无所适从。张弛《城里的月亮》中的万淑红是一个从农村来到城市谋生的农家女孩，在现代文明冲击下，她有着一段独特的感受：

> 当你在炽热炎炎的街道上走得脚酸腿疼，汗水浸透的内衣紧贴在皮肤上，脚下蹬的高跟鞋仿佛成了刑具的时候，偏巧有一辆漆黑锃亮、内设空调的高级小轿车从你背后悄无声息地滑过来，用短促的、不耐烦的喇叭声请你让道。在你慌忙让道时，你看到车内盛装女人隔着纱窗淡漠地瞥了你一眼。当你省钱不得不赶回去给自己下一碗方便面的时候，你恰巧经过街角玲珑剔透的西饼蛋糕屋，隔着一尘不染的大玻璃窗，你看见富裕家庭的孩子坐在温馨柔和的灯光下，浑然不觉得享受着红围裙白头巾小姐的殷勤伺候，雪白如泡沫似的奶油堆在他的嘴角上，而他那双黑亮的小眼睛正一眨不眨地盯着你，仿佛对你的处境既费解又好奇。当你来到挤满求职者的大厅，从别人的眼光里你分明感受到自己的穿着是多么的不入流，你觉得局促不安，手脚没地安置，眼光也好像做了贼似的躲躲闪闪。最后你绝望地感到，仅凭着一身穿着和胆怯畏缩的神态，你已经注定被淘汰。（张弛《城里的

月亮》)

农村里秉承的勤劳、节俭、朴素等传统美德,在现代都市文明反观下,是那么的苍白无力。万淑红等农民工,在坚守传统农耕文明中实用至上的消费观的时候,都市已悄无知觉地进入了充满欲望化的消费时代。这时"物品作为一种符号语言,打破了一般语言的界限,是有关消费者的身份,他们的品位,他们的生活风格的陈述"[①]。优雅温馨的休闲场所、精美高档的衣着打扮、内设空调的高级小轿车等既体现着物品的实用性价值,还是一种超语言的符号代码。这些高档优雅之物品或场所将主人悠闲雅致的生存品格、高雅的文化品位、优越的身份地位等一一凸显出来了。这种优越性的展示,无形中将万淑红等进城农民抛置于都市文明的边缘地带。从农村出来烙印着农耕文化性情的万淑红们在都市中,永远只是"过客"。要想"逼进城市精神内核"无非是个人的异想天开而已。

小江(夏天敏《接吻长安街》)想与恋人小翠在长安大街上接吻。他天真地认为只有像城里恋人一样旁若无人地在大街上"接吻",就可以"逼进都市精神内核",实现身份的逆袭。这个梦幻般的想法,好几次使得小江陷入被抓送公安机关、被他人辱骂殴打的尴尬境地,最终使他在工地上干活心不在焉从脚手架上摔下来,差点把性命丢了。也有如李铁《城市里的一棵庄稼》中的崔喜一样,在穿着打扮等方面效仿都市人的时尚,试图成为一个被丈夫以及其他城里人认可的真正的"都市人",到头来发现忙忙碌碌一场空,自己只是"城市里的一棵庄稼"。

如果说小江、崔喜、万淑红等是因为刚来到陌生的都市,猝不及防地被抛置于都市文明的边缘地位的话;那么,在都市摸爬滚打了多年的黑牡丹(孙慧芬《吉宽的马车》)、天柱(《无土时代》)、胡贵(罗伟章《大嫂谣》)等却也没被城市真正地接纳,就是因为在他(她)们都市攻略路上一直横亘着根深蒂固的农村文明。胡贵在城市打拼20多年,现在是包工头了,已具备都市人的相关特征。性情、语言及生存姿态等都被建构成符合都市人的标准了。但一旦接触像"我"一样从农村读书进了城具有都市绿卡的或真正的都市人时,"胡贵的口气变了,变成了城里人的腔调

[①] 张京媛:《后殖民理论与文化批评》,北京大学出版社1999年版,第379页。

了，是那种倒像不像的广东腔，还故意咬文嚼字起来"①。尽管他进入城市的时间很长，赚了很多钱，当上了包工头；尽管他把城市的生存姿态与语言腔调模仿得如此像城里人，"他还是个农民，从骨子到表皮都是农民，他融不进城市，城市也不愿意接纳他"（《大嫂谣》第79页）。也有如孙惠芬《吉宽的马车》中的黑牡丹一样在都市摸爬滚打多年，终于拥有了一家属于自己的饭店。她也算得上是一个从农村飞出去的凤凰女了。不仅考虑自己赚钱，还顾及这个饭店是否能够为其他来自歇马山庄的农民工提供栖息之地与精神寄托之所。当她刻意把具有农村气息的辣椒、苞米、马车等物品装饰饭店时，却遭到了派出所李所长的漠视和饭店投资商井立夫的反对。井立夫一句"给民工开饭店""太没品位"的评价已道出了黑牡丹的内在的性情。也有像《无土时代》中天柱等农民工在木城300多块草坪上移植了从农村运来的麦苗。他们的绿化工作与其说是创意的体现，不如说是天柱等农民工与生俱来的农民性情的彰显。在都市中心种植麦苗，无疑与都市绿化要求不符而被勒令停止……万淑红、天柱、崔喜、胡贵、小江、黑牡丹等带着与生俱来的农耕文化，去追随与认同都市文明。而都市始终以优越的姿态，将他们抛置于边缘地带。

从农村进入城市的农民被城乡二元对立体制抛入了异域空间。农民工身上根深蒂固的文化价值体系在现代文明面前显得苍白无力。但是，长期置身于现代都市，使得他们或多或少沾染上了都市文明的现代气息。这又不断地冲击着他们原有的生存价值观。裹挟在现代都市文明与道德伦理、农耕文化的张力之间，农民工感受到精神上的阵痛。经历了都市文明的繁华与喧嚣，农村就黯淡失色了，处处显示出突兀、违和。罗伟章《我们的路》中通过郑大宝的一次返乡经历，将农民工这种双重边缘地位表现得淋漓尽致。历经都市的种种不堪回到日思梦想的故乡，以期释放疲惫的身心。然而，家乡及乡民们过去的那种融合力、亲和力在"见识了外面世界"的农民工眼中已消失无存了。也有像方圆一样在都市经历了被人误为妓女以及丧夫等一连串的打击之后，希冀在故乡能寻求到安慰，"但是，故乡西地也没给她什么安慰，西地，在她的心里已经很陌生"了（吴玄《发廊》，见《花城》2002年第5期）；

---

① 罗伟章：《大嫂谣》，见《我们的成长——21世纪文学之星丛书2006年卷》，作家出版社2007年版。

有在城市里当了三年保安的牛二军，早已习惯了都市的繁华与热闹，回到家乡"感到浑身都是不舒服"（马步升《被夜打湿的男人》，见《小说月报·原创版》2005年第5期）；也有像许子慧一样在北京这个中国人骄傲的城市闯荡三年，没日没夜地梦想着回家，可是回到家乡却"不太情愿人家拿她当作吉安人"（魏微《异乡》，见《人民文学》2004年第10期）……家乡的荒凉破败、贫困与家乡人无处不在的防御与敌对的双重态势，让农民工的重返家园难以持久，将他们这些"都市乡下人"再一次抛入了故乡的边缘地带。这双重边缘化的文化身份地位，致使他们既不能在都市快乐地生存工作，回到家乡也不能融入其中，感觉像是个"过客"。

方圆、万淑红、胡贵、郑大宝、黑牡丹、许子慧、小江、牛二军等农民工，自进入城市那天开始就注定会陷入现代都市文明与农耕文化的相互交织相互排斥的矛盾状态中。体验过城市与农村两种文明的他们，既"认同城市文明的先进与发达，农村世界的恬淡与自然"；同时又"厌烦城市社会的喧嚣与堕落，农村世界的愚昧与落后"。[1] 在这两种文明的张力之间，他们的态度是暧昧的，既想在热闹繁华的城市寻找到安置农耕文化的静谧之地，又想在恬淡落后的农村里寻找到现代文明所带来的物质文明与前沿文化。这种近乎乌托邦的想象或许只能在个人独处时的美好幻想中闪现。

第二节　向城求生的苦情追梦人

农民离开故乡涌进都市，成为城市与乡村两种文化的边缘人，他们的所有行动也都成了在空间中的被迫移动。不同空间叙事下，作品中呈现出不同的农民工形象，他们演绎了不一样的向城求生的生命历程。

一　公开空间中的生存艰辛型

在文学创作中，空间叙事与时间叙事一样是非常重要的叙事策略。打工文学书写农民从乡村进入都市，首先面临的就是物理性空间的改变。通

---

[1] 苏奎：《漂泊于都市的不安灵魂——中国现代文学中的"城市外来者"研究》，博士学位论文，东北师范大学，2007年。

过边缘化的境遇展示农民工艰难困窘的生存处境及令人堪忧的精神状态。通过宏观地对社会背景的勾勒,彰显出农民工群体在城乡二元体制下艰困而边缘的处境,凸显他们所处的具有个性化符号化色彩的活动空间。许多农民进入城市之后,无非是进入建筑工地、工厂、垃圾场等公共空间。一方面,他们在公共空间任劳任怨地从事着高强度的工作,以此抗拒都市的欲望化享乐主义价值观;另一方面,公共空间本身的排拒性与"可达性"的双重特性,又无情地将农民工拒斥在都市文明门外。

城市的公共空间是所有人能合法进入的区域①,是任何阶层任何身份的人都可以选择进入的"公开"场域。它的"可达性"为千千万万农民营造了实现梦想的理想化期待。彰显着都市经济繁荣的摩天大楼、金碧辉煌的宾馆餐厅、高档文雅的写字楼等以优雅的高姿态、公开包容的旗号为社会敞开"双臂"吸引着各阶层人士进出,为农民工制造了身份得以提升、梦想将会实现的神话般期待。农民工被它光鲜梦幻般的特质吸引着,并把梦想与希望寄托于此。然而,公共空间在体现客观"可达性"的背后,隐藏着人为理性的构建性。一个个呈现在世人面前的都市公共空间,都离不开政府的参与调控。空间"不仅仅只是表征一种物理或者地理的空间,而是一种体现差异的空间识别系统"②,它具有身份区隔功能。在都市化建设过程中,不同类型不同层次的空间象征着不同的精神文化层次,并无形地规约人们的行为。高耸入云的摩天大楼、金碧辉煌的宾馆餐厅等公开空间,是一个个等级森严的象征符码。对于"三无"的农民工而言,只能匆匆地以看客和过客的身份仰望它的繁华与高贵。农民工由于资本匮乏,无奈地只有出入晦涩、肮脏的边缘地带:充斥着血与汗的建筑工地(郭建勋《天堂凹》、孙惠芬《民工》、许春樵《不许抢劫》),简单机械化的工厂(陈应松《太平狗》、王十月《开冲床的人》、鬼子《被雨淋湿的河》、王手《乡下姑娘李美凤》),恶臭熏天的垃圾场(贾平凹《高兴》、刘庆邦《到城里去》)等。

都市化建设过程中建筑工地、工厂、垃圾场等公共场域是物质生产和

---

① 陈竹、叶珉:《什么是真正的公共空间?——西方城市公共空间理论与空间公共性的判定》,《国际城市规划》2009年第3期。

② 潘泽泉:《社会空间的极化与隔离:一项有关城市空间消费的社会学分析》,《社会科学》2005年第1期。

人民生存的重要场所,是基础设施场域。这些场域是农民进入城市之后被迫而又主动选择的场域。在这些公共场域中,主人公大多只能以最原初的资本——身体,来挣得生存所需。鞠广大、鞠福生(孙惠芬《民工》)、杨树根(许春樵《不许抢劫》)、小江(夏天敏《接吻长安街》)等每天吃喝拉撒睡在建筑工地上,用心构筑、呵护自己所构建的每一块砖每一片瓦。可是,都市又是怎样对待他们的呢?鞠广大、鞠福生等农民工(孙惠芬《民工》)在由水泥沙子钢筋砖头组成的建筑工地上工作。劳累之余工地上所有民工却集聚在一个旧客车车体里。那里热气与臭气相煎。在建筑工地——公共空间里,不受家族和农村道德伦理价值规约,同时,它又是一个具有权力价值属性的空间。正如福柯所说,"空间成为权力运作的重要场所或媒介"①。建筑工地上按照规章制度办事,制造了人人平等的假象。其实,它同样是权力运作的场域之一,自始至终贯彻层级监视结构。农民工与包工头、农民工与建筑物未来的使用主人之间构成了一种雇佣的层级关系。包工头与建筑物主人有着高高在上的权力,可以发号施令,可以谴责辞退农民工。而农民工只是被雇佣、被规训与被教育的底层人物。权力是无形的、不可视的。但它可以使权力对象在空间上处于可见性。农民工从工作类型、环境到身份都是被规约的。于是,鞠广大、鞠福生等众多农民工本能地将自己低看一等,与都市区隔开来。欲望化、权力化都市处处以防御的姿态抗拒农民工的融入。在建筑工地上,农民工们凝聚一团,用农村的传统价值伦理抵御都市的"入侵"。勤劳、朴素、善良——中华传统美德,随着他们进城带入了都市,在欲望、浮躁化的都市空间绽放耀眼的光芒。不管吃得有多差,住得有多艰苦,工作有多艰辛,他们依然坚守着中华传统美德。即使吃的是"大白菜、大酸菜清汤寡水","米饭常常夹生","每顿饭每人只盛饭一次",他们仍能够感到快乐与"喧腾腾的温暖";即便睡得是旧客车,里面蚊虫、汗味、臭鞋烂袜等相交杂,却也是他们"鼾声淋漓的温柔乡";当都市油漆工担忧健康安全并闹着涨800块钱工资时,杨树根(许春樵《不许抢劫》)等人却倍感庆幸找到了一份每月400元工资的油漆工作以及有可住的工地工棚。

作品在展现农民工任劳任怨、吃苦耐劳美好品德的同时,作者又痛述了都市文明的进步发展却是以农民工生存条件之差、收入微博、生命安全

---

① 包亚明主编:《后现代性与地理学的政治》,上海教育出版社2001年版,第39页。

也不能保障的生存情状为代价的。建筑工地、工厂作为公共空间"与包括'社会关系中的人'在内的因素有关",即与"可达性（access）、经管者（agency）、利益（interest）三个方面紧密相关"①。它以"可达性"、公平性允许不同社会阶层、种族人士进入。都市建筑工地或工厂体现着身份歧视，给不同身份人物分配着不同的工种、待遇等。杨树根（许春樵《不许抢劫》）带领众多农民恪尽职守地认真地在建筑工地上给房子刷油漆。没有任何防护措施的他们，最终有人因长期吸入油漆毒气而丢了性命；杨树根为了给工友讨一年的辛苦钱未果，还被抓进了监狱。而经理王奎每天游手好闲，沉迷于酒色，克扣工人工资不说，还一心想吞掉工人们一年来辛辛苦苦的工钱。鞠广大、鞠福生（《民工》）大半辈子都在用血和汗水浇筑建筑物。因回家安葬妻子/母亲，却要以整整六个月的工资并无法重返工地为代价；而工头、老板根本不通人情，不管民工的死活，只是无情地记分、罚款、进账。小江及工友们（夏天敏《接吻长安街》）每年如一日地"像蚂蚁样在高高的脚手架上反反复复地攀援"，有事请一天假，工头就要扣他们三天工资。民工们用汗水与鲜血浇筑着一栋又一栋高耸入云的建筑物；反之，这些犹如自己"孩子"般的建筑物处处又以光鲜的优姿来遮蔽和拒斥民工。

在不需风餐露宿、封闭的工厂里，是否没有等级区分、不会区别对待呢？李想（王十月《开冲床的人》）双耳失聪，十几年如一日地在厂里开冲床，如此安宁和谐，以致不理解冲床为什么会"吞噬"小广西等其他工友的手指。多年的努力与坚持，为的就是实现挣足钱给自己植入人工耳蜗的梦想，回到家乡"听鸟叫，听虫鸣"。终于，梦想实现了，可是为了生存，他没有回家乡聆听大自然的美妙乐曲，依然选择坐在"尖利刺耳"的冲床面前。能倾听到人间悦耳动听的声音，电锯锯过铁片时的震耳噪声却再也无法忍受了，最终落得与其他工友一样手指被无情地夺走。陈应松《太平狗》中主人公程大种的都市遭际更是令人痛心扼腕。程大种带着让妻子孩子过上优越生活的梦想来到都市。先是以替缺的幸运被一个修路工地聘用，挖稀泥埋涵管，随时会被坍塌泥浆埋掉。接着，被诱骗到一家"热气蒸腾、毒气一团团一阵阵向屋外涌出来"的黑心工厂，最

---

① 陈竹、叶珉：《什么是真正的公共空间？——西方城市公共空间理论与空间公共性的判定》，《国际城市规划》2009年第3期。

终被虐致死。作者同情农民工在城里的遭遇,谅宥了他们的无知浅薄,另一方面又谴责了都市的无情与自私。工厂与建筑工地一样,体现"经管者"在物质形态之上为自身利益服务的价值取向。这些公共空间具有最广泛的包容性,能接纳上自政府官员,下至身份低微的农民工等社会各界阶层人士。然而,对空间的管理和控制、对使用空间的人群及行为的控制已远远超出了工人基本的生命安全需求,为的是榨取工人的血汗收获更多的利润。在都市公共空间中,如何保障农民工的人身安全,尊重他们的人格,非常值得深思。

单纯、善良的农民工,在充满诱惑与陷阱的都市中,他们该如何选择?资本欠缺的农民进入城市之后只是都市的"零余者""失踪者",怎样才能在都市谋取生存的机会与空间?是否能逃离都市的管制与约束?为了生存,刘高兴(贾平凹《高兴》)、杨成方(刘庆邦《到城里去》)、胡来(鬼子《瓦城上空的麦田》)等选择了捡垃圾作为他们谋取生存的机会。垃圾场所,是一个所有人都能自由出入的公共场所,无门槛,无身份限制。在这里,农民工是否可以与都市人一样平起平坐?贾平凹《高兴》讲述了一群每天在垃圾中讨生存的农民工。刘高兴像蝼蚁一样白天在城里各垃圾场或垃圾桶里忙碌,或吆喝着走街串巷拾捡垃圾;晚上拖着疲惫的身躯栖息在摇摇欲坠的"剩楼":

> "墙里都没有钢筋,一律的水泥板和砖头往上垒","巷道狭窄幽深";"往上望,半空的电线像蜘蛛网,天就成了筛子"。饮食就更令人担忧了。有收入的一天,就能吃上放少许盐的面条、一块豆腐乳或腌萝卜、南瓜、土豆和"拌着酱油吃的米饭"(《高兴》)

雨天就只能勒紧裤带躺在床上节省体力与减轻消耗,将三顿合并为两顿。生存条件如此不堪,刘高兴却始终高度认同都市文化,拥抱现代文明。另外,我们又发现刘高兴在行为处事时依然本能地"依据在农村生活中所形成的做人准则,认真做人,本分地生活,不去做那些吃喝嫖赌、打架斗殴、偷盗抢劫的违法事情"[①]。杨成方(刘庆邦《到城里去》)、

---

① 王光东:《"刘高兴"的精神与尊严——读贾平凹的〈高兴〉》,《扬子江评论》2008年第1期。

胡来（鬼子《瓦城上空的麦田》）等与刘高兴一样，各类恶臭熏天的垃圾场所是他们的生存之所。但他们依然坚守着道德良心，勤劳本分地为都市分拣垃圾、净化环境，赚取微薄的生存所需。刘高兴、杨成方等在城里的付出与回报永远不成正比例，精神需求与身份认同更是天方夜谭。垃圾场所是遍布都市各个角落的"异质性"公共空间，可以被不同人利用，容纳不同人物的不同行为。连都市穷苦人都不屑的垃圾场，是城里人扔弃废旧物的场所，于刘高兴等人而言，却是积攒生命本钱、实现梦想的黄金之地。

二 象征空间中的焦虑型

"现代城市，其空间形式，不是让人确立家园感，而是不断地毁掉家园感，不是让人的身体和空间发生体验关系，而是让人的身体和空间发生错置关系。"① 当下打工文学不仅叙述了在现代都市空间中农民工的艰困物质生存境况，也高度关注了这一群体的精神状态，揭示了都市异质文化空间及价值理性给农民工带来的身份认同危机感及身份追寻的迷茫感。"城市对于农民工而言，不仅仅是物质繁荣带来的生存空间的想象，也是其寻求身份转变，进而实现自我价值和人格尊严的精神满足的对象。"② 他们的肉身成功地进驻了都市。他们用双手净化了都市空气，用汗水与生命给都市建起了一座座高楼大厦，娱悦了都市人的身心。可是，农民工自己只不过是现代都市建设中匆匆而过的清洁工、工人、服务者等，难以"逼进城市精神内核"，自我价值实现和身份逆袭的美好梦想难以实现。于是重返日思夜想的伊甸园——家乡。当故乡以真挚亲切的姿态拥抱归来的儿女时，"见识了外面世界"的农民工却感叹"故乡的芜杂和贫困就像大江大河中峭立于水面的石头，又突兀又扎眼，还潜藏着某种危机"，故乡的人"现在看来，他们无不处于防御和进攻的双重态势"（《我们的路》，见《我们的成长——21世纪文学之星丛书2006年卷》第162页）。田园牧歌式的农村归属只是他们身处都市之时的美好想象。破败颓废、凋零落后是家乡真正的面目。在浸染过都市现代文明习气的农民工眼里，农村已不具备温馨的诗意般色彩，显露出其陌生排拒的姿态。正如陶然所

---

① 汪民安：《身体、空间和后现代性》，江苏人民出版社2006年版，第129页。
② 江腊生：《当下农民工书写的想象性表述》，《文学评论》2008年第3期。

说,"一旦离开了原有的生活轨道要想再回去,这才发现原来已经习惯的生活秩序再也不能适应",这其实"是一种吊诡,也是一种身份迷惑"①。熟悉亲切的农村已不是农民工的精神安放处,繁华璀璨的都市又拒绝其融入。都市发展带来的梦想失范、农村凋零破败引发的情感焦虑与文化异质性造成的价值分裂,使农民工们在"异托邦"的都市上演出一场场发人深省的现代性悲喜剧。

孙惠芬《吉宽的马车》中对农民工的生存处境做了一段概括:

> 我们从来都不是人,只是一些冲进城市的怪兽,一些爬到城市这棵树的昆虫,我们被一种莫名其妙的光亮吸引,情愿被困在城市这个森林里,我们无家可归,在没有一寸属于我们的地盘上游动……

这真实地反映了吉宽及其他更多农民工在都市空间的生存及精神状态。"情愿被困在城市这个森林里"的吉宽们在都市空间内没有属于自己的一块砖一片瓦。物质条件的困状着实让人忧心,"我们从来不是人"的身份认知更是发人深省。为了在都市和农村两个不能化约的文化空间里找寻到一块安放灵魂的净土,一个能接纳农村传统价值伦理的价值体系,他们选择了"时空错置的农村事物"②。都市里的"歇马山庄饭店"(孙惠芬《吉宽的马车》)、种满麦苗的"绿化带"(赵本夫《无土时代》)与"花池"(刘庆邦《小麦》)、饲养着从家乡池塘里捉来的泥鳅的"鱼缸"(尤凤伟《泥鳅》)、都市郊区的菜地(郭建勋《天堂凹》)等时空错置的象征空间承载着言说不尽的"过去"。

"歇马山庄饭店""绿化带""花池""鱼缸""菜地"等既是小说情节铺展的具体现实场景,也是主人公生存之所;但它又超越物理空间特性的掣肘,形成一种具有象征化的意义场。吉宽、黑牡丹、天柱等农民工试图强行将农村价值理念植入都市文明,创建了一个异于都市又不同于农村的象征空间,重构新的价值伦理。来自农村歇马山庄的吉宽、黑牡丹等

---

① 陶然:《写作中的香港身份疑惑》,转引自计红芳《香港南来作家的身份建构》,中国社会科学出版社2007年版,第225页。

② 刘丽娟:《20世纪90年代以来农民工题材小说中的身份建构问题》,硕士学位论文,温州大学,2010年。

人，在都市空间中重构了一个具有农村特色的"歇马山庄饭店"。饭店的墙壁上再现了一幅一匹老马拉着一辆马车奔跑在稻穗和苞米之间的农村图景：

> 使大厅里有了田园、乡土的气息，还有了某种落后于时代的、古旧的、倒退的气息，有了某种把原始的生命力定格在墙上的历史感。

具有"落后于时代、古旧"气息的农家小院，是黑牡丹、吉宽等农民工集体记忆的艺术结晶。当集体记忆对都市空间进行重塑的时候，这个象征性的场所塑造了一个个温馨宁静的农村记忆。体现了农村价值体系的"歇马山庄饭店"，实现了在城农民工虚空的精神追求向真实的物化空间的转化。面对挂在墙壁上的奔跑于稻穗和苞米之间的马车时，"现时感受与往日感受间的距离像被施了魔法，奇迹般地变成同时的感受"①。吉宽似乎时空穿越了，过去农村里那种闲淡的、懒散的、自由的生活一一闪现在脑海中："蜷在某个地方发呆，望天、看云和云打架，听风和风嬉闹"（《吉宽的马车》第3页）；坐在飞奔的马车上可以看不断变化的画面，可以近距离地倾听大地的声音。在都市空间，以回忆想象体悟农村生活，以天真烂漫的幻想诠释自然。这时的歇马山庄只是吉宽们在都市中弥补缺憾、充满美好回忆的诗意化空间。

吉宽、黑牡丹等众多农民工在"时空错置的空间"里确实能感受到久违的温馨。他们在这个象征空间中就真的无忧无虑了吗？怀旧中的"过去""融入了现在的经历、现在的视界，是经过现在经验的过滤、现在情感的发酵、现在视界的扭曲和评价的"②。在城农民工，陷入了现代都市文明与农村传统价值伦理对他们接纳与排挤的双重境遇。此时，"歇马山庄饭店"里具有农村风味的"过去"无疑包含了对都市与农村的暧昧情感因子：既排斥都市文明的侵袭，又向往着都市文明；既有对家乡的亲近眷念感，又排距家乡的落后贫困。"歇马山庄饭店"一幅幅马拉车奔跑于乡间小路上的甜蜜温馨画面，能勾起主人公过去某段愉快的或美好的

---

① ［法］保尔·利科：《虚构叙事中时间的塑形》，王文融译，生活·读书·新知三联书店2003年版，第261页。

② 马大康：《反抗时间：文学与怀旧》，《文学评论》2009年第1期。

记忆，从而抚慰心灵的创伤。

不过，都市总是以高高在上的姿态拒斥农村文化价值的侵袭、抵御农村人的融入等。当在"歇马山庄饭店""挂一些农村的苞米谷子辣椒，还有一串串大茧"的创意一提出，饭店的赞助人金鑫食品有限公司老总井立夫就坚决反对，"那样太没品位，我不想给农民工开饭店，我的定位是城市人，是有追求的城市人"；派出所李所长流露出狰狞不屑的表情。吉宽利用自己熟知的农村那一套传统文化价值体系与生存理念来规划城里的空间、抗议都市文明价值、追寻生命与生存的本真意义，无异于"半天空里打算盘——算得高"。理想很丰满，现实很骨感。如果说城里人的不屑与反对只是直接给他当头一棒，并没有带来心理的阵痛，那么恋人许妹娜投入都市小老板的怀抱、挚友兼恩师的林榕真被戏耍而永离人间的现实，就深深地刺痛了他的心窝。现在的失意和对未来的恐惧，无时无刻不困扰着吉宽、黑牡丹等都市"异乡人"，即使躲在"怀旧"的记忆中，也难以规避现实境遇的困窘及精神向度的焦虑。象征空间中所带来的美好表象下深藏着农民工长期的焦虑和困顿。

当农村的价值伦理面对都市的欲望化工具理性时，是妥协、战胜还是重建？人不仅仅只满足于纯粹的吃喝拉撒住的物质性追求，更多地"追求来自世界之爱"①。在都市异质文化空间中，无论是物质享受还是精神追求，农民工都无法与都市人相比拼。生存所得之匮乏，社会之爱的缺失等，使得农民工经常陷入困顿和焦灼中。体现了农村价值理性的歇马山庄饭店，能否代表农村战胜都市？在都市空间重构一个"农村世界"，表面上是都市工具价值理性向农村传统价值体系妥协。将已晒干的苞米、辣椒、微型木制马车等呈现在坐落于都市的"歇马山庄饭店"，与其说是为了缓解吉宽、黑牡丹等农民工的身份焦虑和精神困顿；不如说是吉宽、黑牡丹等在追求被注意、赞美和支持。具有农村风味特色的歇马山庄饭店无意间迎合了都市中的复古潮流：抵触时尚的追逐、反感生存方式的西化等。复古的农家装修风格在某种意义上说成为一种具有独特性、叛逆性的时尚。在追新逐异的现代化都市，政府与市场权力不断地制造新的时尚，

---

① 意即：被他人注意、被他人关怀，得到他人的同情、赞美和支持，想从一切行为中得到价值。[英] 阿兰·德波顿：《身份的焦虑》，陈广兴、南治国译，上海译文出版社2009年版，第6页。

调节并控制着时尚引领者与追随者间的距离。消费社会有个性的时尚没有一成不变的。就如德波顿所说："我们不能随意召唤我们身上最优秀的品质。我们远远不能拥有自己偶尔展现的才华，我们的成就大多好像来自于某种外界力量所施的恩惠，而这种外界力量的出现与消失决定了我们的生活轨迹和达成目标的能力。"① 吉宽在装修界的才能与歇马山庄饭店所体现的农家特色可以使他在一段时间内崭露头角，甚至引领潮流。但这种个性的展现与特色的兴衰并不能由他随意调控。也就是说，现代都市文明并非任何时候都会接纳农村那套价值体系。吉宽的成功归功于都市复古时尚潮流，归功于都市时尚的消费意识。当时尚成为一种普适化，不再时髦了的时候，它就会被引导转向。"城市是他者的，民工只是钢筋水泥森林里的一个'闯入者'，一个'城市的异乡客'，一个'陌生的侨寓者'，一个寄人篱下的栖居者"② 。在软红十丈的都市，吉宽等都市的异乡客、寄人篱下的栖居者，要想成为时代的弄潮儿引领潮流实属异想天开，因为他们很难拥有、把握成功所需的能力，因而"在与未来相关的事务中被迫处于一种屈从和焦虑的状态中"。③

具有农村风味的歇马山庄饭店，是否成为农民工在都市的一个可以缓解焦虑的精神伊甸园？细读文本，我们发现吉宽最初进入城市的初衷，没有程大种（《太平狗》）、大嫂（《大嫂谣》）一样肩负着生存的使命感，仅仅是因为恋人许妹娜弃他进入了城市。为了追回恋人，吉宽成为众多进城队伍中的一只"向着火光飞去的蛾子"。在都市打拼多年后的他，不辞劳苦地搞建筑装修挣钱依然是为了赢回心爱的女人。为了达到目的，淳朴善良的农村价值理念被抛掷于九霄云外，努力按照都市的游戏规则行事，用金钱攻关，托人找关系等。花大把钱请项目相关领导出席昂贵、富有规格和档次的酒局，找小姐洗桑拿，塞红包等一系列举措，完全迎合了欲望化现代都市价值体系。花了那么多心思，付出了那么多代价，终于攻下了这些个领导，拿到了少年宫装修项目。可

---

① ［英］阿兰·德波顿：《身份的焦虑》，陈广兴、南治国译，上海译文出版社2009年版，第88页。
② 丁帆：《城市异乡者的梦想与现实——关于文明冲突下乡土描写的转型》，《文学评论》2005年第4期。
③ ［英］阿兰·德波顿：《身份的焦虑》，陈广兴、南治国译，上海译文出版社2009年版，第89页。

见，在现代都市中，吉宽没有勇气，也没有能力超然世外。很难为了坚守农村价值体系，而无视都市的价值伦理体系。那么，歇马山庄饭店等象征空间的诗意化寄托，无非是给"都市异乡人"的异化生存提供一种暂时的心灵调节剂而已。

农民来自土地、来自大自然。进入城市之后，农民工与农村价值伦理体系割裂了，与大自然割裂了，"也将自身割裂了"。"在现代生活表面的繁华下，人孤零零地无所依傍。人失去了自己的'家园'。这就不能不令人怀念曾经给他的心灵烙下深深印记的失去了的传统。"[①] 赵本夫《无土时代》中的天柱带领来自草儿洼的老乡们费尽心机在木城300多块草坪上种植麦苗，绿化都市环境；刘庆邦《小麦》中的建敏在北京城街道旁边花池里播种小麦，以图掩盖被翻修过的痕迹；尤凤伟《泥鳅》中的国瑞在精美的鱼缸里精心饲养着从家乡池塘里捞的泥鳅；郭建勋《天堂凹》中的德宝在都市郊区的香蕉林承包一块菜地。天柱、建敏、德宝等离开了土生土长的农村进入城市了，烙在心灵深处的价值观念与生存方式却无法剥除。农民工生存在日渐繁荣的现代都市，却又不能完全割裂与日益凋敝凄零的农村的联系。他们似乎处在"两个时代""两个社会"，植有麦苗的绿化带、养着家乡泥鳅的鱼缸、城里的菜地等象征空间恰好成为连接"两个时代""两个社会"的摆渡者。于是，滋润心田的甜美记忆被翻捡出来，同时落后野蛮的文明、毁弃的自然等记忆碎片也不断地浮出地表，扰人心智；在全民欢庆现代都市文明的进步之时，都市的另一面——冷漠与邪恶，又无时无刻不在排拒着农民工。因而，时空错置的事物既承载着都市异乡者精神上的焦虑感，又蕴含着家乡游子无以言表的内心缺憾。

第三节 身体叙事视角下的女农民工形象

女农民工是新时期以来打工文学中一类独具特色的艺术形象。她们中有的为了生存，有的为了梦想，有的或许是为了报复，跟随着打工潮涌进了城市。她们在都市的际遇与经历，演绎了一部部底层农民与女性身份相交织的双重痛楚的血泪史。在作家们对这类由乡进城的农民工的描述中，既展现了她们以身体为筹码在都市攻略路上的苦楚与辛酸，也有对其通过

---

① 马大康：《反抗时间：文学与怀旧》，《文学评论》2009年第1期。

身体表现生活图景的精神境遇的思索。她们的身体上升为呈现苦难、彰显欲望与展现性别歧视的意义符码。

一 规训化身体叙事的苦情者

在南下打工"淘金"的潮流感召下，一大群女性追随着丈夫、亲戚朋友，从农村来到城市谋生。成为打工作家与部分文人作家的关注与书写对象。对女性农民工的书写中，许多作品聚焦在身体的苦难叙事。在都市空间中，很多女性农民工与男性农民工一同从事着都市建设中的体力劳动。此时，她们弱柳扶风的身体被遮蔽了，展现的是与男农民工阳刚之躯一样的特质。众多如《大嫂谣》中的大嫂、《接吻长安街》中的柳翠一样的女性，每天"穿着肥大膨胀的工装"，"戴着安全帽"，"弄得连性别都没了"。她们在各建筑工地干着搬砖块、推斗车、挑水泥、扎钢筋等重体力活。即便如此，她们仍然处于都市底层，不能被都市所接纳。作品中，一幅幅让人无法释怀的画面，一个个令人同情的女性苦难群像，呈现在读者面前。

陈美（《大嫂谣》）的家庭开支极度入不敷出，儿子上高中要钱，丈夫身体常年不好需要用药，公公年事已高需照顾。因而，50多岁了还扛上行李加入打工的队伍。夏天顶着烈日在工地上推斗车、拌灰泥，干着有些男性都难以胜任的体力活。最终不堪重负，腿被斗车轮胎碾砸，当场昏倒在地上不省人事。杏胡（贾平凹《高兴》）亲近都市，也更多的是为了能过上富足的生活。丈夫去世还留下繁重的债务需偿还，家里既要赡养老母，又要抚养两小孩。紧接着祸从天降，家里房子被烧，老母亲又死于火灾中。杏胡为了给自己和孩子挣一口饭吃，只有忍痛抛家离子继续选择在城市拾荒、卸水泥车等。二房（尤凤伟《替妹妹柳枝报仇》）没有杏胡与陈美那种纯粹地靠做苦力来改变现状的坚强与执着，但她曾经也每天累死累活刷胶水、做鞋，一月挣300块钱，随时还面临着患白血病的命运……这是一组用生命来换取生存资本的"无性别"的苦难女性群像。自古至今，女为悦己者容似乎一直是定律。花木兰面对功名利禄时，道出了一个女性的心声——不爱武妆爱红妆。试问当下又有哪个女性愿意成为中性人，将自己的性别遮蔽？然而，陈美、柳翠、二房等女农民工每天穿着工装，戴着安全帽，与男性在工地上共同进出，已然是"无性别"的一群。

身体被过度利用，性别被过滤，甚至面临着得重病而消亡等生物性身体，成为彰显权力、控制思想行为、表现社会层级观念的一个重要维度。在建筑工地上等公共空间中，女农民工身体上显性与隐性的变化无不彰显着社会层级观念对其权力关系的实施。各种权力对她们的身体是"直接控制它，干预它，给它打上标记，训练它，折磨它，强迫它完成某些任务、表现某些意思和发出某些信号"①。晒得黝黑的、酱紫色皮肤，与其说是她们物质身体因长期暴露在太阳风霜雪雨中而变成的外在特点，不如说是都市施诸于农村的空间监控策略与权力机制的外在表征。她们的经济资本、社会资本、文化资本等都欠缺，一旦来到都市，就被都市空间权力抛掷到都市的最底层，并受其监管制约。这种权力"把身体纳入了一种体系化的规训体制中，使之获得有关自我的意识，把凝视内化成自我规范，自觉地意识到自身的不足和缺失，并指导身体实践"②。也就是说，都市空间权力对女性农民工进行身体的规训，首先是对身体的外在监管，进而将之内化为其内在精神的权力规范。物质性的身体、文化性的身体，都与意识形态话语紧密相连。来自农耕文化的女农民工，一从农村来到城市就将身体抛入都市的规约中，将代表着农耕文明的身体置于现代文明的监视中，从而容易形成胆小、羞怯、自卑、忧郁等性格特点。

作者深入农民工群体内部，以身体为切入点，以批判与关怀的视角，书写了这群女农民工的艰辛苦难与痛楚。家庭的拮据、农村的贫困，可悲地要由这群女性肩担。此刻，她们的身体是一架架生产工具，被都市制约着操纵着。它为家庭增加财富，给都市创造利润，唯独不能给自己带来幸运与福音。

二 消费性欲望叙事下的悲情人

打工文学中经常把身体或曰"性"作为凸显日常生活图景的重要手段，给予"性事"与其他生活场景一样的叙事功能。在这些文本中，女农民工的都市谋生叙事转向为身体欲望叙事，或者说堕落叙事。作品中叙

---

① [法]米歇尔·福柯：《规训与惩罚》，刘北成、杨远婴译，生活·读书·新知三联书店2007年版，第27页。
② 欧阳灿灿：《论福柯理论视野中身体、知识与权力之关系》，《学术论坛》2012年第1期。

述女农民工沦落风尘的人生历程，刻画其利用身体谋生或享受生活的情状，进一步强化了女农民工都市堕落的悲剧性以及都市对农村伦理道德和社会秩序影响的巨大。

对于农民工来说，都市就是一个异质性的文化空间。那里充满着诱惑与陷阱。有些女农民工处身于灯红酒绿的都市，被都市的繁荣、文明深深地吸引。如晓秋、方圆（吴玄《发廊》），槐花（阎连科《柳乡长》），明慧（邵丽《明慧的圣诞》）等为了改善家人与自己的生活条件，主动地靠近城市开掘出自己的身体资源。毫无疑问，她们生存之道解构了农村几千年来本分、勤劳、艰苦朴素的传统与伦理道德秩序，颠覆了女性"性"的纯洁与对象单一性的道德规范。可是，我们在以道德角度评判槐花、方圆、明慧等女农民工主动堕落的同时，这种现象背后的欲望机制更值得深思。

改革开放更加全面化、深入化之际，很多农村依然积贫积弱。不过，现代都市文明之风并没有抛弃农村于不顾。农村有着几千年的传统文化与伦理道德观念，人们的思想观念在现代文明的席卷下悄悄地蜕变腐化。甚至"笑贫不笑娼"的价值观也悄悄地滑进了人民的心中，成为新的道德伦理准则。椿树村的柳乡长（《柳乡长》）一上任目睹了村庄的落后，于是极力鼓动村里的男女老少离开农村到城市去。并放出狠话：

> 哪怕女的做了鸡，男的当了鸭，哪怕用自家舌头去帮着人家城里的人擦屁股，也不准回到村里去。如发现谁在市里呆不够半年就回村里的，乡里罚他家三千元，呆不够三个月回到村里的，罚款四千元，呆不够一个月回到村里的，罚款五千元。若谁敢一转眼就买票回到村里去，那就不光是罚款了，是要和计划生育超生一样待着的。①

于是，椿树村的年轻男女懵懵懂懂就被甩进了他人的都市。无才无能的女孩子们，似乎唯独色相与性可以作为进行都市攻略的资本。椿树村来到城里的"鸡"，一旦被抓，柳乡长就会出面赔笑赔钱周旋救人。警察一转身，柳乡长就变脸呵斥道：

---

① 阎连科：《柳乡长》，选自商昌宝主编《接吻长安街——小说视界中的农民工》，北岳文艺出版社 2014 年版，第 4 页。

一年、二年，你们谁要不能把自家的草房变成大瓦房，不能把土瓦房变成小楼房，那你们才真是婊子哩，才真是野鸡哩，才真的给椿树村和柏树乡的父老丢了脸，才真的没脸回家见你们的父母、爷奶哩。①

槐花是这群进城女孩子中的一个，也是在城里"最成功"的一个。三年时间里她就在城里把一个娱乐城包下了，并且在老家建起了村里最漂亮最奢华的小洋楼。

槐花在城市的成功叙事其实是欲望叙事。槐花利用身体之"性"取得的"成功"，是在都市欲望的驱使下完成的，更是在柳乡长的欲望和权力下造就的，是在家庭脱贫与柏树乡、椿树村致富的欲望下取得的。此时，性不是人类最原始、最基本的生理欲求的表现，而是欲望与权力的工具。槐花等女孩子们无知无觉地成为家庭脱贫致富的工具，也成为柳乡长施展权力、建立政绩的工具。柳乡长鼓励槐花等女孩子们到城市去做妓，为已是妓女的槐花树碑，打着"学习槐花好榜样"的旗帜。等他人散尽时，他随即朝清洁洁的碑的青石座踢一脚，并往碑上吐痰。无疑，他发自内心地鄙视槐花们这种致富方式，但他又在乎槐花她们带来的致富效果及自己的政绩。就如罗素所说："在人类无限的欲望中，居首位的是权力欲和荣誉欲。"②柳乡长在碑上留下一个大脚印、吐完痰之后，又装模作样地围着石碑跑步，以便让下乡检查的新任县委书记来到椿树村第一眼就能看到村头的碑和椿树村的楼瓦。柳乡长为了权力欲望，将一批又一批妙龄少女送进了都市的欲望魔窟。而槐花却把柳乡长看作恩人，甚至愿意将自己献上。槐花的幼稚无知、青春单纯，成就了柳乡长的政绩，满足了他的权力欲望，却把自己伤得体无完肤。

柳乡长为了一己之权私，将一群如花似玉的姑娘推上了一条以色相和性进行都市博弈的路上，这很让人痛心；有些家长为摘掉贫困的帽子而放任自己女儿去做妓女，并为之感到自豪，就更让人揪心了。槐花家原来"很寒穷，只有两间泥草屋和一堵倒坏院落墙"。而如今，盖起了小洋楼。

---

① 阎连科：《柳乡长》，选自商昌宝主编《接吻长安街——小说视界中的农民工》，北岳文艺出版社2014年版，第6—7页。

② 罗素：《权力论：一个新的社会分析》，靳建国译，东方出版社1988年版，第3页。

槐花父亲"原来是瘫在床上的,现在竟能从床上走下来了";在柳乡长带领全乡的村干部参观自家小洋楼之时,"竟还能满脸红光地和人说这说那",当起了"导游"。此时,槐花及其身体已然是家乡致富的能指符号,更是父亲扬眉吐气的资本。这是槐花的幸还是悲?

不仅槐花,明慧(邵丽《明惠的圣诞》),方圆、晓秋(吴玄《发廊》)等很多在城里的农村女子都被称为家乡致富的榜样,家庭脱贫的能手。《发廊》中的西地"世世代代只出产农夫、农妇、木匠、篾匠、石匠、铁匠、油漆匠",而如今,"西地成为一个发廊专业村"。那是一个"一点也不起眼的小姑娘晓秋,不经意间就完全改写了西地的历史"①。晓秋是西地首个在城里开发廊挣钱的女子,不料成为村里的榜样,成为大家争纷效仿与崇拜的对象。村里人都晓得发廊与色情的关系,但发廊可以让女性赚钱,可以为家庭带来经济收入。正是这样的发廊,改变了方圆、晓秋乃至村里所有女性的命运,"从此,村人再也没有理由重男轻女,反而是不重生男重生女了"②。在邵丽的《明惠的圣诞》中讲述了明惠高考落榜之后成了母亲徐二翠的眼中钉;当明惠进城成为性工作者不断给家里寄钱的时候,母亲喜笑颜开。"血溶于水"的亲情在金钱财富的面前是如此不堪一击。"笑贫不笑娼"的现代性观念无情地解构了他们的道德良知和价值观,颠覆了农村几千年来"三从四德"的传统规约。

性本是人的基本生理属性。而槐花、晓秋等女农民工却将"性"演绎为他人权力的工具,欲望的工具。由此,为人所不齿、被法律禁止的娼妓,戏剧性地在城里粉墨登场了,同时成为家庭脱贫、农村致富的"能手"、榜样。然而,家庭和农村致富"翻身"了,又有多少人认同她们的付出?她们是否真正获得了身份认同?柳乡长轻贱亲手给槐花立的碑,方圆辛苦赚钱养活、照顾丈夫李培林却被丈夫当街大骂是婊子,明慧无非是都市人李羊群缓解思念与消除寂寞的性伴侣。这些女孩们在都市交出了自己最珍贵的身体,给家庭给家乡带来了财富。到头来,既换不来家人与村民们的认同,更得不到都市的认可。她们"高尚"的自主性选择,在个人意义上的自我牺牲中悲壮地凄零谢幕。

---

① 吴玄:《发廊》(http://blog.sina.com.cn/s/blog_4545c9990100000i.html)。
② 同上。

三　诗意化符号叙事下的幸福者

仔细考察当下打工文学，可以发现，作家书写女农民工用身体和性为筹码来挣取生活资本的辛酸与无奈时，并不单单诉说她们苦难悲情的都市遭际，还有对她们的身体及其都市生活的诗意化描述。当后现代社会中享受型的消费置于非常重要的位置，都市把消费农村女性的身体甚至看作一项评比指标之时，一批进城女性的消费性身体却获得了诗意化认可或归属。

孟夷纯（贾平凹《高兴》）在西安城靠出卖身体和色相筹钱给公安局作为缉拿杀害哥哥凶手的办案经费。自然，她是都市里的最底层，是被损害和被侮辱的对象。然而，在作者的人文关怀下，过滤了对孟夷纯妓女身份的道德指责，展现的是一种诗意情怀和悲悯之情。首先由魏公寨塔街上的"锁骨菩萨"故事引出佛妓。这是孟夷纯成为妓女依然葆有善良、高洁人格的一个最好的注脚与范本。"锁骨菩萨"此种"年少之子，悉与之游，狎昵荐枕，一无所却"①的行经，现在看来是有违传统道德与妇德的。据周一良先生说，在唐代密宗的修行方式是以欲制欲，即通过交媾的方式唤醒人身上的生命力，从而获得崇高的解脱和智慧。②在消费社会中，孟夷纯只是一个消费性"物品"。与都市人交媾的过程，既是对自我身体及其社会伦理道德的解构、破坏过程，也是符号的消费与生产过程。孟夷纯用身体的性来换取钱财的行为无疑是对社会伦理道德的颠覆与破坏。但伟达等都市人消费她们的身体不仅为了满足猎奇及愉悦身心，甚至将这种消费视为炫耀身份的资本。而孟夷纯又把被消费换来的钱，全部交给了公安局用作抓捕杀害她哥哥凶手的资金。一个清纯少女无奈地走上利用身体或曰"性"换取钱财的不归之路，是因为她必须源源不断地向公安局支付深不见底的办案经费。为此，公安局办案人员才能到云南、山西、甘肃等地各走一趟。

小说以刘高兴的眼光来写孟夷纯，将她视作为"锁骨菩萨"般的佛妓，给予她"出淤泥而不染"的高贵品质。孟夷纯，身为一个妓女，却博得了仍是童子之身刘高兴的真爱。刘高兴的身份地位虽也是如此的卑

---

① 贾平凹：《高兴》，译林出版社2016年版，第65页。
② 周一良：《唐代密宗》，上海远东出版社1996年版。

微,但在一个来自农村的妓女面前还是有着绝对的优势。在封建社会,女子被神权、父权、夫权三座大山压制着。即使在"性"比较开放自由的都市,女性也一直被"性唯一"观念所束缚。可是,刘高兴却与性对象多元化的农村女孟夷纯展开了一场真爱之旅。在刘高兴眼里,孟夷纯是一个佛妓的代指,已然不是一个被人唾骂的破鞋。她单纯、美丽、善良、执着。她执着地用"性"挣取钱财,希望感化公安局办事人员;用"性"愉悦伟达等都市人的身心;用身体来感恩刘高兴给她的真心与无私帮助。她犹如"锁骨菩萨"这个佛妓一般,与多人交媾的身体已超然了污秽之躯,而是感恩、普度他人的崇高圣洁之身了。此时,孟夷纯的身体与"性",作为一个能指符号,指向的是作者人文关怀下的佛妓。这或许是作者不愿意看到从农村到城市以身与"性"谋生的女性悲惨凄凉的情状,而进行的一种乌托邦式的诗意化想象吧。

　　孟夷纯以妓女的身份完成了作者的诗意化构想与底层关怀的表述。许妹娜(《吉宽的马车》)、崔喜(《城市里的一棵庄稼》)、王梅(《一个谜面有几个谜底》)等也是作者们饱蘸诗意与理想主义激情塑造的系列女性形象。她们如其他到城市打工的女孩们一样,来自贫困落后的农村。为了改变贫穷的现状或为了梦想,她们选择以身体以及"性"为资本跻身于都市。虽然,她们的"身体"成了消费符号,而"被消费的东西,永远不是物品,而是关系本身",但是"关系不再为人所真实体验:它在一个记号——物中抽象而出,并且自我消解,在它之中自我消费"。[①] 对许妹娜的小老板、王梅的老包、崔喜的宝东等而言,这些个妻子只是帮他们传宗接代及解决生理需求的符号而已。不难发现,她们通过身体消费,实现了由农村女到"都市人"转变的诗意化认可与归属。有着冰清玉洁之貌的王梅(《一个谜面有几个谜底》),刚到都市时在一工地的厨房帮工,月薪只有200元。见识了都市的鲜衣美食、流光溢彩之后,王梅凭借美色与性,成功地当上了都市老板老包的情妇。然而,作者在温情的富有诗意书写下,有老婆的老包与原配离婚,选择娶王梅为妻。打工妹把"小三"做到底这个"恶咒"被诗意化地逆转了。王梅拥有了一个名副其实的都市老公和一对双胞胎儿子,算是成功实现了身份逆袭。崔喜(《城市里的一棵庄稼》)梦想着都市的生活,希冀成为都市人。一番精心策

---

① [法]鲍德里亚:《物体系》,林志明译,上海人民出版社2001年版,第224页。

划之后，崔喜如愿地嫁进了都市，"嫁进"了都市的内核。宝东只是城里的一个修车师傅，长得又比较猥琐，但这并不影响崔喜做城里人的激情；哪怕丈夫宝东把崔喜只是当作传宗接代的工具和性对象，崔喜也都心甘情愿。《吉宽的马车》中的许妹娜与崔喜、王梅一样，以身体为进攻城市的筹码，最终拥有了都市的绿卡，也只不过是他人的性符号。

  作家贾平凹、李铁、胡学文等带着现代化的焦虑与浪漫的诗意化情结，构想女农民工进驻都市内核的艰辛而又美好的生存状态。孟夷纯被都市人虐过千百遍，却被刘高兴视为初恋、捧为佛妓；王梅由小三逆袭为正室；崔喜的丈夫娶她时虽不是初婚，但崔喜终归是都市男人明媒正娶的妻子……这些穿越困境的诗意想象，是作者的诗意叙事体现以及底层关怀的折射。

第三章　打工文学中的农民工生存心态

第一节　左右夹缝的尴尬

随着改革开放的不断全面化、深入化，现代性的各种特征侵入了具有几千年传统文明的乡村，进而深入各个阶层的思想领域。传统农耕文明在慢慢地向现代文明靠近时，几千年以来固守土地守护家园的农民们感到焦躁不安、日渐茫然。或为了追寻都市现代文明，或为了蜕去落后、贫穷的外衣，大量农民携带着根深蒂固的农村习俗和观念性情闯进了都市。然而，农民工生存工作的物理空间的变化，使他们的价值取向、文化性情等也发生了微妙的变化。农民工在都市生活工作，却烙着农村文化的印记。因而，在以现代文明为表征的都市中，身份尴尬及其引起的精神焦虑则是他们无论如何也难以避免的。由于各种资本包括经济资本、社会资本、文化资本的极度匮乏，农民工在都市中普遍的外在遭遇就是身体资本超负荷的被利用等。但是，夹杂在城市与农村、现代与传统、都市文化与农村文化中的他们所遭受的精神苦痛和身份尴尬更值得深思。

在现代都市文明中，从农村来到都市的农民们有一个特殊的称谓，那就是"农民工"。这意味着他们既是都市的"工人"，又是原来的"农民"。这一尴尬的身份表明他们是不具备都市人身份的"工人"，又是远离了土地的"农民"。边缘化的身份导致了他们在都市文明中必将遭遇种种尴尬。农民在城市只是城里的"他者"，遭遇的不只是陌生的人与环境，而是完全不同的都市文化。[1] 从农村移植到都市，改变的不仅有地理性生存空间，关于农村的记忆也将不断地被都市文明吞噬。在地理生存和

---

[1] 魏红珊：《农民进城与身份缺失：以罗伟章、夏天敏、邵丽的作品为例》，《中国社会科学院研究生院学报》2008年第6期。

文化生存都发生了变化的空间里，农耕文化的记忆越深，在都市里遭遇的尴尬就会越多。

一　生活方式上的尴尬

在农耕文化向工业文明的文化转型期，从农村到城市的农民们置身于全新的社会文化语境中，化蛹为蝶的行为方式只会使得他们陷入尴尬的处境。无处突围、无所逃避。《高兴》中的五富、《明慧的圣诞》中的明慧、《接吻长安街》中的小江、《都市里的一棵庄稼》中的崔喜、项小米《二的》中的小白、《大嫂谣》中的胡贵、郭建勋《天堂凹》中的德宝等都是从具有亲和性、恒常性的农村文化突然跌入充满着陌生性、断裂性、流动性的现代文明中，生存方式的差异、认知的错位等使得他们总是与都市隔着无形的藩篱，无法逾越。在这隔着无形壁障的异质空间里，小江等从农村到城市的农民们将遭遇种种尴尬。

（一）认知的尴尬

农民工在都市所遭遇的尴尬既有通过饮食习性的不同所体现出来的尴尬处境。例如，面对着"垒起了两三层"的菜，看着造型美观的"带荷叶饼的粉蒸肉"时（《高兴》），五富、刘高兴只能瞠目结舌——是尴尬；身处物质文明高度发达的都市，刘高兴、五富等嗜荤但只能吃素，寇兰（尤凤伟《泥鳅》）看见"美味佳肴直咽口水"却忍着只夹些素食蔬菜——是尴尬；在高贵优雅的现代消费场所里，明慧（《明慧的圣诞》）面对着别人为她点的吃不完的点心盘算着能否"打包带回去当作明天的早点"——是尴尬；严格（刘震云《我叫刘跃进》）暴富之后"拼命"吃肉、海鲜、鱼翅等高档精致的食物——是尴尬。也有由于自身文化修养的缺乏而引起的尴尬。如把都市人称的"凤爪"说成"鸡爪"，误把"香肠"当作"红萝卜"，不知"卫生间"也可称为"洗手间"（《高兴》）；错把"保安"当"公安"，误以"奶罩"为"接牛尿的东西"（《天堂凹》）；不知40岁的城里女人应称"姐"而不是"姨"（《二的》）；不知自动取款机是什么名堂（《天堂凹》）……这种种尴尬是由于农村贫穷落后与都市富有繁荣的矛盾造成的，是农村经验与都市经历相冲突的后果。农民工的尴尬体现了原有的农村文化观念在都市文明的冲击下遭到了一系列的解构与瓦解，同时表征着农民身份在都市新文化语境中成为破碎的"幻影"附着在"农民工"这一新身份上，无处逃避。

如果说以上种种尴尬是因为农民工还处在温饱边缘或由于城乡经验的矛盾冲突造成的话，那么小江（《接吻长安街》）、崔喜（《都市里的一棵庄稼》）、五富（《高兴》）等在都市中遭遇的尴尬就是对生活方式的认知错位导致的。他们怀着不同的目的、不同的梦想从农村迁移到了都市。生活工作空间的转变隐含的是身份的转变、文化观念的转变、生活方式上的认知转变。生活方式是"人们在一定客观条件下，为着满足个体生活需要，在一定的价值观念的支配下，进行各种生活实践的行为习惯的基本特征"①。这种生活方式既包括个人生活需要、实践活动，也包括行为习惯。但是，一个人的行为习惯是在某种价值观念的支配下经过不断地反复而形成的，并已内化进了其身体性情中。农民工在进入城市之前就具有一套适合自己，也符合农村生活习俗的行为习惯。携带着这种身体性情进入都市、认知都市，遭遇尴尬就在所难免了。

夏天敏的《接吻长安街》把握住了从农村来到都市的农民工因为生活空间的转变和身份的转变而引起的心理冲突，并深刻剖析了在农村经验和都市文明的矛盾冲突中农民工精神上融入都市的渴望和被都市拒斥的尴尬痛苦。在都市化进程中，现代都市文明以不同方式不同途径渗透到了农村的角角落落。《接吻长安街》中的"我"就是在这种文明的冲击下，走出了农村走向都市的。当三年初中生活一结束烧毁了所有的书籍，连家都没回就来到了北京。因为"我害怕被绑在家乡的小山村里，怕日出而作，日落而息的生活，一想到头伏在地上，屁股撅到天上在土里刨食的日子，一想到要和泥脱土坯砌房把骨头累折把腰累断的日子，一想到一辈子就喂猪种地养娃娃，年纪不大，就头发灰白腰杆佝偻脸上沟壑纵横愁容满面的日子，我心里就害怕万分，痛苦万分"②。

"我"的逃离与其说是因为害怕农村的生活方式，不如说是因为都市现代文明的召唤，"都市人"身份的诱惑。为了"逼进都市精神内核"，成为"都市人"，小江认为最重要的是按照城里人的生活方式来生活，即像城里的年轻人一样敢于在车辆川流不息人来人往的长安街上与自己心爱的姑娘接吻。通过这种独特而又能验证都市生活方式的举动，"我"希冀以此来缩短与都市的距离，从而获得精神上和身份上的双重肯定。正如他

---

① 冒君刚：《试论生活方式》，《科学社会主义》1986 年第 7 期。
② 夏天敏：《接吻长安街》，《山花》2005 年第 1 期。

自己所想,"在长安街接吻于我意义非常重大,它对我精神上的提升起着直接的作用。城里人能在大街上接吻为什么我不能,它是一种精神上的挑战,它能在心理上缩短我和都市的距离,……但我认定至少在精神上我与都市人是一致的了"(①,第 37 页)。

与恋人接吻长安街这个浪漫而又看似"畸形"的愿望,这是"我"多年的城市情结引发的。"我"想以这种都市生活方式来寻求和城里人平等的地位,从而缔造尊严。虽然这种举动极具挑战性,但由于"我"对都市的痴恋以及极度渴望缩短与都市的距离,渴望身份的被认同,使得"我"不顾一切地要实现这一愿望。"我"说动了柳翠陪自己去长安街,却没有说服恋人配合自己的举动。当看到城市人"相依相偎不管不顾旁若无人的接吻"时,"我心里陡然蹿起一股火焰","突然抱着柳翠就猛的吻起来"(②,第 14 页)。一看到都市青年在长安街上忘我的接吻,"我"那一直被压制的愿望再也不能蛰伏在自己的心底了。"我"立即突破了这最后一道防线,"抱着柳翠就猛的吻起来"。抱着恋人在长安街上接吻——这种天真、浪漫而又畸形的行为举动,却遭到了恋人的不解和行人的误解,这使"我"深深地陷入了尴尬痛苦的处境。当"我正处在幸福的巅峰上,正处在终于在长安街和自己恋人接吻的狂喜之中"时,"猛不丁被柳翠推开",并被她"打疼了,脸上火辣辣地疼,头晕眩着眼冒金星"(③,第 38 页)。小江的恋人是一个深受农村文化影响的农村女性,她无论如何也不能理解自己的恋人要在人潮涌动的长安街上接吻的做法。因而,当小江在长安街上抱着吻她时,她本能地拒绝了并给了他"几大嘴巴"。

在长安街上"我"抱着心爱的姑娘猛吻,在某种程度上实现了"我"的心愿,且带来了一种幸福、狂喜的感觉。然而,这只是产生在"我""偷袭"的这几秒钟之内,继而招来的是流氓的骂名,拳脚痛打。"街边蹿出几个人,扭住我的手就开始打,有人说,'妈的,敢在大街上侮辱妇女,狗胆不小'。有人说'我早就注意这人不怀好意,站在这个姑娘边贼眉贼眼。有人说'你看他那土老帽样儿,一看就是打工仔,到北京过洋

---

① 夏天敏:《接吻长安街》,《山花》2005 年第 1 期。
② 同上。
③ 同上。

瘾来了'……"（①，第38页）经过一阵深恶痛绝的谩骂和拳打脚踢的发泄之后，那些"见义勇为、敢作敢为的"北京人把"我"和柳翠扭送到了派出所。和自己的恋人在人来人往的街上接吻，对于都市青年来说是一件极平常的事情，对小江来说却是极其艰难的挑战。长安街上接吻，这一简单正常的行为却使自己陷入尴尬痛苦的境地，这与其说是由于恋人柳翠的不配合导致的，不如说是由于小江对都市和农村之间的异同及农村生活方式和都市生活方式的差异缺乏深入了解造成的。L.沃思认为，"都市和农村在当代文明中代表着相互对立的两极。二者之间，除了程度之别外，还存在着性质差别。城与乡各有其特有的利益、兴趣，特有的社会组织和特有的人性。它们两者形成了既互相对立，又互为补充的世界。二者的生活方式互为影响，但又决不是平等相配的"②。然而，小江一心想使自己不再成为都市的边缘人，真正融入都市的生活，而盲目模仿都市生活方式。都市特有的兴趣、特有的人性以及都市人特有的生活性情，小江却茫然不知也无法搞清。在都市里，他只是盲目地按照自我的意志和认知态度来接近都市。因而，无论他如何效仿，效仿的有多真都不能被都市接纳，不能掩盖渗透着乡土气息的农民身份。"土老帽样儿，一看就是打工仔"的小江，在北京也想"过洋瘾"，就不可避免地会遭到异样的眼光。

小江脱离了与生俱来的农民身份外衣，却又被贴上了"农民工"的标签；被抛掷到都市的最底层，却又想实现精神上的提升；寻找到了一个和城里人平等的接吻方式，却又遮掩不住原有的身体性情。这种尴尬是农民工的一个普遍的遭遇，是农民工在文明转型中无法消弭无法脱离的精神之痛。小江等农民工进入了都市，却又生存于物质生活的边缘，精神生活也处于一种焦渴的状态。当困顿而又沉重的生活得不到改变时，他们希求得到精神上的认同，实现精神上的提升。当小江终于找到了可以缔造尊严，实现在精神上与都市人一致的行为方式时，不料这一行为举措给他带来的却是尴尬和巨大的心灵创伤。

最后，柳翠终于克服了羞怯和封闭，愿意配合"我"实现那个荒诞的匪夷所思的想法。挑了个好日子，"我们"穿上了刚从地摊上精心挑选

---

① 夏天敏：《接吻长安街》，《山花》2005年第1期。
② ［美］L.沃思：《城市社区研究书目提要》，载［美］R.E.帕克、［美］E.N.伯吉斯等主编《城市社会学》，宋俊岭等译，华夏出版社1987年版，第275页。

的服装,柳翠还破天荒地去理发店做了个发型化了淡妆。当"我们"精心打扮之后来到长安街时,人们却用带着刺的眼睛打量着。那一双双眼睛是"带着刺的荆棘,它刺穿你的衣服,刺伤你的皮肤,在你身上留下深深的刺迹"(①,第43页)。当"我们"正要进入角色旁若无人地接吻时,一声断喝——"外宾的车要来了,不要影响市容",打断了"我们"的计划,使"我"的心立刻冷到冰点,心里沮丧到极点。小江进了城,身份发生了改变之后,极力想改变原有的那一套生活习性,融进都市。然而,在农村文化环境中所形成的那一套性情倾向已内化进了他的日常生活习惯和行为方式中,衣着打扮、一举手一投足等无不透露着他的农村气息。一个人的生活习性,在一定程度上来说,来自特定的生活文化环境。它的形成离不开青少年时期的家庭及族群氛围。就如布迪厄曾指出的,"家庭是最早的'我'","形成的社会空间,它对今后内涵更广的'我'的形成具有持久的影响"。② 小江等农民工"飘浮"到充满歧视的地理生存空间和文化空间里,其内化的身体性情建构着"农民工"这一尴尬身份,并且会伴随其生活空间的变化产生"持久的影响"。小江和柳翠进了城,穿上了焕然一新的服装,像城里人一样盘了头发化了妆,在长安街上尽量做到和都市人一样雍容娴雅,但是已具备的身体性情却时刻显现出防御性倾向。尽管他们的生活方式与都市人的一致,但是黝黑的皮肤、蹩脚的西装、不伦不类的连衣裙等所显示的异样,使人一看就知道是"土老帽",是从农村来的打工仔。小江处身于都市,还尚未摆脱旧角色的生活习性又被仓促地赋予了新的角色——农民工。这不可避免地使其认知观念和行为方式遭遇障碍,使其陷入身份认知的尴尬处境——是"农民"?是"都市人"?当他不能完全剥离与生俱来的生活习性,而只是盲目地认同靠近都市生活方式时,他就必然无法准确地定位自己,找不到自己的位置。

和自己的恋人接吻却遭到了外人的谩骂和殴打——是尴尬;克服种种困难要全身心地投入时却被外宾的车队打断并被认为有损市容——是尴尬;那么,当接吻这种私密性的行为却要在众目睽睽之下,在别人的支持

---

① 夏天敏:《接吻长安街》,《山花》2005年第1期。
② 转引自[澳]墨美姬、布雷特·巴里主编《"种族"的恐慌与移民的记忆——"印迹"》,李媛媛等译,江苏教育出版社2004年版,第280页。

下完成时何尝不是尴尬？两次来到长安街接吻，两次都失败而归。但是，小江长安街接吻的心愿并没有丝毫的减弱。接吻，本是相爱的男女传递他（她）们之间难以言说的情愫的方式，是一种凝聚着强烈性爱信息的形体语言。然而，小江和柳翠最后只能在工友的极力支持下，在众目睽睽之下，在车流奔驰之侧，在期待盼望之中，完成了这个抚慰灵魂提升精神的愿望。这是一场终于落到地上的浪漫，是一场温馨中弥漫着痛苦，关爱中蕴含着尴尬的浪漫。小江和柳翠在长安街的最后接吻已没有了私密性传递性爱信息的特征，却"变成了表演，变成宣言，变成潜意识的具体物化，变成群体意志和愿望的体现"。（《接吻长安街》第48页）

诸多如小江一样的农民，一从农村到了城市就改变了原有的身份，一跃成了农民工。他们虽然每天穿行于都市的街头巷尾与繁华闹区，但作为都市的"他者"是被城市所抛弃遗忘的一群，属于在场的"失踪者"。[①] 在"歧视性文化空间"中，他们具有了"农民工"的身份，却又试图彻底剥离原有的身份融入都市得到精神上的提升。但在他们盲目靠近认同都市时，原初的身体性情和行为方式无不显示防御性倾向。在这个陌生而又全新的文化境遇里，现代文明生活方式不断地冲击着农民工原有的思想观念、生活观念。这使得小江们对农村文明中的那一套封闭色彩浓郁的行为体系与生活方式滋生出不满情绪，并试图靠近具有现代化特色的生活方式。同时，也有如崔喜（《城市里的一棵庄稼》）、五富（《高兴》）等从农村到了城市，还来不及细心地体认都市现代生活方式，角色就发生了转变。生活空间转变了，历久的农村文化记忆及生活习性也发生了位移；角色转变了，但旧角色已内在化的身体性情尚未涤荡清。因而，在全新的文化境遇里，其角色扮演不可避免地会遭到障碍遇到困难。如《城市里的一棵庄稼》中的崔喜，简直是农村里的"凤凰"，具有了"都市人"绿卡。从农村嫁入都市，突然从农民变为了"都市人"。为了将这个角色扮演成功，崔喜必须"尽快脱去自己身上的那层农村的皮"。主动和人打招呼，抢着帮人家提东西，搀扶老年人，甚至主动敲开邻居的家门找人聊天等。这是崔喜对都市生活方式的认知，不料这是一种认知的错位。"都市和农村不同，都市人需要的是人与人之间的距离，是一种神秘感，是对自己隐私的一种维护。"（李铁《城市里的一颗庄稼》，见《十月》2004年

[①] 李洱：《在场的失踪者》，《温州都市报》2008年11月16日第13版副刊。

第 2 期）因而，当崔喜把农村中的亲如一家的生活方式运用于都市中时，遭遇尴尬就在所难免了。

生活方式的认知错位，不仅体现在对都市生活方式的认同的盲目性，也表现在将适用于农村的生活方式"移植"到都市的无知性。如果说小江和崔喜是由于盲目地认同都市而使自己置身于尴尬的境地，那么，五富（《高兴》）的尴尬则是因为过分钟情于农村的生活方式和生活观念导致的。五富是从"前现代语境走入现代都市"①的农民。对乡土的记忆和使农村生活方式的重现是支撑着他在异己都市中艰难生存的精神支柱，同时也加深了他在都市中的尴尬与无奈。例如，五富一顿饭要了五碗肉臊子，吃的时候蹴在凳子上，一边吃一边喊叫着要"油泼辣子""蒜泥"等乡下人下饭的酸菜，"嘴唇梆梆地咂着响""只顾往嘴里扒拉，舌头都搅不过了还喊叫来两碗面汤"，没有面汤只能喝桌上的招待茶时，"喝一大口，咕嘟咕嘟在嘴里倒腾着响，不停地响，似乎在漱口，要把牙齿间的饭渣全漱净的"（《高兴》第 12—13 页）。此时，他已置身于都市，但不忘自己农民的角色。在都市的饭店里，他却始终践行着在农村里所养成的生活习俗和行为习惯。从吃饭时的坐姿、喊叫到不雅的漱口，无不是农村生活习性在都市里的体现。一边吃一边大声喊叫、"嘴唇梆梆地咂着响"、茶在嘴里"咕嘟咕嘟倒腾着响"等十足的农民吃相在农村中是司空见惯、普遍存在的一种饮食方式，是在父权宗法制社会里体现农村男子优势地位的生活方式之一。然而，都市和农村不同，都市人需要的是展示自身的高贵优雅。在都市现代文明的熏陶下，具有相当经济实力和文化品位的都市市民，多方面、各层次的消费需求与欲望不断增加。他们既追求物本身使用价值的实用性消费，追求出手阔绰、展示外在形象的炫耀性消费，更注重"体现个人更为精致的个性魅力和典雅的文化品位特征"②的符号性消费。在有一定社会地位的都市人都在追求"展示外在形象的炫耀性消费"，追求体现"个性魅力和典雅的文化品位特征"的符号性消费时，五富却不以为然。他追求的仍是"简单的满足"。当将稳熟于心的生活方式原封不动地在都市"重演"时，他就必定会陷入尴尬的处境。一顿饭就要了五

---

① 徐德明：《乡下人的记忆与城市的冲突——论新世纪"乡下人进城"小说》，《文艺争鸣·新世纪文学研究》2007 年第 4 期。

② 楼嘉军：《休闲新论》，立信会计出版社 2005 年版，第 191 页。

碗肉臊子，使得"饭馆里的人都侧目而视"。没有面汤，喝一口桌上的招待茶，"咕嘟咕嘟在嘴里倒腾着响"时，"老板以为五富要把漱口水往地上吐呀，吆喝着服务生把痰盂"拿来盛，"五富却脸上的肌肉一收缩，嗝儿，把茶水咽了"（《高兴》第13页）……

他们从农村"移植"到都市，难以摆脱"他者"的弱势地位，难以穿越农村文化观念的束缚，难以用凌虚高蹈的姿态对固有的经济文化逻辑进行有力地抗拒。进了城，但没有经济资本去加强自身的文化修养，也没有更多的时间去深入体认都市的生活方式。在现代都市化语境中，两手空空、一身褴褛的农民工原初的生活习性及认知观念，成为都市市民区隔农民工的符号标准，同时也使农民工陷入了尴尬处境。与其说他们的尴尬在于向都市生活方式的盲目靠近，或者用农村中的生活方式与观念去适应都市的现实；不如说是由于他们对农村和都市之间的异同及农村生活方式和都市生活方式的差异缺乏深入了解。小江、崔喜向都市生活方式的盲目靠近，五富在农村中体现优势地位的饮食习惯和观念原封不动地"移植"到了都市等，无不体现他们对都市生活方式和农村生活方式的差异缺乏深入的了解。

（二）食品消费的身份区隔

在现代性冲击下，中国"现代"社会裹挟着经济、政治、文化和人文等因素，构筑了激情洋溢的诗一般的"宏伟叙事"。这一诗性叙事中，科技进步、经济发展使中国告别了贫穷，人们的消费也由一种纯粹的物质需求扩展为一种心理需求、彰显身份等级的社会文化行为。在南下打工潮的席卷下，一批又一批农民从农村进入城市，开始了在都市打工的生涯。由此诞生了一批批充满悲情色彩的打工文学作品。在这些文本中，我们发现农民工高贵优雅或低劣粗俗的食品消费方式与品位，达到了建构与他人关系以及区隔身份的目的。

新时期以来，以农民工为主要描写对象的文学作品层出不穷。有些作品着重描述他们饥不择食、衣不蔽体的生存窘态。农民工没日没夜地在为"柴米油盐酱醋茶"拼命。时代的变动，命运的造化触动了作家们的心弦，他们要在抒写新时代弄潮儿的"宏伟叙事"下书写农民工——城市里的他者。于此，农民工在打工过程中所经历的眼泪和屈辱、尴尬与苦痛，抛家离子的无奈与茫然等一一呈现在读者面前。来泰（荆永鸣《北京候鸟》），在北京城像候鸟般生存，历经种种波折，希冀蹬三轮车挣取辛苦钱，最终却只能独自吞下所有钱财被骗的屈辱与痛苦；国瑞（尤凤伟《泥鳅》），带着光宗耀祖、出人头地的梦想挤进打工者的行列，却被权势者利用，无知地成了被送上断头台的替罪羊；大宝（罗伟章《我们的路》）为了生存，在老板面前屈辱地下跪，男儿膝下有黄金的尊严此时显得那么卑微可笑……成千上万的来泰、国瑞、大宝们在都市吞下的泪与痛，无不是为了稻粱谋的生存需求。

纵观一系列打工文学，我们可以看到，大多数农民工离乡别子为的就是一日三餐，为了家人的生存。可是，他们在都市的"拾金"梦，"稻粱谋"的梦想却处处受阻。在贾平凹的《高兴》中有一群在西安城拾破烂的特殊群体。他们虽然每天在城市的繁华闹区与街头巷尾穿行，但始终是城里的"他者"，是被都市所遗忘的"失踪者"。在充满歧视性的空间中，他们从农村到都市似乎改变的只是物理空间。日常起居、饮食习性等随着他们带进了城市。孰不知，这些文化品性却是他们身份确认和建构的标准之一，区隔他们与都市人的标准之一。对于五富、刘高兴等这一群从农村到城市的拾垃圾者而言，糠菜素食是他们行走在城市大街小巷的追求目标。这些他们仅能消费得起的物质既是一种客观实物，更是一种符号。在很大程度上，饮食活动纯属于一种生存需求。他们没闲更没钱去讲究饮食质量的好坏与否，更不会梦想去饱尝山珍海味。能有一块豆腐乳或南瓜、土豆、腌萝卜、放少许盐的面条以及可以拌着酱油吃的米饭等，就觉得是对他们的恩赐；碰到雨天就只能躺在床上减少运动量，为的是节约一顿饭以补偿没有收入的损失；偶尔饭菜有剩，倒掉觉得可惜了，于是梗了脖子硬吃下去，最终因为吃撑了只可以"红着眼坐在那里发瓷"。他们粒米进肚、糠菜素食的消费观念无不"表达或泄露出他们在社会生活中的位置、等级"[①]。在物欲横流、声光电化的商品化都市中，"朱门酒肉臭"是有钱都市人身份地位的表征之一。而处在解决温饱路上的农民工们，所吃的食物和消费观念正是农村里原有生活方式与价值观念的再现，更是剥除了"酱紫色"身份外衣之后建构新身份的表征。

五富为"吃"随着刘高兴从农村进入城市，最终嘴里含着鲍鱼翅而离开都市、永别人世。他不要再为永远也填不饱的肚子做牛做马。他在都市只生活了短短的七个月。在仅有的岁月里，以"食物"为线索，演绎

---

① 张意：《文化与符号权力》，中国社会科学出版社2005年版，第123页。

了他的乐与哀、喜与悲、生与死。"食"是人生存之本，也是作品中人物身份地位标志的象征符码。五富进入西安城的第一顿饭的情景展示了五富惊人的胃口、粗鲁的吃相。这无不在彰显着他的身份，进一步强化了与都市人身份不同的农民身份。《廊桥遗梦之民工版》中的钱仁发被表弟刘福利带到城里修建高速公路，担心成为石墩里的"第七个烈士"，决定请刘福利吃宁德一带最诱人的牛杂粉。当时，"钱仁发三十秒之内干掉一碗牛杂粉后，让老板再来一碗免费的汤，一边把牙缝里的牛肉剔出来就汤喝下去"；有时两人轮流请客，"一到小吃摊前就不说话，像两只水牛默默地拼命地吃，不断地加辣椒酱，边吃边流眼泪、鼻涕和汗水"。（李师江《廊桥遗梦之民工版》）他们一边吃一边喊服务员、咂响嘴唇、把茶水含在嘴里等吃相在农村中是普遍存在的一种饮食习性。那也是在父权制社会里男子优势地位的体现。饮食过程中的各种声响也是农村男子在家庭中展示一家之主优越地位、体现权势的传声筒。此时，五富、钱仁发等消费的是食物的实用价值———填饱肚子，免于饥饿。王祥夫《端午》中对此有很详尽的描述：

> 工地上百十多号民工吃饭的大食堂其实就是一个临时搭建的工棚，一个大烟囱。通常两口锅炒菜，是先在锅里注一些油，两碗葱花一下子倒进去，"哗哗哗哗"地先炒出香味来，再放白菜和土豆，然后再放豆腐，最后是浇酱油，是一碗酱油"哗"地泼进去，再翻翻，把锅盖盖上，隔一阵再炒炒。这样的菜，也并不出锅，临要把菜铲给工友时，又是一只碗，这一回碗里是油，是熟油，往锅里一泼，菜就亮了起来，油汪汪的，也好看了，油水也大了，味道呢，却还是那样。工友们吃饭的都是大家什，是那种带盖儿的大搪瓷缸子，工友们队排过来，把大家什伸过去，大师傅就把那把大铁勺往锅里一探，半勺就够，再往工友的大家什里一扣，然后再从笼里抓两个大馒头往这菜上一扣，这便是一顿饭了。工友们吃饭，因为天气热，就总是在工地工棚的背阴处，一个挨一个坐了，话亦不多，一大片的"呼噜呼噜"声，极有气势，是响成一片的"呼噜"声，"呼噜"声过后一顿饭大致也吃完了，然后是大家都去那个锅炉前接水，"嗦嗦嗦嗦"喝水。工地吃饭，天天是这样。是填饱肚子，有什么滋味？没什么滋味！吃饱就是。

端午节到了，领导说要改善民工的伙食——吃鸡。可最后民工打到的饭里只有些鸡骨头，或者是一个鸡头，一个鸡爪子，一个鸡屁股，更多的是鸡骨头架子。但民工们还是香甜甜、有滋有味地在那里风卷残云——吃了起来。每一根鸡骨头，都一一吮过，每一个鸡头，也都一一拆开了细细吃。（王祥夫《端午》，见商昌宝主编《接吻长安街·小说视界中的农民工》第53—61页）

土豆、白菜也罢，鸡头、鸡骨头也罢，在民工那里无非就是为了"填饱肚子"。所以，他们不问工地管材料的老王挑拣的十多袋鸡肉到哪里去了？给谁吃了？饭里有鸡肉香就足够了，可以填饱肚子就足够了。

但食物除了可以填饱肚子外，还有被用作"突出你的符号"，"当作区分素"① 的符号价值。即使在山西农民开的削面馆里可以免费吃喝，五富所表现出的饮食方式也依然践行着农村传统文化的烙印。在农村"形成的一套性情倾向"，已融入他们生活起居、饮食方式等日常生活习惯与行为方式中，无形"区隔了行动者自身，成为行动者的出身和地位的标志"。② 五富、钱仁发等虽然像其他农民工一样远离了黄土地，进入了城市，被贴上了"农民工"的身份标签。可是，对于五富这样的农民在"时序倒置"和"空间位移"的异质文化境遇中，在农村中强化其优势身份地位的标志遭到了颠覆和冲击，成了"农民工"身份的表征之一。

在现代进程中，农民工翻开了以都市为代表的农村传统文化与现代文明正面接触的新的一页。在都市的大场域中，传统农耕文化与都市文化相互冲突，又相互并存。在带有歧视性的物理和文化生存空间，五富们内化为个人身体性情的农耕文化记忆与生活习性，成为身份区隔的符号化象征化标志。它建构着农民工在都市的社会地位及其"农民工"这一新身份。吃饭时发出令人不悦的声音遭遇他人拿白眼相看，错把"香肠"当作"红萝卜"，不识"凤爪"说成"鸡爪"等，深刻反映了在遭遇现代文明时，农民原有的农耕文化观念的瓦解与解构。这表征着"农民"身份在新文化语境中，依然如"幻影"黏附在"农民工"这新身份上。有着新

---

① ［法］鲍德里亚：《消费社会》，刘成富、全志刚译，南京大学出版社2006年版，第34页。

② 张意：《文化与符号权力》，中国社会科学出版社2005年版，第19页。

名称的"农民工"们,是"工人"和"农民"的新组合,他们是农民却又是在城市的工人。他们只是带着"农民"的影子在"他者"都市劳作的工人。因而,当他们把农村传统文化中强化男子身份地位的标志带入城市里,在被人歧视时试图改掉。学城里人把"鸡爪"改口为"凤爪"、把"茅厕"优雅地称为"卫生间"等,却表现出作为强势的都市文化对农耕文化习俗的整合"侵略"。同时,也是农民弱势身份地位的解构与都市话语强势地位的表征。农民工在都市物质文明建设中有着不可估量的作用,然而都市人却没有善待他们。在很多都市人眼里,他们如同随时可以丢弃的"垃圾"和利用的"工具"。城市希望他们能丢弃农村中的肮脏、邋遢、粗俗等恶习,又不愿助之一臂,反之将其称为"农民工"。在现代化优势话语整合进程中,都市文化总是以优越的姿态不断地解构着农耕文化,不断地瓦解农民原有的饮食方式、生活习性等,试图建构适合都市主流文化价值观念的新"农民工"身份。

人类文化与文学视野中,饮食消费行为既有为了满足基本生存所需的"生存性消费",也有的是侧重于展示成功、高贵等的"符号性消费"。技术和生产的快速发展促进了经济发展和现代化进程,带来了物质财富骤然飙升与商品泛滥。而刘高兴、五富等农民工不辞辛苦地捡拾都市垃圾,给都市净化空间,为都市人创造了更加舒适干净的生存空间,但收入微薄连自己的吃喝等最基本的生存所需都不能满足。此时,"食"已不仅仅停留于生存层面上的实用价值,它还是区隔身份、划分阶层等的符号价值。食物的符号价值主要通过对食物的消费来彰显品位、个性和社会地位等。在食物消费过程中,食物所象征和隐含的身份地位、个人品性、情调等也被消费了。食物既是具有使用价值的纯粹物品,也是具有象征意义的符码;于此,食品的消费超越了纯粹的经济行为,具有通过差异性的消费象征性符码来区分身份等级和社会地位的文化行为。[①] 农民工的疏食糠菜,指称着他们"悬置"的身份、庸俗的生活品位和低等的社会地位。《高兴》中的韦达等有钱有品位的成功城市人士,虽然消费的也只是农民工们平时所吃的茄子、干豆荚、萝卜、饸饹、面条等,但他们是因为太胖或是患病了才来吃蔬菜粗粮的。这只是有一定社会身份和经济条件之人保健养生的饮食方式。他们崇尚素食主义的饮食习性,已"远远超越了果腹养生的物

---

① [法] 鲍德里亚:《物体系》,林志明译,上海人民出版社 2001 年版,第 223 页。

质文明层面，甚至完全隐逸了这层基本含义，而变成了纯社会意义的吃社会地位，吃等级身份，吃名声气派的"① 政治文化行为，是区别于农民工为了果腹而消费的个性化消费，是身份建构的符号性消费。粗粮和蔬菜是刘高兴、五富等农民工仅能消费得起的食物，也是韦达等都市人饱尝了鸡鸭鱼肉之后为健康而选择的养生养性之食。当然韦达等城市人饮食观念的变化以及与农民工饮食观念与饮食趣味的不同，是与他们的经济条件密切相关，与特定阶层身份地位相联系的。韦达等都市上层人士所消费的粗粮和蔬菜的实用性已被降到次要地步，突出的是吃健康、吃身份地位等象征性符号消费。韦达等五六个人吃饭，餐桌上蔬菜和粗粮"垒起了两三层"，其数量之多、花样之新等令五富、刘高兴咋舌叹气。品种的繁多、美丽的外观、诱人的香味、鲜美的味道等饮食品味，折射出的是优越的社会身份地位，是对城市人优势身份的社会认同。

饮食口味和饮食习性的不同表征着经济物质条件的不同、知识文化建构的差异以及身份地位的等级。刘高兴、五富（《高兴》）吃素喜荤；寇兰（尤凤伟《泥鳅》）看见美味佳肴直咽口水；明慧（《明慧的圣诞》）面对情人李羊群为她点的点心，盘算着"打包带回去"等对食物实用价值的追求及解决温饱的不浪费的饮食观念，进一步印证了进城农民工的物质收入微薄和社会地位等级低下。韦达（《高兴》）等饱尝了鸡鸭鱼肉等高热量高脂肪的食物之后，转向了干豆荚、饸饹、面条等素食粗粮；《我叫刘跃进》中的严格暴富三年之后抛弃了刚开始富裕时"拼命"吃肉、鱼翅、海鲜等高档精致高热量的食物，开始吃萝卜小白菜等糟糠之食。于此，他们讲求的不仅仅是食物的实用性，更多的是考虑健康和精神的需要。他们的弃荤吃素也正是其优越身份地位的体现，表征着其经济条件的优裕与高雅的怡情养性之品位。

自古至今，饮食一直是为消费主体"生产自己的身体"② 的行为活动，也是重要的象征媒介，象征着消费主体的地位和身份。在饭桌上，被日常生活所需束缚的五富等农民工，被韦达等上层人士邀请同桌共餐时，韦达等人特意为他和刘高兴加了"炖鸡汤"与"带荷叶饼的粉蒸肉"两

---

① 李维冰、华干林：《中国饮食文化概论》，商业出版社2006年版，第191页。
② 夏莹：《消费社会理论及其方法论导论———基于鲍德里亚的一种批判理论建构》，中国社会科学出版社2007年版，第91页。

道荤菜。表面上看，这是韦达对五富和刘高兴的尊重，在"尊重"这层外衣遮蔽下更多地体现着身份地位的极大不对等。只有日常基本温饱得不到保障的人们，胃口才会大得令他人惊讶、才会嗜吃荤菜；"富得流油"的都市上层人物的肠胃更适合糠菜疏食。在此，都市上层人物的求素和农民工的嗜荤所表现出的不同的饮食追求与趣味，相应地"表达或泄露出他们在社会生活中的位置、等级"，无形中强化了他们各自的社会等级和身份地位。

具有相当经济实力和优雅文化品位的都市高收入人士，各层次、多方面的消费需求与欲望不断膨胀，既有实用性的消费追求，也有展示外在形象的炫耀性消费的追求，更注重"体现个人更为精致的个性魅力和典雅的文化品味特征"①的符号性消费。《泥鳅》中的三阿哥宴请市长秘书夫妇时，点了一道名为"雪中送炭"的豆腐炖泥鳅家常菜。无疑，他们在饮食方面追求的是"纯粹品位"，那是对简单满足和享受的拒绝厌恶。那是优雅怡情的环境、鲜美的味道、悦目的色彩、美观的外形和文雅的名称等汇聚。这种优雅的象征性符号消费已超越了物品本身的实用性价值，扩展为一种彰显文化身份、经济地位的符号性功能。"雪中送炭"等典雅诗意的菜名，玫瑰花茶等高雅浪漫的点心，"带荷叶饼的粉蒸肉""酱紫的牛肉"等色形美观的菜，都是经济丰裕、高贵优雅的都市上层人士身份地位的符号性表征。

刘高兴、五富他们从农村"移植"到都市，难以穿越农耕文化与农村生活习俗的束缚，难以摆脱"他者"弱势地位对其的规约，难以用凌虚高蹈的姿态抗拒固有的经济文化逻辑。大碗吃饭、大块吃肉，他们以食物实用性为中心。每天高强度的劳作，没有钱财，没有闲情雅致，也没有意识去增强自身的文化习性、培养高贵典雅的饮食品性。一身褴褛、两手空空、毫无品位的他们能消费得起的是干瘪的坏了一半的苹果、有少许盐的面条，是拌菜、卤菜等花钱不多却很实在的食物。总体上表现为"实在"、粗劣。其实这也是农民工建构自我主体身份的象征性符号之一，是确认农民工社会身份地位的标志之一。

农民从农村迁移到都市，只改变了其生存谋生的地理空间。他们骨子里的农耕文明、生活性情在现代都市文明的认可或排斥下，都无法拆解他

---

① 楼嘉军：《休闲新论》，立信会计出版社 2005 年版，第 191 页。

们只是"在场的失踪者"的境遇。生活工作都在都市,却无法得到都市的认同。农民工的身份悬浮于农村与都市空间相融合与相排斥的进程中。讲究饮食趣味、吃素弃荤的都市消费观念在接纳或排斥粒米进肚、吃素嗜荤的农村饮食消费观念的过程中,进一步强化和突出了都市人的身份地位,同时也将农民工尴尬与无奈的身份与地位凸显了。作为都市的"闯入者",他们从农村来到都市梦想着能有一份稳定的体面的工作,进而扎根于都市的土壤。然而在物欲横流的现代化都市却迷失了自我,没有找到真正的归属感。正如西美尔所说:"人们在任何地方都感觉不到在大都市人群里感到的孤立和迷失。"① 他们从农村到都市只是身体的物理空间挪移,是悬浮在缤纷而复杂的都市上空的一朵朵"乌云"。在这个空间维度里,饮食趣味与观念的差异将农民工和都市人区隔了,展现了农民工身份"悬浮"感的无奈,也可以窥见从农村到城市打工者焦虑矛盾的精神情感。

(三) 休闲娱乐的身份区隔

随着改革开放经济的飞速发展,人民生活水平大幅度提高,文化娱乐产业也随之兴起。休闲娱乐逐渐渗入社会生活的各个方面,影响到各阶层人物的日常工作生活。物欲横流的工业社会中,追求体面消费,渴望无节制物质消费和享受成为上层人士或成功人士确认社会身份地位的准则之一。也就是说"把人们的生活目的和人生价值""定位在物质财富的享用和高消费的基础之上,并以此来解读并炫耀生命之存在"②。当今社会,物质文明与精神文明都得到了蓬勃发展,人们不仅要积聚物质财富,精神心理需求的追求也成为人们追求的目标。因而,休闲娱乐被很多人视作生命活动的组成部分,看作全面发展自我的必要条件。

休闲娱乐是人们工作之余利用闲暇时间自由安排的活动。选择不同的娱乐空间和休闲方式成为经济资本区分阶层之外的又一个区隔因素。物品的膨胀和网络新媒体时代,人们的消费欲望不断地被刺激膨胀。追随着时尚的消费趣味瞬息万变,由之前的满足基本生活需要转变为表达自我、展示个性的符号性消费。休闲娱乐在文化产业和物质文明的带动下,由着重于小家庭内部的消除疲劳养精蓄锐的休闲过渡到展示品位、表现自我、舒

---

① [德] 齐奥尔格·西美尔:《时尚的哲学》,文化艺术出版社 2001 年版,第 32 页。
② 马惠娣:《休闲:人类美丽的精神家园》,中国经济出版社 2004 年版,第 16 页。

展被压抑的个性等面向社会的休闲。在社会大场域中,选择不同的休闲娱乐方式也是对个性品位、生活风格、身份地位的选择。它是一种身份象征的符号性消费。

新时期以来打工文学作品中,刻画了一批从农村到城市的农民工。他们一身褴褛、两手空空、没有高学业文凭,更没有高贵优雅的文化品位和审美性情。微薄的收入和恶劣的工作条件,迫使他们不得不利用有限的闲暇时间来躲避逼仄的生活工作环境对人的压抑。在都市歧视性文化空间的规约下,他们仅能消费得起的只是露天广场(《泥鳅》)、低廉的"穷鬼大乐园"、只需五块钱就可进入的"大众录像厅"(孙惠芬《吉宽的马车》)、门票只要两块钱的"民工舞厅"(《哥俩好》)等。在这些低廉的集体化大众化消费场所,通过诸如疯狂表演、唱摇滚歌曲、做爱等非理性的行动方式,反抗现实,表达对权力理性的颠覆。在这种昏暗的、感官的、动摇的、颓废的、无法自持的空间里,人们可以释放感性,驱逐灵魂。[①] 不管是在人头攒动的昏暗龌龊的"大众录像厅""民工舞厅"里舞动身躯、满足生理需求的做爱,还是在充满感性与激情的"穷鬼大乐园"里唱歌、吼叫,他们都是在极尽所能地释放工作所带来的疲惫和压抑;是在逃避权力的规约与控制;是在试图摆脱"他者"地位的束缚找回迷失在城里的主体自我。

《吉宽的马车》中的鞠福生、二哥吉中,《泥鳅》中的国瑞、蔡义江,《我们的路》中的大宝、春妹,《哥俩好》中的哥哥等干苦力活的农民工们,在都市物质文明建设中奉献了自己的汗水、鲜血甚至是生命,然而"都市因现代化的发展壮大需要他们的同时,却又以鄙弃的方式拒绝他们"[②]。在充溢着激情与理性规训的时代里,农民工似乎不为社会所需,显得多余;即使在爱情生活中,因长年离家使得他们也体验到了一种情感爱情世界中零余者处境,感觉到不能拥有真正的感情同时也不能被感情拥有。[③] 于是,情感饥渴时他们选择的是"穷鬼大乐园的舞厅"或五块钱一次的大众录像厅等。唯独在这些场所,他们感觉找回到了在都市中已丢失的农村男性优势身份,感觉到找回了缺失的情感。然而,"穷鬼大乐园"

---

① 葛红兵:《障碍与认同——当代中国文化问题》,学林出版社 2000 年版,第 46 页。
② 孟繁华:《到"城里去"和底层写作》,《文艺争鸣》2007 年第 6 期。
③ 葛红兵:《障碍与认同——当代中国文化问题》,学林出版社 2000 年版,第 59 页。

"大众录像厅"、露天广场等是在经济快速发展和精神文明大幅度提高的背景下，所构筑的休闲娱乐空间。这是可以弥补文化饥渴精神空虚的视觉需求的物理空间，同样也是可以解读的一个"符号文本"。

象征性和表征性是这个"符号文本"最大特征，即通过选择休闲方式和娱乐空间来表现主体的身份地位和社会认同。休闲娱乐者除解决生理需求、缓解疲劳以外，这个空间所象征的社会地位、身份级别、档次、品味，（即这个空间所蕴含的"内涵"或"区隔素"）在出入这个场域的主体身上体现出来了。文化品位低下庸俗、经济资本匮乏的农民工，自由闲暇时间受到了很大的限制。他们有时需要在民工舞厅、露天广场、"大众录像厅"等空间寻求自我，掩饰自己的窘迫。在这些空间里，人与人之间是平等的，不必互道姓名，没有猜疑，没有压迫，没有嫉妒。在昏暗暧昧的空间里，大家不要戴着面具，可以自由疯狂任性地舞动肢体，没有外在物质生活的束缚，更不必受到内心精神与智力的压抑。廉价的消费，庸俗的品位满足了他们的生理所需，被压抑的身心得以释放了，但同时也将自己与都市中有钱有闲的上层人士区隔了。每日奔波于"果腹线"上的底层农民工们根本没闲、没钱、更没有优裕高雅的性情去追求超出实用价值的怡情养性的象征性消费。于是，这些廉价的娱乐场所是他们能消费得起的空间，也是"农民工"身份的符号性区隔空间。喻示着只有品位低下、经济匮乏的农民工们才会选择这些娱乐空间寻求自我、释放个性、逃避逼仄的现实。

偶尔有如黎正全（王十月《烂尾楼》）、刘高兴（《高兴》）等有着与其他农民工不一样的高雅文化品位。黎正全在打工失意时吹笛子，快乐时也会吹笛子；有工作时吹，没工作住在烂尾楼里吹。刘高兴随身携带一管箫从农村来到城市。他在西安城捡垃圾生活的起与落、乐与悲伴随着箫声的低沉或高昂、欢快或忧伤呈现得淋漓尽致。虽然在都市靠捡垃圾营生，但他在劳累之余经常通过吹箫来抒发情感，弥补精神的空虚，也希冀建构成"都市人"身份，实现自我身份认同。寄居于都市的拾破烂群体，无法希求用自己的声音或行动得到都市的认同，建构自我身份。刘高兴吹箫不管是因为收破烂在路边休息时的即兴所为，还是为了"传递"他的"得意和向往"，在城市人眼里只是给他的"农民工"身份披上了一份神秘色彩而已，终究是不能剥除空间迁移中随身携带的这层"农民"身份的外衣。刘高兴、黎正全的自娱自乐或抒发内心的箫声笛子声吹响了农民工在都市的诗意化生活遭际和梦想的矛盾心声，也是在"有声"无力地抗拒着社会意识形态对"农民工"的规约。它唱响了刘高兴等农民工在都市中建构身份的期待、无奈与辛酸。

　　刘高兴、鞠福生、五富等农民工们资本极度欠缺，日益为生活所迫。偶尔鼓起勇气像都市有钱有闲人士一样去逛一回公园。可是当走到公园"芙蓉园"（《高兴》）门口看到50块钱的门票时吓得拔腿就跑，最终只能在外面想象园内的情景。这张50块钱的门票无形中将农民工区隔在都市人行列之外，是都市对农民工这一群体的摒弃与接纳的分界线。城市里清理垃圾，建筑高楼大厦，繁荣多元化经济等物质文明建设需要他们；但精神文明建设又拒绝被贴上肮脏、庸俗等标签的农民工们。"清水出芙蓉"也许是公园名字的来由，更是都市人自我身份认同的表征之一。农民工来自落后贫穷的农村，自小就浸染了农耕文明各种习性，移植到都市后一身习性会玷污清水般的"芙蓉"？此时，在现代化进程中，农村和都市不仅只是地域空间的区别，而且是社会形态、人生价值观和文化观念的差异。由乡进城的农民工在直面与传统农耕文明不同的现代都市文明时，自感自己的渺小与卑微，自感限于身份认同的"错位"与困惑。他们在试图抛弃农耕文明追随现代文明的选择中，遭遇了自我与社会身份认同的矛盾冲突。农民工刘高兴、鞠福生等模仿着都市人休闲娱乐的消费时尚，认同都市人"玩"得要有风度有潇洒的消费理念。当昂贵的消费无情地消解了他们在心中已"确立"的"都市人"身份，他们很难改变在现代化都市中"他者"的身份地位以及生活方式。

　　低廉颓废的娱乐场所与简单粗俗的休闲方式是农民工自我身份认同和社会认同的象征性符号标志；老齐茶馆（《我叫刘跃进》），"小上海"度假村（《明慧的圣诞》），咖啡厅、蹦迪场所（《吉宽的马车》）等休闲场所就是都市人优势身份的符号表征。文化资本丰蕴、经济资本雄厚的达官权贵们或都市白领人士，出入咖啡厅、高档的茶馆、度假村，蹦迪，逛公园等体现的是他们生活方式的优雅。这些对传统的看电视、围聚聊天等传统休闲方式的背离，彰显了都市人追求美好生活的价值观及其自我优越的身份地位。《吉宽的马车》中的宁静、《明慧的圣诞》中的李羊群、《我叫刘跃进》中的老蔺等达官权贵们或白领人士在追求外在性物质需求时，无形中展现得正是自己典雅的文化品位、个性魅力以及优越的身份地位等。因而，通过出入华贵尊荣的娱乐场或拥有优雅含蓄的休闲方式，彰显自我优越的身份地位，确立自己品位高雅的成功者形象。

包亚明在《游荡者的权力》中说道："每一种趣味都聚集和分割着人群，趣味是与一个特定阶级存在条件相联系的规定性的产物，聚集着所有那些都是相同条件的产物的人，并把他们与其他人区分开来。"①"小上海"度假村、高档茶馆、咖啡厅等休闲娱乐场所聚集着追求自由趣味、有着高雅文化性情的都市上层人士。在价格昂贵气派非凡的"小上海"度假村里、浪漫典雅的咖啡室或安静悠闲的高档茶馆，既没有争夺权力位置的焦心，也没有工作生活的困扰与压力，李羊群、老蔺、宁静等有钱有闲的都市人可以优雅地规划人生、品尝生活艺术。同时又成了区别于农民工，区别于他人的强化自我身份的符码。

科技进步、经济快速发展的现代化都市中，不同工种性质的职业区别着人，区隔着人们的身份地位和社会地位；同时，不同的娱乐空间、休闲活动也逐渐成为人们衡量身份地位、社会地位的识别标志。与农民工文化水平和收入水平相吻合的娱乐空间和休闲娱乐方式主要表现为粗俗、颓废、猥琐；而高收入高地位的权贵、白领人士的休闲方式和消费观念主要表现为个性化、典雅化、高档化、精品化。

农民工也罢，都市人也罢，都希冀通过"种种规训"只是"展开恶斗的一个幻影"②的休闲消费和娱乐空间来释放工作生活所带来的疲惫，舒展被压抑的个性，表现真正的自我。可是，刘高兴、国瑞、鞠福生等农民工对"都市人"身份的自我认同通常只是幻影。或许只有在这种自我麻醉的"幻觉场景"③里才能得以实现，才能接近"梦中天堂"——精神家园。他们一旦从这种娱乐方式中剥离出来，一旦走出这些场所，摆脱"他者"地位、逃离权力控制等就都成了梦中"幻影"，终将是"悬浮"于农村与都市上空的"他者"。无疑，农民工从农村走进都市因为在理念和心理上的"城市人"身份认同与获得社会认同是相冲突的，于是其身份建构陷入了困境，无法自拔。在现代都市文明与传统农耕文明的矛盾冲

---

① 包亚明：《游荡者的权力——消费社会与都市文化研究》，中国人民大学出版社2004年版，第29页。

② 罗钢、刘象愚主编：《后殖民主义文化理论》，中国社会科学出版社1999年版，第193页。

③ 陶东风、金元浦、高丙中主编：《文化研究》（第4辑），中央编译出版社2003年版，第113页。

突下，他们从农村到城市打工所梦想的建构与确认个人主体身份，陷入了困境，面临着危机。品位低下、文化资本匮乏的他们所选择的休闲娱乐空间和方式建构着其在都市大场域中尴尬的"农民工"身份与"他者"地位。

纵观新时期打工文学作品，我们可以见证他们从农村迁移到都市，改变的只是其生存谋生的地理空间而已，渗透进他们骨子里的如影随形的农耕文明、农村风俗在遭遇现代都市文明的侵袭与排斥下，他们只是都市中"在场的失踪者"，身处都市却无法得到都市的认同，身份悬浮于农村文化与都市文化的融合与排斥的进程中。文化资本处于缺席状态的农民工们所选择的廉价昏暗颓废的娱乐方式和空间对应着优雅的咖啡厅，凝重含蓄的茶馆，美丽玄幻的"芙蓉园"等，也是农民工们"悬置"的身份对应于都市人优势地位和身份的体现或象征。都市的"闯入者"，从农村来到都市幻想着能有一份体面的工作，扎根于都市的土壤；然而在物质横流、灯火阑珊、车水马龙的现代化都市却没有真正的归属感，迷失了自我。正如西美尔所说，"人们在任何地方都感觉不到在大都市人群里感到的孤立和迷失"。他们从农村到都市只是身体的空间挪移，是浮动在复杂而缤纷的现代都市上空的一朵朵"云彩"。在这一变化了的空间维度里，休闲娱乐方式和空间的不同区隔了农民工和都市人，展现了农民工们所遭遇到的身份"悬浮"感的无奈与幻灭，也可以窥见从农村到城市打工的乡下人精神情感的焦虑与矛盾。

二 人生价值观方面的尴尬

如果说小江、崔喜、五富、德宝、小白等在异域空间中的认知尴尬还处于生活方式上的表层次认知问题的话，那么，武俊（《人在旅途》）、国瑞（《泥鳅》）、林榕真（《吉宽的马车》）、远子（《怀念一个没有去过的地方》）等在都市所遭遇的尴尬就是人生观、价值观、爱情观等深层次上的问题。追随着现代化的步伐，众多农民进了城。但农民一旦进了城，遭遇的就不只是陌生的人与环境，更重要的是完全陌生的都市文化。置身于全新的文化境地，摇身一变为农民工的他们感叹"许多以往奉如神明的东西，今天被翻了个个；而以往视若洪水猛兽的东西，今天却可能成了追逐的对象"。"这突如其来的变化所产生的新时代和旧时代的冲突，现代化和传统的冲突，使人们感到不可思议，矛盾重重，茫然无措"。①
进了城的农民们夹身在"新时代和旧时代的冲突、现代化和传统的冲突"、都市文化和农村文化的冲突中，其尴尬是他们遭遇现代化过程中的一个必然问题。进入了都市，农民工带着原有的农村文化观念去认知都市中的陌生事物，体认都市生活时，不仅在生活方式上遭遇到了尴尬，原有的人生观与价值观也遭到了冲击。原来在农村所建构的那一套稳定的封闭色彩浓郁的行为体系与人生价值观，在流动的、法理的、竞争开放的现代化体系中进退两难。远子（邓一光《怀念一个没有去过的地方》）、陈贵春（罗伟章《故乡在远方》）、管道（王祥夫《管道》）、大宝（罗伟章《我们的路》）、牛二军（马步升《被夜打湿的男人》）、武俊（冰炎《人在旅途》）等从农村走向都市，携带着一个完全透明稳熟的人生价值观，走向了一个具有现代化特色的完全陌生的世界。他们满腔热血要在现代都市展现自我才能，发扬劳动人民素来的艰苦劳作的作风。然而，靠双手辛勤劳作挣得一口食粮、赢取一定身份地位的人生价值观，在现代化都市中却不断地受到冲击甚至解构。

象征着生产发展和文明进步的都市，不仅其生产和生活方式优于农村，面对着农村中普遍存在的生活观念、价值观念、伦理道德观念、爱情认知等，都市市民似乎比农民更具现代性。因而，当农民被赤裸裸地暴露在现代化都市中时，其身份地位的尴尬、文化夹缝中的尴尬就凸显出来了。《人在旅途》（冰炎《小说阅读网》）中的武俊一踏上都市这块陌生的土地时，就遭遇到了种种尴尬。不知出站时还要检查票，因而被检票员拦住要求出示票时，"武俊面色通红，急忙在裤兜里、挎包里乱翻一气"；不知洗头还有干洗和水洗之分；看见理发店的酷仔，靓女个个打扮得新潮，头发染着各式各样的颜色时，心里直发怵……武俊从未出过山区，没有见识过外面的世界。来到了现代化都市仍以农村文化观念审视都市时，就必然会不知所措。农村生活观念与都市生活观念的不同，使得刚刚从农村到城市的武俊遭遇了尴尬。然而，基本适应了都市生活时，武俊仍遭到种种尴尬。那是由于原初的爱情观、人生价值观与在进行都市攻略摆脱"蒙昧"的过程中所形成的爱情认知、人生价值观的矛盾冲突导致的。

武俊刚从农村到城市时本可以凭借好友巨天赐在建筑工地上的职务之

---

① 周晓虹：《现代社会心理学》，上海人民出版社1997年版，第530页。

便谋得"轻松一点的活——筛沙子",他却坚持要干重活儿。"别让人说笑话","出来寻出路""总得吃点苦,受点累"的认知态度与生活方式,无疑是农村生活经验的体现。为了美丽的恋人、纯洁的爱情,吃苦受累又有啥不可忍受的呢?武俊挣脱农村贫穷的束缚来到了都市,一心想要靠双手的辛勤劳作来挣取迎娶恋人的嫁妆。因而,当他在酒精的作用下丧失了理性,"失身"于鸿业建筑公司老板翰玫时,毅然地走出了这个别人为其命定的前程似锦的生活圈。为了纯洁美丽的爱情免遭再次亵渎,为了男人的生存尊严,他拒绝了翰玫的"和我在一起,我会给你你想要的一切"的哀求。再次步入了"提着命卖苦力赚钱的生活轨道"。似乎唾手可得的光明前景——从小工提升为老板的私家车司机,在一夜之间遭到了无情的粉碎;与善良美丽的农村姑娘的爱情,在一夜之间遭遇了一次体无完肤的亵渎。从此,再次踏上了"提着命卖苦力"的生活轨道,他深感"或许这才是真正属于我的生活"。此时,他的所作所为所思所想是农村经验驱使的结果,是固有的伦理道德与人生价值观逼使的结果。

如果说刚从农村到城市时,武俊极力维护的纯洁无瑕的爱情遭到了亵渎——是尴尬;那么,当身无分文毫无绝技的他在都市遭遇了一系列的打击与逃命般的生活之后,再度回到了翰玫为他设计的都市生活中,过着纨绔子弟般的豪华生活,这又何尝不是尴尬?在都市老板的纵容下,在都市生活逻辑的引导下,武俊开始了其摆脱"蒙昧"的攻略。借助翰玫对他的痴恋,武俊打进了商业场的内部,与当初的救命恩人陆大新结为拜把子兄弟。经过一段时间的摸爬滚打之后,武俊理解了陆大哥的教导:

"这行可不是墨水就能搞定的呢!全得靠智商、胆量、手段。啥时候你能学会做鬼,你也就顺心了!"懂得了商业场中的潜规则:"商场如战场,需要的是手段","到处都是陷阱,你不玩人,人就玩你!"(《人在旅途》)

在这种生活逻辑的引导下,武俊摆脱"蒙昧"的攻略顺利地进行着。与当初欲置他死地的商业场中的"黑老大"袁立民结成了同盟;将鸿业建筑公司中的账一步步地转到了自己和陆大新在上海另开的公司中;之后,以好友巨天赐的名义注册了一家公司,从而使巨天赐成为"替罪羊"等。以婚姻为桥梁打进原公司内部并成为决策人物;利用手段搞垮翰玫精心打造的鸿业建筑公司；利用友情为自己开脱罪名等等。这一切的结果使以前的武俊变为了"远扬建筑安装集团有限公司"的董事长翟伟康。从此，他告别了过去，以崭新的身份成为商业场上的一个叱咤风云的人物。

此时的他，无论对生活方式的认知还是对爱情观和人生价值观念的认知已具备了从农村经验向都市的生活逻辑彻底转变的趋势。然而，如武俊一样的农民工，自己的角色认知、爱情取向、人生价值观的选取等在从农村到城市之前就已完成。进入都市后，原有的生活逻辑却不断地受到冲击。为了立足于都市，他逐渐地选择了"现实的生活逻辑"——利用"身体和性"、利用手段等去换取金钱这个现代生产的资本和社会地位的资本。但是，原初的认知与价值取向并不会从内心被彻底驱除，它时时刻刻渗透于"现实的生活逻辑"的认知与践行中。

"每一种文化都会产生自己的价值系统，人们的行为来自特定的社会文化环境。"① 在农村这一特定文化中生长的武俊，有着自己的价值体系、认知体系。"吃苦耐劳"的生活态度，能"做廉价的苦力，在建筑工地上当小工""在他眼里已经是很了不起了"的认知态度，是对"站着做人"的人格认同，对农村文化的认同。当历经磨难之后，武俊却选择了以身体和性作为资本来换取立足都市的生存资本，选择了利用手段来打进都市"内部"。在翰玫为其设计的生活轨道里，武俊俨然遵照现实的生活逻辑，遵循现代都市人的游戏婚姻规则，成为久经商业场厮杀爱情疲劳的翰玫的情感寄托。从此，武俊无须再"提着命卖苦力赚钱"了，无须再为那份纯洁的爱情而厮守了。

极力维护的人格尊严轻而易举地被粉碎了，精心呵护的爱情被无情地亵渎了。然而，武俊是带着以前的人格尊严、价值取向等投入到现代文明为其铺垫的都市"脱魅"生活中，其痛苦与尴尬并不亚于在都市中所受的皮肉之苦以及进而引起的尴尬。要"站着做人"的价值观始终贯穿在"跪着生活"的都市"脱魅"过程中，不做婚姻的傀儡却走入了现代婚姻殿堂，做了都市婚姻的受害者与施害者。

在满足自我虚荣心、发家致富的灵魂腐蚀的道路上，"站着做人"的人生价值观却时常有意无意地冲击着他的现代野心；在不厌其烦地周旋于众多女性的"宫"里游戏时，周旋于翰玫为其命定的婚姻游戏中时，在

---

① 葛红兵：《障碍与认同当代中国文化问题》，学林出版社2000年版，第4—5页。

内心深处却始终小心地维护着那份具有农村特色的纯洁完美的爱情。他选择了都市，背离了农村原有的文化语境，但原初的人格形态、价值取向、认知方式等却无法完全剥离、彻底涤荡。即便是在现代化语境中具备现代都市人的一切资本和表征，试图改变的自身的人格架构、价值取向和伦理道德观念也只是二者的相互交叉相互融合。在与都市的博弈中，武俊应该算得上是一个成功者。凭借种种手段获得了巨额的经济资本，赢得了万众瞩目的地位。都市中的一些生活逻辑观念已经融入他的生存价值取向与爱情生活的理念中。无论是外表上还是行为方式上，武俊无疑是真正的城市人。然而，在他一步步精心策划婚姻游戏和进攻都市时，蛰伏在潜意识中的原初的人格、道德伦理观与爱情取向却时常跳到"前台"，干扰他已麻木的"现代灵魂"。认定"金钱、财富、名利，才是我真正的亲人"时，他又经常自我反省："我是谁呢？究竟是人，还是行尸走肉的鬼魂？"；已稳坐"远扬建筑安装集团有限公司"董事长的位置时，却"时常遭噩梦的侵扰……"，并意识到在十几年的蜕变过程中，"也许，真的是扭曲的欲望害了自己，也坑害了别人！"

武俊的道德观与价值观，在他"进攻"都市的进程中慢慢地发生改变，同时这种改变也夹杂着苦痛。它并非是个人经济转型上的痛苦，而是认知的尴尬及爱情婚姻价值选择上的尴尬所引起的痛苦。为了摆脱"蒙昧"进行都市攻略，甘愿卷入与都市女性的婚姻游戏里。然而，面对已沦落为妓女的初恋情人时，早已麻木的男女之情突然被激活了，"感觉到前所未有的冲动"，"像一个勇猛的斗士，毫无畏惧地冲锋陷阵"。只有和心中一直维护的那份纯洁完美的爱情相遇时，他才找到了原初纯真善良的自我，找回了失落于都市中的灵魂。

随着对都市生活的认知的不断深入，对都市游戏规则的了解的不断增加，"站着做人"的人生价值观和拼死也要维护从农村带来的纯洁爱情的爱情观，不断地遭到了冲击与解构。在一步步顺利逼进都市内核的进程中，在成功蜕变为都市人的道路上，武俊的认知尴尬、爱情婚姻取向的尴尬却也不断地加深。武俊具备成功都市人所具备的一切，有了"远扬建筑安装集团有限公司"董事长的地位，有豪华的别墅；但是，这一切都是凭借"身体和性"以及利用种种手段计谋而获得的。虽然他已心安理得地享受着这一切，并试图朝着现代文明的方向彻底剥离原初的价值取向与认知方式；然而在农村所形成的"吃苦耐劳"、人活自尊的人生观及伦理道德认同的记忆时刻表示出对现代都市生活的防御性倾向。被这种记忆纠缠而又同时承受都市生活逻辑的"施虐",使得诸如武俊一样的农民工深深地陷入尴尬的境地。

武俊等农民工从农村进入城市之前在农村就已形成了一整套完整的价值体系和生活工作方式,并"被赋予了认知和使人认知,行动和使人行动,以将文化关怀和价值内在化的手段","也能够追求完全的人文化,有效地实现思想如意识、认识和意志"。① 然而,牛二军(《被夜打湿的男人》)、远子(《怀念一个没有去过的地方》)、管道(《管道》)、国瑞(《泥鳅》)、武俊(《人在旅途》)等农民工在钢筋水泥构筑的丛林中,其"认知""行动"经常陷入困境与尴尬中。他们成了都市的异乡客、边缘人。他们带着在农村就已具备的价值观和人生观进入都市,认知都市。然而,现代性的都市却处处显示其优越的姿态,展示其与"前现代"的价值观念的不同。农村生活与都市生活的差异不仅给从农村到城市的农民工带来物质上的窘境,也会引发他们的精神困境与文化认知尴尬。前现代农村的文化记忆和固有的人生价值观,逼使初进入城市的农民工循着"干正经事"(《怀念一个没有去过的地方》),"只要吃苦耐劳,那座陌生的都市一定有""一席容身之地"(《人在旅途》)等人生价值观生活于都市。

但是,在"这个世界上,有两个中国,一个农村的中国,一个城里的中国,这两个中国不一样"②,而从农村到城市的农民工就是夹杂在这"两个中国"间的"悬浮体"。他们既是"城里的乡下人",又是"乡下的城里人",既有农村文化记忆又有都市的经验与现代文明的印痕,既保留着原有的认知体系又有着新的价值观念。二者的冲突伴随着他们在都市的打工生涯,伴随着都市现代性的进程。

邓一光的《怀念一个没有去过的地方》(《青年导刊》2000年第88期)把这种尴尬描写得淋漓尽致。小说中的远子是一个从农村到都市来谋求生活、施展抱负的血气方刚的小伙子,他深切地体会到了"城里的乡下人"的尴尬,其中有一段这样的文字:

---

① [法]让-弗朗索瓦·利奥塔:《非人——时间漫谈》,罗国祥译,商务印书馆2000年版,第4页。

② 葛红兵:《让农民发声,还是让农民沉默》,《当代作家评论》2002年第5期。

> 你要我干的所谓正经事，其实根本就不存在。你知不知道这是什么地方？这是城市。城市的意思是什么？是我们乡下人永远也不可能成为主人，永远也不允许进入，永远找不到位置放下自己的脚，城市就是这种地方。我不是不想干别的事，可你所谓的正经事，他们全都留给城市人了，城市人想不想干能不能干都是他们的，他们宁可把那些事沤烂也不会让我来干，他们不光不让我干，他们中间的一个白痴都可以叫我滚。他们问我，你的户口呢？你的暂住证呢？你仔细听一听，暂—住—证，意思是停下来歇歇脚你就滚蛋，滚蛋以前还得把你弄脏了的地方收拾干净，因为你是乡下人，乡下人等于是城市垃圾。他们按照这个方式分出不同的人和人，然后他们就开始打包，把不同的人分别送到不同的地方去。

纵观新时期以来打工文学，我们可以看到远子、武俊、牛二军等农民工从农村迁移到都市，改变的只是其生存谋生的地理空间而已。在这一全新的地理空间和文化语境下，这些农民工的心理状态和人生价值观也在经历着蜕变。无论是选择适应都市生活逻辑的人生价值观、爱情观，还是"坚守"在乡村就已形成的价值观念里，他们都面临着尴尬：在遵照都市的生活逻辑进行都市的攻略摆脱"蒙昧"的过程中，蛰伏在潜意识中的道德伦理观、价值观却时常跳到"前台"；在想要维护传统人生观、道德观时，现代都市中的生活方式已成为一股不可抵挡之势"闯进"了他们的思想意识里。

第二节 追寻身份的迷茫

农民工置身于现代化及全球化的进程中，物质文明和精神文明在导引着他们朝现代化的方向发展的同时，也使他们陷入了种种尴尬处境。在都市，缘于生活方式上的认知错位或人生观价值观的冲突所带来的尴尬处境，引发了他们归属感的匮乏和身份认同危机。这种认同危机是指一种失去方向感、归属感的焦虑与困惑，即主体失去了社会文化的方向定位，呈现出文化身份的不确定性。为了消除这种种尴尬，获得稳定的归属感，由乡入城的农民工企图追寻新的身份。然而，与生俱来的农民身份、惯习的限制和现代都市的排斥常常让他们在对都市的热烈期盼的同时陷入了身份追寻的迷茫与焦虑中。

一 "都市人"身份的追寻

在新时期以来的打工文学作品中,作家们塑造了在城乡夹缝间徘徊的农民工群体,描绘了他们在都市与农村、现代文明与传统文化的二元对立中不断地追寻"都市人"身份、希求实现社会认同却不得的迷茫与无奈的生命图景。《高兴》描写了都市底层拾荒者在追寻"都市人"身份的过程中的精神苦痛和心灵变迁,从而对他们的日常生活境遇、理想追求、爱情等也进行了关注和书写。《高兴》中主人公刘高兴决然地抛弃土地,离开贫穷落后的农村,来到都市寻找"迷失"的另一个自我。一从农村到城市就把原有的名字"刘哈娃"更改为"刘高兴"。他希望通过名字的更改来打开实现身份转变的通道,寻求新的人生价值,从而高高兴兴地做个"都市人"。首先,他认为名字符号和命运财富紧密相关。正如他觉得五富的名字起得不好,五富即"无富",所以才没富起来。刘高兴离开了偏僻落后的山区农村,来到了西安城,认为应该具有与"都市人"相匹配的名字。而"刘哈娃""这一身皮肉是清风镇的","可我一只肾早卖给了西安,那我当然要算是西安人。"(《高兴》第3页)名字是一个符号,它可以用来表示和象征特定的人名持有者,便于人们在社会生活中交际。不管是在农村还是在都市,名字只是代表着在人生大舞台上活动着的具体形体而已。然而,刘高兴却认为"写名字犹如写符,念名字犹如念咒"。正如他自己所说:

> 我在清风镇叫刘哈娃,能不是农民吗,能会娶上老婆吗?能快活吗?我早就想改名字了,清风镇人不认同,现在到了西安,另一片子天地了,我要高兴,我就是刘高兴,越叫我高兴我就越能高兴。(《高兴》第14页)

从农村来到都市,改变命运、褪去代表"乡下人"身份的外衣是诸多打工者的梦想。刘高兴是千千万万打工者中的一员。他也有着实现"凤凰男"的迫切愿望。因而,一踏进都市,就要把带有农村气息的十分土气的名字"刘哈娃"改掉。他自认为名字的变更,就能祛除与生俱来的乡下人的文化烙印,是实现自我价值的开始和进逼"都市人"身份的开端。费尽口舌说服了五富在叫他名字时应叫"刘高兴";与审问的警察进行名字称呼的较量时,警察最终迫于无奈叫他"刘高兴"了。在名字的称呼上,刘高兴争取到了同伴的"附和","战胜"了权威者。但是,身份证上的"刘哈娃"和内心里的"刘哈娃"就彻底涤荡清了吗?

从名字变更的"胜利"开始,他始终以"都市人"的身份自居。因一个肾卖给了城里人,待人处世也完全按照现代都市文明的标准,始终以"都市人"的身份显示自己的卓尔不凡。在看待问题时一直坚持城里人的标准,丢弃粗俗鄙陋的名称或观点,迎合都市的文化习俗:坚持系领带、着西装、穿皮鞋的现代都市人的衣着打扮等。无论是教训五富时"咱比他们少智慧吗?咱只是比他们少经见!"(《高兴》第25页)的口头禅;还是为翠花讨回身份证时以"刘处长而不是刘局长"的行政级别的定位;不管空闲时吹箫是为了娱乐还是为了引人注目等,无不显示了对"都市人"身份的强烈认同感。"都市人"身份的高度认同映现的是他对现代化都市生活追求的痴迷,是对"都市人"身份建构的狂热。

刘高兴强烈的"都市人"身份认同感是建立在与其一样从农村到城市拾破烂或遭遇相似的弱势群体上。名字变更的"胜利"增强了刘高兴"都市人身份"意识。为了验证自己的"都市人"身份,刘高兴还须在身份相同、处境相似的群体中树立"城市人"的榜样,确立"领导者"的地位。因为"自我实现",就是"通过个人和社会的交往来实现自己"①,是在与他人的关系网中确认自我、建构自我。刘高兴在都市重组经验建构身份的过程中,不断通过与五富、黄八、杏胡等弱势群体的交往实现着自己"都市人"梦想。这群弱势群体始终以"他者"身份被"纳进"了刘高兴身份建构过程。以这群"他者"为镜像,刘高兴的"都市人"身份认同感越来越强烈。在面对五富、黄八等其他拾破烂群体时,刘高兴始终以"都市人"和"启蒙者"身份自居。不断开导五富等要以都市人眼光看待生活,要以优美文雅的语词称呼都市中的事物。教训五富吃饭要符合城里人的规矩,"不要蹴在凳子上,不要咂嘴,不要声那么高地说香,不要把茶水在口里唰,唰了就不要咽"(《高兴》第13页);当着五富面,用智慧奉承门卫,化解了五富和门卫的矛盾;用武力和智谋制止了乞

---

① [英]安东尼·吉登斯、克里斯多弗·皮尔森:《现代性:吉登斯访谈录》,尹宏毅译,新华出版社2001年版,第23页。

丐——石热闹的蛮横行为；以刘处长的身份与翠花的男主人较量，成功地为翠花要回了身份证并为她争取到了本被扣除的工资……这一系列的行为举措使刘高兴的"都市人"身份在五富、石热闹等弱势群体中得到了验证，"领导者"的地位也凸显出来了。

　　自我身份的建构并非"闭门造车"造就的，它是一种主体间的建构。只有将自我置身在与"他者"的相互联系中，打破彼此之间的分界，确立自我与"他者"的关系，从而更好地以"他者"为镜子反观自我，建构自我。刘高兴在建构新的"都市人"身份的过程中，不断地将五富、黄八、石热闹等弱势群体作为"他者"来反观自我，建构自我。只有在以这群"他者"为镜像时，刘高兴对自己构建的新的"都市人"身份的疑虑才能消解。同时，他意识到要获得真正的"都市人"身份，必须走出这个狭隘的交际圈，闯进都市人中间。于是，为了真正实现身份转变的梦想，他试图建立新的交际圈，试图在与都市人的交往中取得都市人的认可。

　　例如，当四个都市老头读完了报，在"你给我操脖子我给你操脖子，叹息着颈椎病坑苦了他们"时，刘高兴热心地告诉他们数楼的疗法——双肩使劲往后挤，脖子尽力往上拔，从楼底往楼顶数层，再从楼顶往楼底数层（《高兴》第20页）；看见一位老太太买完米回来时主动上前搭话并帮老太太扛米上七楼；见教授因忘带钥匙无法进门时，建议用身份证帮教授开门等。刘高兴之所以能大胆主动地与都市人接触，能在黄八、五富等其他弱势群体面前显示优越性，都是建立在一个肾换给了城里人因而自己也是城里人的信念上。为了寻找确证自己"都市人"身份的"标本"，在人海茫茫的西安城进行了"人肉搜索"。"搜索"那个换了他的肾的人。真是"踏破铁鞋无觅处，得来全不费工夫"，他轻易地就锁定了对象——都市老板韦达。第一次从远处见到"头发整洁油光，穿件带格儿的衬衣，扎着领带"的韦达时，就觉得那么面熟，觉得"和我有缘"，并肯定他就是"移植我的肾的人"（《高兴》第136、137页）。

　　在恋人孟夷纯的引见下，刘高兴终于有机会与都市老板韦达——"另一个我"近距离地接触了。坐进韦达的车里，从容镇定地回答韦达的每一个问题。"我"施之以微笑，得来的也是微笑的回报，并且和韦达成了朋友。此时，"我感到我们的脉搏跳动的节奏一致"，甚至"在那一瞬间，我产生了奇妙的想法：冥冥之中，我是一直寻找他，他肯定也一直在寻找着我。不，应该是两个肾在寻找。一个人完全可以分为两半，一半是阴，一半是阳，或者一个是皮囊，一个是内脏，再或者，一个是灯泡，一个是电流，没有电流灯泡就是黑的，一通电流灯泡就亮了。"(《高兴》第174—175页)第一次和都市老板的接触，就得到了认可。刘高兴和韦达以朋友相称，并被邀请去公司玩等更加强了刘高兴"都市人"身份认同感。刘高兴觉得"另一个自我"是西安人，那么自己也就必然是西安人了。刘高兴的感觉和大胆的断定，无非是想通过树立一个"他者"来建构新的身份。通过在自我意念中所构建的关系网——与韦达的关系，来建构"都市人"身份。但是，当他亲耳听见韦达换的不是肾而是肝时，"一下子耳脸灼烧，眼睛也迷糊得像有了眼屎，看屋顶的灯是一片白"(《高兴》第287页)。在寻找"都市人"身份的旅程中，刘高兴"信心百倍自己是城里人，就是韦达移植了我的肾"。现在这个信心支撑点被拆除时，眼睛迷糊了，眼前一片空白。就如屋顶上那盏孤苦伶仃的灯迷失在了无边际的黑夜一样，刘高兴再度深陷一无依傍的"漂浮"处境，迷失在找寻身份的路上。

在都市的规制下，刘高兴执着地追寻令乡下人所羡慕与自豪的"都市人"身份的过程是一个充满辛酸与无奈、憧憬与迷茫的艰难过程。寻找"韦达"，就是要寻找另一个自我，寻找梦寐以求的"都市人"身份；一步步接近"韦达"是为了确证自我身份，希冀得到都市人认同。然而，在寻找身份的旅程中，"农民"这层身份外衣，始终成为刘高兴"都市人"身份建构过程中难以穿越的壁障。在历经了苦苦寻觅的过程，刘高兴最终发现先前自我对都市的认同和"都市人"身份的建构仅仅是自我的"单相思"而已。当都市老头深觉数楼疗法的好处时，又以"这不是让我们成为乡下人吗？"(《高兴》第21页)来对刘高兴的用意表示怀疑；不图回报帮老太太扛米上七楼得来的却是冷冰冰的金钱回报——两块钱；用身份证替教授打开门换来的是"拾破烂的能开门？""老实能会用身份证开门？！"(《高兴》第262页)的道德怀疑；有空时"自己给自己吹箫"引来了一群群看热闹的，同时又陷入被看作是"讨要的"尴尬处境……

最后，情人的被捕、五富的暴亡、邻居的分散离去等，只是使刘高兴失去了验证自我"都市人"身份的"他者"的话；那么，当他"都市人"身份认同和建构的支点——一个肾换给了城里的老板韦达，被摧毁之际，他犹如坠入深渊般痛苦焦灼迷茫。面对着深不见底的海一样的都市楼丛，他只是一个置身世外的旁观者，永远没有其融入之地。

刘高兴如其他从农村到城市的农民一样被强行带入了现代性的进程。在农民工与都市的对峙中，农民工自身的物质精神需求及现状制约了自我身份的建构过程，城乡文化的异同也阻碍了其身份建构的顺利进行。进入都市之后，做"都市人"的强烈意愿和难以更改的"酱紫色"① 的农民身份印记之间的矛盾冲突，成为农民工身份建构过程中的一道永难逾越的壁障。这种潜藏的身份印记和"生存底色"时刻冲击着他的现代"都市人"梦，使他在与都市的博弈中经常陷入尴尬和迷茫中。

在某种意义上说，刘高兴是从农村到城市的农民工这个群体的一个缩影。他的这种寻求身份改变的执着和精神上"都市人"身份的强烈认同感映现的是这一群体对现代都市生活的向往；而他在追寻"都市人"身份旅程中的迷茫与痛苦却道出了这个弱势群体在都市中"边缘人"的尴尬处境。

由于城乡二元体制和二元社会的障碍，绝大多数在都市的农民工的"根"仍在农村，他们还保留着农村习俗。带着"无意改变的生存底色"的"酱紫色"进入都市寻求"都市人"身份的一纸证明时，就必然会遭受种种精神折磨。《明慧的圣诞》中的明慧在某国家机关副局长李羊群的包养下，俨然一个城里的富家女子，但在圣诞之夜终于明白了"都市永远是他人的都市"，最终选择了死。《吉宽的马车》中的林榕真带着父亲的期望，实现"灰姑娘变白雪公主"的转变，获得都市人身份，周旋于都市白领女性中，最后却以杀人犯的罪名被判处死刑。王十月《烦躁不安》中南城的编外打工记者孙天一，是受千万打工者们爱戴和拥护的记者，本着公平竞争的道德原则竞选"南城十佳外来工"并希望以此入编获得和其他记者一样的身份待遇。但是，孙天一终究因无法被都市所接纳，无法融入都市，只有隐身于郊外的"守缺楼"……在迷失中寻找，在寻找中迷失，也许是对这些农民工寻找自我，建构身份的最真切表现。

从农村到城市的农民工要建构自身，要实现由乡下人向"都市人"

---

① 轩红芹：《"向城求生"的现代化诉求——90 年代以来新乡土叙事的一种考察》（《文学评论》2006 年第 2 期）："他们渴望改变自身，城市成为他们梦想的地方，但同时'农裔'也是他们难以更改的身份印记，酱紫色已成为他们无意改变的生存底色。"

身份的转变。他们大多数将自己置身于"他者"的都市，希冀在与"他者"的交往中寻找自我。明慧在副局长李羊群的精心安排下做着都市人之梦；林榕真周旋于众多都市白领女性中希冀以此为桥梁顺利地实现身份的转变；孙天一在与南城中报社记者及其他社会名人的交往中企图建构"都市人"身份……然而，明慧、孙天一、林榕真、刘高兴等带着原有经验，带着"已经成为他们无意改变的生存底色"的"酱紫色"进入一个新的时空中时，就必定会陷入文化身份错位的尴尬与迷茫中。

明慧、孙天一、林榕真、刘高兴等看到了"黎明的到来"，但却"从未面对过太阳"①，"都市人"身份的唾手可得却又失之交臂。他们一度沉浸在都市表面上接纳的憧憬与梦幻中，但最终如叶赛宁所说"走出了农村，走不进都市"。当初他们远离故土，拼命想融入都市，成为都市人，但都市拒绝了他们；当他们在都市历经种种磨难后回到家乡时，却发现自己再也无法适应了。这一矛盾冲突使得农民工不断陷入寻找"自我"的焦虑迷茫之中。不管是明慧的自杀，还是林榕真的被杀；不管是如孙天一一样从都市纷争中退身而出还是像刘高兴一样继续选择面临都市的挑战，他们永远是一个肉体进入都市，而灵魂仍无所皈依的都市"幽灵"。

二 抽象心像的追寻

农民工对都市及其文明的渴望，对"都市人"身份的追寻，成为新时期以来打工文学作品的普遍聚焦点；同时，另有一批费尽心思获得了"都市人"绿卡的"新移民"，在现代都市文明中，对"纯真的爱情、生命本体、本真的自我等深层次抽象心像"②的艰难追寻，也进入了作家和文学的视野。如果说刘高兴、林榕真、孙天一等还只是停留在"都市人"身份的追寻和建构上；那么，石陀（《无土时代》）、崔喜（《城市里的一棵庄稼》）、马兰花（《坐上吉普》）、李百义（《愤怒》）等不同程度上已具有都市"绿卡"的从农村到城市的农民们，在喧嚣、躁动、被世

---

① 张京媛：《后殖民理论与文化批评》，北京大学出版社1999年版，第155页。
② 计红芳：《香港南来作家的身份建构》，中国社会科学出版社2007年版，第276页："王璞小说所要追寻和建构的'身份'，不是浅层次意义上的'香港身份'，它是指主人公心中想要寻觅的那个东西，有时是抽象的，类似于爱情、精神家园、自我存在一类的东西，有时是具体的，其实不管是具体的物像还是抽象的心像，都承载着主人公的心神和情感，是主人公存在价值的投射物。"

俗欲望搅乱得行色匆匆的都市里,所要追寻的"身份",已超出了"都市人"身份的外在意义,而指的是"承载着主体心神、情感"的"抽象心像"。① 在费尽心思进入都市,获得都市户口的一纸证明之后,面对着"钢筋水泥密布的森林",他们发现在茫茫人海中,在都市的爱与恨中已迷失了自我。于是,他们上演了新一轮的"身份"追寻。

在浮躁的社会氛围里,当大部分人湮没在澎湃的欲望之海中时,当得到都市认同、获取"都市人"身份、拥有金钱或女人等成为从农村到城市的农民工衡量自己"成功"的外在尺度时,另有一些都市闯入者并未陷入欲望旋涡。在物质化、欲望化的现代化都市,他们没有为了立足都市而一味盲目地迎合都市,没有将自我客体化、工具化。而是在充满喧嚣嘈杂、流动不变的都市中,他们不断地寻找被淹没的本真自我及业已失去的纯真爱情。在现代化已成为一股不可逆转的潮流时,本真的自我、生命本体、爱情等"心像"的追寻使得城籍农裔"新移民"们陷入一种漂泊的生存状态似乎是必然的。他们的漂泊已没有了刘高兴、孙天一等其他从农村到城市的农民工肉体上的漂泊,而指的是精神状态的漂泊。在钢筋水泥密布的森林里,在人与城、乡土文明与都市文明的对立中,都市对人的生存性伤害,对乡土文明的漠视,使得一群群"怪人"在给予其安逸的物质享受的都市里,无论如何也找不到精神的栖息地。有了"都市人"身份的绿卡,却又寻找迷失在城的另一个"自我"。石陀(赵本夫《无土时代》),是木城出版社的总编及政协委员,拥有与木城其他白领阶层一样或更高的身份地位和待遇,获得了刘高兴、孙天一等其他从农村到城市的农民工所羡慕的"都市人"身份。有身份有地位的他,身处现代文明中,却不知道"自己是谁",是石陀?是柴门?还是天易?或者三者合一?

石陀、柴门、天易,他们是一个个客体,却又是一个人的不同精神层面的符号代表。全篇小说贯穿了三条或隐或现的线索:石陀派谷子找柴门,天柱找石陀,方全林找天易。他们的寻找共同织就了一幅温情美丽而又虚幻缥缈的图画:希冀人类从都市中突围出来,去寻找曾经栖息着他们祖先、生命与精神的土地,寻找本真的自我。石陀倾尽全力把情感的寻找和"身份"的追寻寄托在一个虚幻的、缥缈不定的现代化的叛逆者"柴门"身上。在现代文明急剧扩张的"无土时代"里,这无非是徒劳的举

---

① 计红芳:《香港南来作家的身份建构》,中国社会科学出版社2007年版,第276页。

动。世上本无柴门，他只是石陀的另一个自我，是石陀叛逆的一面。因披着"都市人"身份的外衣，思想行为无不受到都市文明的抑制甚至扼杀。精神家园的丧失，情感的失落——恋人梅萍的死，使得石陀陷入了寻找另一个叛逆自我的迷幻之宫。面对着现代文明的疯狂蔓延，置身于技术化理性化的现代化过程中，追求本真的自我，无疑是现代文明所不容纳的"愚蠢"行为。

繁华喧嚣、光鲜亮丽的都市是人类文明的结果，它使中国摆脱了贫穷落后封闭的前现代状态，给人带来了巨大的物质享受，同时也给人带来了前所未有的迷惘。正如伯曼所说"工业化、都市化、现代化的进程，是'开发的过程，甚至在它把荒原变成一个繁荣的物质空间和社会空间时，都在开发者自身的内部重新创造出了那些荒原'"①。现代化进程以不可抵挡之势渗透到了都市的各个角落。一幢幢的高楼大厦，一条条宽阔平坦的柏油马路为人类带来了享受，带来了方便时，却无情地抹杀了几千年来人类对土地和祖先种植的崇敬与膜拜之情，造成了人类的精神荒原。现代文明毫不留情地斩断了人类与土地的联系，斩断了与传统农耕文化的联系。因而，在追寻迷失在都市现代化进程中的本真自我的过程中，由乡村进入城市的"新移民"们再一次"迷路"了。

身为出版社总编和政协委员的石陀，在遍布现代化痕迹的木城，极力寻找的柴门是一个没人见过的，"不属于任何组织和机构"，"完全是一个没头没脑不知来历不知籍贯不知年龄甚至不知男女的人"（《无土时代》第21页）。他是一个小说"作者"，认为"人类错了，都市错了，从垒上第一块城墙砖就错了。都市是人类最大的败笔，都市是生长在大地上的恶性肿瘤，都市并不是个值得羡慕的地方"（《无土时代》第12页）。在人们都以仰视的目光注视着都市的发展，都对都市生活充满着憧憬和向往，都在歌颂都市文明，称颂都市文明是人类的巨大进步时，石陀或柴门却以鄙视的心态俯视着现代都市文明。这必定会招致如社长达克等领导的强烈反对："那是个很疯狂很偏执的人，比你还要偏执！"

在充满活力与生机的报社里，在人才济济的政协会上，石陀却经常一个人发呆，打瞌睡。现代文明的发展在给人带来舒适与快感的同时，也使人感到了如西美尔所说的"人们在任何地方都感觉不到在大都市人群里

---

① 马大康：《反抗时间：文学与怀旧》，《文学评论》2009年第1期。

感到的孤立和迷失"①。在繁华的现代都市里，他形单影只。那不仅是肉体上的孤立，在思想情感上往往也是"鹤立鸡群"。因而为了找到那个迷失在宇宙中来去无踪的自由本真的自我，想能在"野蛮化"的文明社会里，找到自己的精神寄托，他极力寻找一个大家未曾见过的思想近乎偏执的柴门。石陀所身处的现代社会，已渗透了工业技术文明所带来的成果。但是"文明的进程同时也就暗寓了野蛮。'文明化了的野蛮正在蔓延，在它背后感受不到一点自然的气息，触目皆是机器、机械。工业技术文明显现为不断增长着的文明化野蛮和人的质的堕落'"②。为了唤醒"文明化野蛮"，拯救"人的质的堕落"，石陀呼吁"拆除高楼，扒开水泥地，让人脚踏实地，让树木花草自由地生长……"（《无土时代》第6页）一遇雨天，石陀就兴奋得有点"幸灾乐祸"，冲到马路上淋雨，任凭风吹雨打，但总也不忘用怀里兜着的一把小锤子，"砸开一块水泥砖，露出一小块黑土地"（《无土时代》第5页）。当无意间发现天柱在木城的草坪上栽种麦苗时，石陀悄悄地加入队伍，一干就是几个晚上，"弄得一身一脸都是泥土"（《无土时代》第287页）。他的近乎病态的怪异行为，偏激的思想，隐喻的是在繁华世俗的现代生活掩盖下，精神家园、生命本体等"抽象心像"的丧失。

只有在"砸开水泥砖，露出一小块黑土地"的那一刻，在帮天柱把麦苗移植到都市的草坪上时，石陀才找到了自我，才是迷失的自我与现实的自我的重叠。想到露出的一小片土地上"肯定会长出一簇草，绿油油的一簇草"（《无土时代》第5页），石陀露出了甜美的笑容；想到明年初夏麦子成熟的时候，都市里几百块草坪上"到处金黄一片"，他哈哈大笑，"快乐得像个孩子"（《无土时代》第287页）。充满着生命与力量的绿油油的草与麦子所建构的是人与自然，人与土地的亲密关系。现实与想象的交织，勾起了他无限的美好憧憬，也使他已迷失的心灵得到暂时安顿。

然而，随着现代化及全球化的进程，现代文明以摧枯拉朽之势摧毁了传统农耕文明所遗留的成果，使得像石陀等入居都市的来自农村的"新

---

① ［德］齐奥尔格·西美尔：《时尚的哲学》，费勇等译，文化艺术出版社2001年版，第32页。

② 马大康：《反抗时间：文学与怀旧》，《文学评论》2009年第1期。

移民"们，再也找回不了过去的影子。在钢筋水泥的冲击下，一块块一片片土地被严严实实地覆盖了，人工培植的草坪替代了原生态的植物，充满诗意的田园牧歌式的时代无可挽回地逝去。无论是"砸开水泥砖"，让草有自由生长的空间，还是把麦苗移植到都市的草坪上，都不能阻挡现代文明肆虐般地侵蚀。因而，石陀要在现代化进程中，寻找业已失落的传统文明，寻找因现代气息的涤荡而迷失的生命本真状态，注定是没有结果的。

在现代文明的背景中，石陀迷失在找寻"身份"的路上。"柴门"是他心中的期盼，凝聚着石陀心中所有的梦想。"如果可以把'石陀'说成是位居'前台'的'正身'……'柴门'则是其精神层面的'折光'，是其'理想'与'心态'的化身。"① 找寻柴门就是要寻找理想的精神状态、寻找真正的自我。然而，在寻找的旅程中，一个个玄机，一个个迷宫，让他似乎看到了"出路"，似乎找到了已迷失的"自我"，但它们又不是，只是一个个虚虚实实、若有若无的影子。捉摸不透的身世、飘忽不定的行踪、梦呓般的文章、偏执的思想等，使得人们无论如何也难以"拼凑"一个真实的"柴门"来。因而，石陀在寻找柴门、寻找本真自我的旅程中，必定会陷入迷惘焦虑的境地。

这类"新移民"形象中，除了通过自身的奋斗或考学而获得都市认同的石陀（《无土时代》）、李百义（北村《愤怒》）、弟弟（刁斗《哥俩好》）等之外；也有以身体为筹码，通过与都市中"不健全"或已丧偶的男性通婚，拥有了"城市人"绿卡的马兰花（北北《坐上吉普》）、小乔（谢丽虹、达人《姐妹》）、崔喜（李铁《城市里的一棵庄稼》）、许妹娜（孙惠芬《吉宽的马车》）等。他们通过不同的方式、不同的途径"进入"了都市的内核。在传统伦理道德与现代文明的一次次交锋中，在农村文化与都市文明的冲突中，他们以优胜的姿态"战胜"了都市，获得了"都市人"身份；然而，在追寻爱情、生命本体、本真的自我等承载着主体的心神情感和人生价值的抽象心像的过程中，无所适从的迷茫感会伴随着他们在都市的起落沉浮。

石陀、马兰花、李百义等城籍农裔"新移民们"，在现代性都市中，

---

① 黄毓璜：《一个恋土者跟城市的对视——面对〈无土时代〉》，《扬子江评论·作家作品论》2009 年第 3 期。

精神上的认可、纯真的爱情和本真的自我的追寻过程是一个艰难而迷离的旅程。这是一场徒劳无功的"迷宫游戏"。他们历尽艰辛，去除重重障碍获得了"都市人"身份；在漫漫的追寻旅程中面对自己的"身份"，他们却又表现出空前的焦虑和迷茫。马兰花因都市的拒绝与残暴，因传统伦理道德的约束与内心情感的渴望之间不可调和的矛盾冲突，开着刚学会的吉普车淹没在"都市之海"。许妹娜因丈夫的践踏、家人的不理解、情感的受挫，走上了吸毒之路。李百义是一个万人爱戴、被提拔为副县长、具有慈善家美誉的"都市人"，却一直生活在寻找自我、寻找年少时因冲动而失落的良知的旅程中。在自我"身份"寻找的兜兜转转的过程中，马兰花的死、许妹娜的吸毒、李百义的判刑等，似乎是对"新身份"追寻过程中所带来的焦虑迷茫的无言的诉说。然而，对这些"根"依然在农村的他们来说，心神情感和人生价值的追寻不断遭遇失败。其惨烈与悲恸并不亚于其他农民工因物质生存困境的折磨而引起的苦痛。拥有了现代都市所赋予的"都市人"身份，但无法与过去挥手告别，也很难逼进"都市精神的内核"，只能游走于"身份"的寻找旅程中。

总之，不管是刘高兴、孙天一、林榕真、明慧等所寻求的"都市人"身份，还是石陀、李百义、马兰花、崔喜等所追寻的纯真爱情及本真自我等抽象心像，都承载着这群特殊群体的价值取向。他们的追寻过程是一个充满艰难而迷离的过程。在其兜兜转转的追寻之旅中，与之相伴的是迷惘与失落，是对从农村到城市农民工的情感归属与身份建构的叩问。

第四章 打工文学中的空间建构与身份认同

第一节 心灵空间的建构

在现代化进程中，城乡二元对立的锋芒日渐突出。代表现代文明的城市始终以优越的姿态解构颠覆传统乡村文化。因而，当大量农民在城市中试图剥离农民身份时，却遭到城市的拒绝排斥。进城之后为寻求身份认同，却不幸被贴上了"农民工"的标签。这种非农非工的身份限制了其在城市实现梦想和社会认同的行动与机遇。左右夹缝中的尴尬，追寻身份的迷茫，是烙有乡村文化印记的农民工，在城乡二元规制下永难排解的心狱。城市在以博大的胸怀广纳由乡进城的农民工时，又以轻慢甚或敌视的眼光俯视为城市建设奉献了青春、身体甚至生命的他们。历经种种磨难，他们物质处境依然窘迫、身份地位尴尬、梦想破灭、从前的稳定感也已丧失。

在城市经历了一系列的遭遇与打击之后，他们无时无刻不在思念着养育了自己的家乡，希冀在家乡寻找精神家园、寻找心灵的归属。"回家"意味着回到心灵，"意味着精神家园的建构，已经不需要时间和空间想象来支撑，一无依傍地构筑于个体自身的心灵之中"①。然而，现实凋零破败的"家"摧毁了心灵回归、精神家园重构的美好愿望。在面目全非的荒凉颓废的现实乡村面前，"个体自身的心灵之中"的家轰然倒塌，他们再也无法面对业已破败颓废的家乡。在城市的历练中，"见识了外面世界"的大宝们，面对着日思夜想的故乡时，感叹"故乡的芜杂和贫困就

---

① 叶君：《诗意地栖居——论乡村家园想象中的客居者"回家"之旅》，《武汉大学学报》（哲学社会科学版）2005年第5期。

像大江大河中峭立于水面的石头,又突兀又扎眼,还潜藏着某种危机",故乡的人"现在看来,他们无不处于防御和进攻的双重态势"(《我们的路》,见《我们的成长——21世纪文学之星丛书2006年卷》第162页)。小乔(谢丽虹、达人《姐妹》)在城市经历了困难重重的工作生活及享受了老板林子康所带来的漂亮衣服、高级首饰、豪华住宅之后,当坐在驶近家乡的环境拥挤、肮脏、混乱的长途汽车上,"对这种曾经是她非常熟悉的景象已经感觉不太习惯了"。家乡的落后、贫瘠的青山,肮脏的街道已使她深感不安。徐子慧在北京闯荡了三年后,回到多次在城市人面前所夸耀、引以为豪的家乡时,却"不太情愿人家拿她当作吉安人"①。

在城市的打工生涯中,他们常常通过对家乡田园牧歌式的审美想象及对淳朴善良的乡亲们的美好回忆来抚平受创的心灵。然而,在返乡的过程中,他们却有意无意地将现实乡村置于城乡二元对照的语境中,对其进行再度审视和阐释。现实乡村在具有城市经验的打工者眼里已褪去了想象中的诗意般的色彩。它的荒凉封闭、自私狭隘的本来面目在对照阐释中一一呈现。因而,这一颗颗本已伤痕累累的心灵再度受到重创。外出打工的生活,无疑改变了他们的生活观念及价值观。他们具备了城市经验和眼光,所以一旦再度回到家乡,不仅感受到乡村荒凉颓败的景象,而且在与乡民们的交流中体悟到了种种隔膜与凄婉。正如陶然所说,"一旦离开了原有的生活轨道要想再回去,这才发现原来已经习惯的生活秩序再也不能适应",这其实"是一种吊诡,也是一种身份迷惑"②。在城市他们是具有"农民工"符号的边缘人,而在此时的家乡也蜕变成了身在"异地"的异客。

代表着落后、狭隘、无知的现实乡村已然不是大宝、春妹(《我们的路》)、天柱(《无土时代》)、吉宽、黑牡丹(《吉宽的马车》)等已进城农民的精神乐土;而充满着排挤、喧嚣、欲望的城市始终以优越的姿态抵制抗拒农民工的进一步融入。在城市与现实乡村的双重受挫,大量农民工依然选择了城市的打工生活。如果说"进入城市是生命的需要",是打工者维持生计,满足物质需求的"最佳"途径,那么,反抗城市、精神

---

① 魏微:《异乡》,《人民文学》2004年第10期。
② 陶然:《写作中的香港身份疑惑》,转引自计红芳《香港南来作家的身份建构》,中国社会科学出版社2007年版,第225页。

上怀念家乡就是心灵的需要了。因为"回忆故乡的已不存在的事物,是比明明存在,而只有自己不能接近的事物较为舒适,也更能自慰的"①。吉宽、黑牡丹、天柱、大宝等历经了城市的熏陶与磨难,在情感上对于家乡是依念的,但并不能消弭在理性上对家乡"回不去了"的认知。他们需要的显然是一个超脱于现实乡村的精神上的家园。在异质的生存空间里,吉宽等农民工所寻求的精神家园存在于时空错置的乡村事物上,存在于这些事物所承载的言说不尽的"过去"。借助这种想象中已变形了的"过去"来缓解这些"客子"们的身份焦虑和困惑。

《吉宽的马车》以一个懒汉的视角,描写了进城农民工在城市中的心路历程,呈现了他们离开家乡之后,在异地漂泊游荡无所依傍的心灵状态。小说以"马车"为线索,将人物在乡村或城市中的生活状况和精神情态等淋漓尽致地展现在读者面前。马车,这个属于农业文明的生产工具,在小说中被赋予了独特的意蕴。它不仅是农村中的生产工具,更是吉宽的情感寄托。小说主人公——申吉宽,在乡村里没钱没势,甚至还有一个"懒汉"的坏名声。30岁以前,整天驾着马车游荡在乡村的小路上。当人们向往城市的光鲜亮丽,奔向城市时,吉宽却觉得进城的人活脱就是"向着火光飞去的蛾子"(《吉宽的马车》第3页)。

在乡村,他拥有一个常人体悟不到的美妙世界——地垄和马车。虽然这是一个与歇马山庄、与城市格格不入的世界,但他却能在这个世界里自得其乐。不同季节马车上所拉的东西都有所不同,但"我"总是能从中享受到乐趣,体会到大自然的哲理。不管是春天马车所拉的粪土中的无数只屎壳郎,夏天马车上的青草中所藏的螳螂,还是秋天马车上所堆的稻草里的虫子,都能给"我"带来无穷的乐趣。因为从这些事物的特征出发,"我"能感受到大自然的温馨美好,能享受到大自然怀抱的宽阔温暖。在马车上,吉宽度过了快乐的青少年时期。同时,一个令人销魂的月夜、一场马车上的初恋也得以诞生。那场马车上的爱情将"不喜欢城市这棵树"的"懒虫"引向了他一直厌恶的世界。结束了那种懒散的、闲淡的、自由的生活,进入了忙碌的、喧闹的城市空间。从此,"蜷在某个地方发呆,望天、看云和云打架,听风和风嬉闹"(《吉宽的马车》第3页)的

---

① 鲁迅:《小说二集导言》,载赵家璧主编《中国新文学大系》(第四集),上海文艺出版社1981年影印本,第9页。

生活悄然远逝；再也不能坐在飞奔的马车上看不断变化的画面，亲听大地的声音了。吉宽告别了亲如兄弟的老马和马车，辞别了年迈的母亲，告别了乡村这个多姿多彩的世界，来到了城市追寻梦想、寻找失落的爱情。进了城，成为千万农民工中的佼佼者，然而，"走出了乡村，走不进城市"。城市生活对于吉宽而言，永远是可远看不可近触的"空中楼阁"。因为"城市是他者的，民工只是钢筋水泥森林里的一个'闯入者'，一个'城市的异乡客'，一个'陌生的侨寓者'，一个寄人篱下的栖居者，他们既是魂归乡里的游子，又是都市里的落魄者"①。而家乡对他来说，既温馨又悲情，既美丽又哀伤；既是诗意性的田园想象对象，又是颓废伤情的发源地。

在理想与现实的不可调和中，他希冀寻找精神出路。此时，曾经"只吃一棵树上的叶子"的吉宽，在城市中选择将已"变形"的乡村事物——马车、老马、苞米大茧等移植过来。因为它们会给人带来无限美好的回忆，从而可以暂缓因思家恋乡所带来的精神之痛。吉宽看到乡村之物时感叹："当我把黑牡丹一直藏在灯笼屁股里的大茧掏出来，齐刷刷的挂起来，我那个激动呵，仿佛真正回到了故乡的田野。"当"我"的创意——一匹老马拉着一辆马车奔跑在稻穗和苞米之间，得以诞生时，"我按捺不住激动从大厅的地铺上爬起来"。这些大茧、稻穗、老马和马车等都是乡村中的事物，将它们"移植"到城市，可以使记忆中的现实复活，变成一个可感可知的现实，从而使某些在"我"看来极其珍贵的东西失而复得。这些乡村饰物和挂在墙壁上的马车，"常常把我带回以往三十多年的乡村生活中，把我带到马车和田野中"（《吉宽的马车》第241页）。在那里，有幸福快乐的童年留下的足迹；有与"我"相依为命的兄弟——马车；也绽放了青涩大胆的初恋之花……

通过对已逝之物的再现，勾起了农民工对过去与乡村的幸福和美好的回忆。这种回忆不再是纯客观的回忆，而是一种经过美化了的过去生活的重构，它"不仅仅是过去经验的浮现与记忆的持存，它实际上是一种具

---

① 丁帆：《城市异乡者的梦想与现实——关于文明冲突下乡土描写的转型》，《文学评论》2005年第4期。

有情感心理趋向的选择行为"①。吉宽意欲在墙壁上挂上一匹老马"拉着一辆马车奔跑在稻穗和苞米之间"的图景,并非有意"使大厅里有了田园、乡土的气息,还有了某种落后于时代的、古旧的、倒退的气息,有了某种把原始的生命力定格在墙上的历史感";而是"满怀着对乡村事物的怀念"(《吉宽的马车》第 243 页),满怀着对亲如兄弟的马车的怀念,对产生美好爱情的有稻草有月夜的过去的美妙怀想。因为它能使人想起乡村中的种种美好的情景。在那里,有马车上二嫂等"女人们叽叽嘎嘎的狂笑,有许妹娜被女人们拽上车时的尴尬",有令人销魂的月夜,有甜蜜浪漫的初恋等。以现在的经验去体验过去的生活,那是对乡村生活的美好回忆,在某种程度上可以看作对吉宽在都市中生存的协助。真实地生活于大都市,又无法摆脱乡村文化的影响,无法完全告别过去。通过事物的位移,把过去与现在"这两种原本相互远隔的时间却又在怀旧中奇妙地突然相遇,并交织、叠加、融合在一起"②,使得在城市打工的农民工,突然间找到了安置漂泊心灵的精神乐园。在用稻穗、马车等装饰的城市生活空间里,吉宽等农民工突然一跃而到了过去的生活,沉浸到过去乡村美好生活的回忆中。

这些乡村之物的再现,不仅可以给人带来美好的回忆,也可以"医治"因恋人另嫁他人和好友林榕真的失足所带来的巨大伤痛。"我"的离乡是因为恋人许妹娜弃乡而去,"我"能走上"装修舞台"全靠好友林榕真的帮助和提携。现在,"我"的两个支柱都已倒塌了——恋人已弃"我"选择了别人,好友已葬身九泉之下了。然而,失去林榕真这一靠山后,"我"继续选择搞装修。因为"跑动在家装市场和装修工地之间","可以每天都能闻到生灰、木屑、橡胶水等熟悉的味道。""这种味道其实已经深入了我的肺腑,变成了我活命的有氧气体,因为它唤醒我诸多温暖、温馨的记忆,比如和林榕真讲各自手的故事的夜晚……还有林榕真提我为副总的夜晚……那味道,接通了我的现实和过去。"(《吉宽的马车》第 240 页)这种回忆是美好的,现实却是痛苦的。只有沉浸于好友林榕真也钟爱的装修事业中,只有看到"我"设计的具有乡村气息的城市饭

---

① 刘雨:《现代作家的故乡记忆与文学的精神还乡》,《东北师范大学学报》(哲学社会科学版)2006 年第 5 期。

② 马大康:《反抗时间:文学与怀旧》,《文学评论》2009 年第 1 期。

馆时,"我"那失去林榕真和许妹娜的痛苦得到了暂时的医治。林榕真来自乡村,虽有"灰姑娘变白雪公主"的意愿,但对乡村始终是念念不忘的,在生之时就要求死后葬回乡村。现在,"我"独自一人在城市中继续拼搏,继续了林榕真的事业,并形成了富有"复古"意蕴的装修风格——"马车"等乡村事物再现于现代都市。这种错置的乡村之物实际上是一种意念中的存在。它可以看作是林榕真"乡村之魂"的延续。通过这种"延续",能使人越过当下的种种焦虑、尴尬而与记忆中某些已中断的经验进行重温。正是由于人离开了过去生活的空间位置,失去了往日的亲朋好友,在发生了空间位移和时序倒置的背景下,事物的错置、经验的重温才显得如此可亲可感。林榕真生于乡村葬于乡村,许妹娜虽嫁入了城但根仍在乡村。因而,吉宽无意的"复古"行为,不仅可以勾起他无限美好的回忆,也可以为现实的"我"与过去的恋人朋友搭建一座意念中的沟通桥梁,从而抚慰伤痛的心灵。此时,就如保尔·利科所说:"现时感受与往日感受间的距离像被施了魔法,奇迹般地变成同时的感受。"①过去与现在的重叠,乡村生活与城市打工生活的叠加,或许是吉宽等农民工历经了种种磨难后的精神家园的重归。

如果说马车、大茧、苞米、谷穗等是吉宽的精神"伊甸园"的话,那么,"歇马山庄饭店"就是吉宽、黑牡丹及众多其他农民工的"心灵港湾"。"歇马山庄饭店"其实是吉宽、黑牡丹在城市中一手打造的一个虚幻的家园。从饭店的取名到店内装修,无不显示家乡的特色。在某种程度上说,"歇马山庄饭店"是故乡在城市的化身。它召唤着在城市中打工的民工,慰藉他们疲惫受伤的心灵。"歇马山庄"本是吉宽、黑牡丹等民工的故乡。而现在把它用来命名黑牡丹在城市中精心打造的饭店。一串串苞米谷穗大茧、马车模型等作为装饰物悬挂在墙上,虽有了"返璞归真"意蕴,但是吉宽、黑牡丹这些进城的农民工或许不知道"在一直抵触追逐时尚潮流的某些人中,在一直反感西方人的生活方式介入我们生活的平民阶层,正酝酿一股复古的潮流,如同在汹涌流淌的大河中回旋着一股逆流";"即使是那些已经被西方生活浸淫得一度忘了祖宗的人们,也因为某种不可言说的原因,正走在返璞归真的路上,就像有人大鱼大肉吃腻

---

① [法]保尔·利科:《虚构叙事中时间的塑形》,转引自马大康《反抗时间:文学与怀旧》,《文学评论》2009年第1期。

了,想吃生菜沾酱一样。"这种"返璞归真"行为并未刻意迎合城市中某些人的口味,迎合时代的潮流,而"只是一种直觉,一种内心情感的宣泄"。(《吉宽的马车》第243页)把已变形了的乡村事物再现于现实城市中,是常年在城市中"捱生活"的吉宽、黑牡丹寻找精神家园的率性而为。在城市中,农民工不知不觉地卷入了现代化的旋涡,到头来却发现自己只是移植到城市的一棵棵庄稼。家乡离得越来越远了。此时,"歇马山庄饭店"就成了那根紧系于"家园"的丝带,给他们营造了"家"的感觉。

乡村记忆的移植,无意间迎合了"那股蕴藏在我们身边世界的潮流"。在现代都市中,人们在不停地追逐着时尚生活的同时也追求反现代潮流的"返璞归真"的个性化生活。这或许是对现代文明的无情嘲讽与颠覆。但是,现代化中的"复古"只是当现代都市人都在追求时尚、迎合现代潮流过程中的标榜个性、展现与众不同的自我的"前卫"行为。然而,在时空的转换中,在代表"祖先记忆的种植"日渐衰退的今天,越来越多的农民工借助现代都市中的"复古"记忆——事物的错置和时间的倒置,却是为了寻找精神家园。天柱等(《无土时代》)来自草儿洼的农民工挖空心思想在城里唤醒人们"对土地和祖先种植的残存记忆"[①]。与其说天柱们几年如一日地"起早摸黑栽树种草侍弄花盆",费尽心机将城郊的麦苗移到木城300多块草坪上,是为了市容美观、绿化城市环境,是天柱等农民工在城市里怀念乡村,留念农耕,渴望还原生态;不如说是他们寻找精神乐土,建构精神家园的"创意之举"。天柱们移植到城市,不仅是时空的位移,作为人的一部分的"既是财富,又是负担"[②]的过去经验文化记忆也会如影随形般地伴随其左右。携带着过去进入当下,体悟到了与城市的距离和隔膜。经历了现代文明的熏陶、文化身份的尴尬之后,经历了两种异质文化冲撞或文化磨合之后,他们对目前生活命运心有不甘,对不确定的未来充满着焦虑。

生命来自大自然、来自土地。进城之后,农民工与大自然割裂了,与土地割裂了,"也将自身割裂了"。"在现代生活表面的繁华下,人孤零零地无所依傍。人失去了自己的'家园'。这就不能不令人怀念曾经给他的

---

① 赵本夫:《无土时代——题记》,人民文学出版社2007年版,第12页。
② 叶凯蒂:《蓝土地,远行者·小引》,《小说界》1996年第1期。

心灵烙下深深印记的失去了的传统。"① 为了在现代都市寻找业已失去了的自然状态，找回一去不复返的传统，重构精神家园，天柱们寄希望于城市中的栽树种花侍弄花盆等环境绿化工作。城市中的花盆、花草树木、草坪连接了过去乡村经验与现实情感归属，唤醒了人们种植记忆。

在技术性、理性化的都市，进城农民工拥有更多选择和自由，更多的生存契机；但也有寻找梦想、追求理想爱情、转换身份的失落感与困惑感。作为在现代化进程中"疲于奔命"的农民工而言，在理想与现实的矛盾冲突中寻找自己的"伊甸园"实为困难。或许只有借助乡村事物的位移或寄托于具有大自然气息的事物才能安放漂泊的灵魂。国瑞（尤凤伟《泥鳅》）在城市里一直精心饲养着侄儿涛从家乡池塘里捞的泥鳅。"丑里巴唧不像样子，也没啥用"，可会"带来吉祥"的泥鳅是国瑞摆脱事业不顺、情感受伤、身份尴尬的精神寄托。曹万伤（刘震云《我叫刘跃进》）逃避家乡的失意流落到北京城，当上了专门从事抢劫团伙的头头。人人惧怕、敬仰的曹万伤养了一只与以前在家时所养的一样的八哥。与之相依为伴，教之以语言，俨然一个忠心的贴身伙伴。此时，八哥已不同于市场上卖的或大自然中的八哥了，它是曹万伤在北京城为非法营生所带来的恐惧、不安而寻找的精神寄托。何香亭（陆璐剧本《家园何处》）精心饲养了一条金鱼试图缓解做妓女所带来的苦痛与迷茫。德宝（郭建勋《天堂凹》）历经了城市的种种排挤与折磨后，在香蕉林承包了一块菜地。或许就在这块与家乡菜园子一样的菜地上，德宝、妻子黄春妹、李元庆找到了希望的曙光，找到了安置流浪动荡与困惑焦躁的心灵家园……

在这一系列打工文学作品中，吉宽、天柱、曹万伤等移植或再现于充满烦躁不安、喧嚣繁华的都市中的乡村事物或进城之前所钟爱之物，其实是一些通过记忆想象变形了的事物，是他们对于家乡或大自然的一种虚构和想象。吉宽、黑牡丹所移置的稻穗、苞米、辣椒、马车等"乡下人的东西"只是一些脱离了故土气息的已被晒干或是人为制作的东西；天柱精心侍弄的盆里的花、街道边的树、草坪里的草及移栽的麦苗都是一些在都市规制下的绿化环境、净化空气的"大自然之物"；曹万伤在京城养的八哥被封了耳朵逢人只会说好话等等。这些摒弃了故土或大自然韵味又与

---

① 马大康：《反抗时间：文学与怀旧》，《文学评论》2009 年第 1 期。

之紧密相连的事物,与现代化都市格格不入却又出现在都市空间。它们只是"侨居"于农民工心中的"家园"所在。它可能是一些登不上大雅之堂的事物,不见得是一个温暖的"处所",但与他们想象中的家园有关。同时这些已变形了的事物能激活意念中的家园之思,能把"过去"与"现在"连接起来,也能使他们"遗忘过去,融入现在",从而对抗经验断裂和认同危机所引发的身份焦虑与迷茫,"协助其现实生存"[①]。

从某种意义上讲,寻找精神家园不仅是历来知识分子的精神价值取向,也是农民工在城市"捱生活"的精神支柱。对于那些从乡村进入城市打工的农民工来说,他们抛弃了童年青年时期的家园,在陌生的都市求取生存构筑理想,却往往很难将心灵归属寄托于城市。"城市文化在理性上、客观上、实践上对农村文化的战胜、征服,却又难以抵御农村文化在情感上、心理上、人伦上对城市文化的吸引。城市在侵犯诱惑农村的同时,总是陷入对那自然平和的人伦生活的温情脉脉的想象之中。因此,城市文化对农村文化的每一次战胜都伴随着对农村文化的眷念。"[②] 如果说当初的离乡是城市文化的召引,是城市文化对乡村文化的战胜,那么,当满载着疲惫不堪的心灵希冀在乡村寻找精神安慰而不得时,转向了在都市中"移植"代表乡村文化的事物,就是对城市文化的一次无情的嘲讽。这是城市的"闯入者"、家乡的"异己"在寻找精神家园的旅程中一次无意的文化颠覆。错置或再现于都市中的乡村事物——这个精神家园成了农民工借以躲避都市化的精神"伊甸园"。

第二节 身体文化空间的建构

在改革开放南下打工潮流的引领下,一批又一批农民离开世世代代居住的农村,来到都市,成为"农民工"。在相较于农村而言的都市异域空间中,大多农民工选择以"身体"进行都市攻略。在建筑工地上、工厂里等,农民工夜以继日地以体力的付出来换取微薄的生存资本。抑或以身

---

① 计红芳:《香港南来作家的身份建构》,中国社会科学出版社2007年版,第105页:"怀乡,也是为了能遗忘过去,融入现在,是对现实生存的某种协助。"
② 陈晓明:《无望的叛逆——从现代主义到后结构主义》,山西人民出版社2002年版,第50页。

体或"性"作为谋取生活的手段,赋予"性事"特有功能。艰辛、卑微、无奈等是众多农民工在都市的精神写照。然而,多元文化现实的都市空间允许个体对自己身体进行任意的支配、调适与重构。梅洛-庞蒂在著作《知觉现象学》中说道:"我的身体在我看来不但不只是空间的一部分,而且如果我没有身体的话,在我看来也就没有空间。"① 也就是说,对于一个主体而言,身体是空间感形成的重要因素,是理解空间、世界和他人的直观的处境性空间,而不是经验性空间。对空间的理解与把握,实际上就是主体自我处境的调适和重构,从而生成新的空间习惯和深度。其中,身体起到非常重要的"中介"作用。从宏观角度上来看,梅洛-庞蒂认为身体是主体与客体的统一,也是一个主观的能动的身体。从而,我们可以用"我们的身体实现过渡,这就是我能。每一知觉都是我的身体的肉体统一的一个环节。……自我与身体的关系不是纯粹主我与一个客体的关系。我的身体不是一个客体,而是一种手段,一种知觉。我在知觉中用我的身体来组织与世界打交道。由于我的身体并通过我的身体,我寓居于世界。身体是知觉定位在其中的场。"② 作为主体的身体,农民工可以不断地根据不同的处境、文化、艺术、他人等来调整自我的视野和身体空间性,尽量使"我"可以更好地感知世界、适应周围的环境。这点燃了部分农民工突破躯体限制的想法,通过对自己身体的自由调适、重构,争取在都市空间赢得一定的话语权或身份地位。

首先体现在穿着打扮上的改变。列斐伏尔立足于生产实践这一维度,"认为空间的生产开始于身体的生产,身体是空间的原点,身体在空间的行为方式、生产方式对于空间的建构有决定性作用,而空间被生产出来的同时也成为对身体规训的场域,强调身体的空间性和空间的身体性"③。着装、发型等是身体空间的一部分,是体现身体空间最外在最基本的一面。它们的重构意味着身体的再生产。崔喜(李铁《城市里的一棵庄稼》)费尽心思嫁给一个死了老婆的城里人——修车师傅宝东,成了名

---

① [法]莫里斯·梅洛-庞蒂:《知觉现象学》,姜志辉译,商务印书馆2001年版,第140页。
② 杨大春:《感性的诗学:梅洛-庞蒂与法国哲学主流》,人民出版社2005年版,第167页。
③ 李静:《"空间转向"中的当代中国小说研究》,博士学位论文,兰州大学,2013年,第143页。

正言顺的城里人。然而"镜子里呈现出的村姑面孔"无法令她满意,她想要"尽快改变自己,尽快蜕去自己身上的那层乡村的皮"。她认为城市与农村一样,搞好邻里关系是一件非常重要的事情;天真地觉得嫁给了城里人,自己就是真正的城里人了。其实,身体空间具有政治性。"村姑面孔""紫红色的脸皮"等标记,折射出社会的内部权力机制——在城市的反观下,她充其量是一个城里的乡下人。因为"位于空间与权力的话语的真正核心处的,正是不能被简化还原、不可颠覆的身体"①。她与宝东隔着的是乡村与城市。城市代表现代、文明、权力;乡村意味着落后、闭塞等。为了真正地融入城市,崔喜学着城里人一样,"把护肤霜厚厚地涂在脸上","穿着花格的长裙,戴着仿白金大耳环,化着很浓的妆"。身体是一种文化符号、一种知识的形态或范畴,也可"通过身体将自己的想法物质化,用自己的肉体表达自己的思想"。②崔喜通过穿着打扮等身体空间的改变,是想"蜕去自己身上的那层乡村的皮",让城市老公宝东认可她,真正进入城市的内核。不可否认,崔喜身体上的变化取自于城里人,以城里人为镜像。在她看来,像城里人一样穿着打扮,就意味着将自我想象成城里人,也能够真正理解城里人。就如梅洛-庞蒂所说,"我的身体可以包含某些取自于他人身体的部分,就像我的物质(substance)进入到他们身体中一样,人是人的镜子";"至于镜子,它是具有普遍魔力的工具,它把事物变成景象(spectacle),把景象变成事物,把自我变成他人,把他人变成自我"。③ 通过穿上长裙、戴着大耳环、化着浓妆等身体意义的"镜子",崔喜感觉自己就是艺术美的存在,是城里人的化身。因而,当老公宝东一回家,崔喜就急切地问道:"我还像乡下人不?""不像",宝东很肯定地回答道。此时,崔喜"十分满意,她甚至用了一种几乎没用过的忸怩动作来表达了自己的满意。这也许是她急于得到的一种结果吧。" 只有得到老公肯定的回答,崔喜取自于城里人身体意义上的"镜子",才能消融隐藏其间的可见与不可见、现实与想象之间的含混不清,

---

① Lefebvre, *The Surviuzl of Ehpitalism*, London: Allison and Busby, 1976, p.89.
② [法] 埃莱娜·西苏:《美杜莎的笑声》,黄晓红译,载张京媛《当代女性主义文学批评》,北京大学出版社1992年版,第194页。
③ [法] 莫里斯·梅洛-庞蒂:《知觉的首要地位及其哲学结论》,王东亮译,生活·读书·新知三联书店2002年版,第48页。

进而给她带来自信与开心，带来身份上的认同感。

"梅洛-庞蒂把一切东西都看作是与身体具有同质性的东西。身体、语言、思想、他人、物质，所有这一切都源于'世界之肉'的绽裂。在这样的观点中，世界成了我的身体的作用场，甚至是'我的身体的延伸'。"① 在梅洛-庞蒂看来，身体与语言、思想、他人、物质等是同质的、相连的。身体的变化反映主体语言、思想的变化。故而，有许多如崔喜一般的进城农民，希冀通过重构外在的身体空间来实现"由农转非"或身份认同的神话。刘高兴（贾平凹《高兴》）是一个从清风镇到西安城拾捡垃圾的进城农民，每天穿梭于西安城的大街小巷、小区街边、垃圾桶边，却经常穿西服和皮鞋。西服、皮鞋等作为象征身份的一种符号，这正是刘高兴所看重的。因为符号与物品一道被消费的过程中，通常"既是消费，又是生产；既是破坏，是解构，又是建构"②。穿西服皮鞋"不仅仅是身体保护的手段，它明显地也是符号表演的手段，即赋予自我认同叙事特定外在形式的手段"③。通过这一符号性消费，对于刘高兴而言则是体验的过程、身份认同的体现，而对于他人来说就是意义的展示、甚或是权力的彰显。就如翠花所说刘高兴"穿上西服像换了一个人，脸惨白的"。故而，刘高兴凭借这一身的打扮以及巧言令色，顺利地帮翠花要回了身份证、工资以及应有的尊严。

高档名牌西服似乎只配有钱有身份的人拥有。当一群拾垃圾的进城农民工得到了一包别人赠予的高档衣服，并穿在身上行走在街头巷尾拾捡垃圾时，大家觉得是如此格格不入，甚至引发人们对他们身份的怀疑。小说中写道：

> 能穿这么好的西服拾破烂吗？街道办事处的人就曾查询，以为我们一群对社会不满而故意拉着蹬着装破烂的三轮车架子上街，如今上访的人多，我们是不是其中的。我们百般解释了，架子车和三轮车是

---

① 杨大春：《语言 身体 他者——当代法国哲学的三大主题》，生活·读书·新知三联书店2007年版，第151页。

② ［英］西莉亚·卢瑞：《消费文化》，张萍译，南京大学出版社2003年版，第4页。

③ ［英］安东尼·吉登斯：《现代性与自我认同》，赵旭东、方文译，生活·读书·新知三联书店1998年版，第68页。

归还了，可又嘀咕我们的衣服是偷窃的。（贾平凹：《高兴》第232页）

"所有商品都带有价格标签。这些标签选择了潜在的消费人群……它们在现实和可能之间划了一条界限，一条既定的消费者无法逾越的界限。在市场推销和宣传的机会平等的外表后面，隐藏着消费者之间事实上的不平等，也就是说，消费者的选择权限，实际上存在很大差别。"[①] 在此，衣服的使用价值被符号价值所取代，成了品尝和评议的对象。于是，五富他们觉得"沐猴戴不了王冠，穷命苦身子"，不愿意再穿西服了。而刘高兴"依然是名牌装束，去村口市场上吃麻辣米线"。刘高兴与众不同的个性化穿着打扮，展示了他的独特性或炫耀性。在此，衣服由作为身体保护手段的使用价值转化为一种符号价值，成为符号意义的实现和体现，并对人的身份做出区分。与其说刘高兴穿着名牌西服去市场上吃麻辣米线是为了填饱肚子，不如说是在彰显自己与五富、黄八等拾垃圾者的不同，是在靠近"城市人"身份。所以，当看到自己的上司——垃圾王韩大宝走过来时，刘高兴没有停下来或让道，而是"故意直直走过去"，还让韩大宝为他让道。

在工业化技术化的城市，所有人都能合法进入。在机会平等、身份平等的背后，隐藏着各种限制与区隔。因经济资本、文化资本、社会资本等的欠缺，大多农民工只能"寄居"在自我世界里。为了突破空间的阈限与规约，有些女农民工选择褪去"弄得连性别都没了"的"肥大膨胀的工装"。如夏天敏《接吻长安街》中的柳翠换上了精心购买的连衣裙、头发盘成高髻、还化了淡妆，并且给男朋友购买了一套西装、一条猩红色的领带和一双声称为名牌的皮鞋，为的是完成在长安街上接吻的梦想，也是对身份的重构。吴玄《发廊》中的晓秋出去打工前"是个瘦猴，衣服穿得破破烂烂，脸也脏兮兮的，根本还不像个人"，"而现在的她脸白唇红，脖子上挂着珍珠项链，还穿上了价值三千多元的皮大衣"。崔喜、刘高兴、柳翠、晓秋等对身体空间的重构，并非偶然、孤立的现象，而是与其精神价值追求相联系，是在有意识地撕裂和打破社会无形中给农民工的种种规范和约束，从而获得自我意义和建构身份。

---

① ［英］西莉亚·卢瑞：《消费文化》，张萍译，南京大学出版社2003年版，第4页。

崔喜、刘高兴、柳翠等穿着打扮的改变只是外在的物质性的身体空间重构，孙艳（关仁山《九月还乡》）、刘小丫（乔叶《紫蔷薇影楼》）、李平（孙惠芬《歇马山庄的两个女人》）等在城市经历了不堪回首的过往之后，选择了"性"的想象性建构。性以性器官为物质载体，包括身体的一切器官。透过作为交易对象的"性"，身体成为生物与文化的融合；透过体现交易过程的"性"，身体超越了"我就是我的身体"这一现象学命题而成为被建构的对象。① 自古以来，女子在三从四德的规约下生存，完全没有了自我。而今，进城的乡村女性一定程度上摆脱了父权、夫权、神权的束缚，开始了自我独立意识的觉醒。但现代城市的发展和女性解放运动并没有完全祛除男权主义和伦理道德对女性的约束。实际上，她们被赋予了更加沉重的责任：既要将自我变为"面向社会化"的个体，又要遵循传统伦理道德。也就是说，她们既要承担家庭的经济责任，又要受到家庭、乡村伦理道德的约束。女性自始至终都被置于各种伦理道德的规约与监视下。所以，当曾经在城市"失身"过的女性，一旦回到家乡，将面临更为严峻的处境，在重新建构自我的过程中也需更加小心谨慎。她们有些人会选择掩盖"性"的过往事实，希冀重塑一个全新的自我，希望重新得到一份美好的爱情和稳定的生活。

《紫蔷薇影楼》里的刘小丫在城市做了几年小姐之后，想回家嫁人，做个贤妻良母。低档次照相馆长张长河"有点儿穷，又不甘心穷；想干事，又没多少能耐干大事；挺厚道，又不是不知道心疼人；肯吃苦，又没有多少臭脾气"，正好符合小丫的择偶标准。经过精心策划，两人顺利地相识相恋。而她的贞洁、清纯等早已丢失在几年前深圳的一个夜晚。可她认为"没有男人不在意这个，她不想被抓住把柄，那样即使结婚也一辈子说不得嘴了"，为了达成与张长河结婚的目的，刘小丫巧以"例假"蒙骗过关。她选择了"失忆"——让过去这段不堪的往事隐退。"失忆"意味着个人历史的消失，也可让个体重新定义自己。在刘小丫重新建构自我的过程中，利用"例假的最后一天"将自己的身体交给了张长河。当张长河看见"她身下的红"时感动得哭了。此时，张长河是幸福的，刘小丫的目的也得以实现。她成功地嫁给了张长河，拥抱着一个幸福快乐的家

---

① [法]梅洛·庞蒂：《我就说我的身体》，转引自徐昕《法庭上的妓女：身体、空间与正义的生产》，《司法》2009 年第 4 期。

庭,并成了影楼的老板娘。

身体在某种程度上又暗示着性,暗示着潜意识中欲望与禁忌的冲突。尤其对于已失贞的女性而言,对"性"的欲望与恐惧之间的张力横亘在追求生活所需之金钱与重构自我之中。当在城市遭遇了伤痛、欺骗等时,刘小丫(《紫蔷薇影楼》)、李平(《歇马山庄的两个女人》)、孙艳(《九月还乡》)等觉得应该回到乡村、到乡村男人身上去寻找丢失的自我。

李平(《歇马山庄的两个女人》)19 岁那年,与其他农民工一样,怀揣着梦想,憧憬着城市的美好,来到城市。

> 那时她也是村子里屈指可数的漂亮女孩,她怀着满脑子的梦想离家来到城里,她穿着紧身小衫,穿着牛仔裤,把自己打扮得很酷,以为这么一打扮自己就是城里的一分子了。她先是在一家拉面馆打工,不久又应聘到一家酒店当服务小姐。因为她一直也不肯陪酒又陪睡,她被开除了好几家。后来在一家叫做悦来春的酒店里,她结识了这个酒店的老板,他们很快就相爱了。她迅速地把自己苦守了一个季节的青春交给了他。他们的相爱有着怎样虚假的成分,她当时无法知道,她只是迅速地坠入情网。令她没有想到的是,"半年之后,当她哭着闹着要他娶她,他才把他的老婆推到前台。他的老婆当着十几个服务员的面,撕开了她的衣服,把她推进要多肮脏有多肮脏的万丈深渊。此时,她弄清了一样东西,城里男人不喜欢真情,城里男人没有真情。你要有真情,你就把它留好,留给和自己有着共同出身的乡下男人。于是,她开始了用假情赚钱。用假情赚钱的日子也就是她寻找真情的开始。没事的时候,她换一身朴素的衣服,到酒店后边的工地转。那里面机声隆隆,那里全是她熟悉又亲切的乡村的面孔。"

一天,在工地上其他民工的挑逗下,成子喊出了一句,"她是俺妹,你耍戏俺妹就是不行"的情况下,李平认定了成子就是她的归属。于是,她辞掉领班,回到最初打工的那家拉面馆,隐瞒了她的"失贞",终将收获了爱情与婚姻。李平将身体的"失贞"事实沉落在历史的深渊,给自己赢得了一个真心相爱的男人、办了一场风风光光的婚礼。在"坐轿车、录像、披婚纱"的婚礼中,李平找寻到了一个真正的自我,一个幸福的自我。

对一个女孩来讲，处女膜破坏的记号无情地记录了她们身体上的伤害，更是一种无法弥补的精神创伤。为了隐藏这份创伤记忆，孙艳（《九月还乡》）回乡前花 800 块钱做了处女膜恢复手术；九月（《九月还乡》）只能再次以身体的"性"为交易筹码堵住兆田村长的嘴；刘小丫（《紫蔷薇影楼》）以例假骗过男友；李平（《歇马山庄的两个女人》）隐瞒过往等等。在"性"的想象性重构中，暂且不说她们收获的那份爱情与婚姻以及重新找寻到的自我是否能够长久，至少她们在重构自我的道路上收获了幸福与自我。

其次是身体的"转借"性想象重构。在消费社会里，身体是最直接、最可把捉的符号，与身体相关的元素：感觉、欲望、性欲等都得到了凸显。在现代性城市空间中，农民工如其他社会大众一样，在某种程度上已将"劳动的身体"转化为"欲望的身体"，并以前所未有的热情重新审视身体。然而，他们发现不管你在城市如何利用身体流血流汗，倾尽所有，也无法亲近城市，无法被城市接纳。因而有部分农民工将自我想象为他者，将自我肉身身体想象为他人的诗意化身体——把自己当作他人。"人起初是以别人来反映自己的。名叫彼得的人把自己当作人，只是由于他把名叫保罗的人看作是和自己相同的。他自己的感性，只有通过另一个人，才对他本身说来是人的感性。"① 把自己当作他人，也就是说，他人是自我的参照物，将以他人为镜子来审视自我、建构自我。农民工经常被看成是乡巴佬、下等人、肮脏的，当如刘高兴一样（《高兴》）自己的某个部位移植到了城市人身体上时、当国瑞（尤凤伟《泥鳅》）长得像某个明星时、当林榕真（《吉宽的马车》）拥有可以与城市人媲美的身体特征时，他们的感觉、欲望就会发生改变，甚至是身份意识也会随之发生变化。

国瑞（《泥鳅》）长得很像周润发，一直以来活在别人的赞美和羡慕声中。由此，他可以凭借这一身躯壳，在城市里进行诗意化欲望化的生活。正是由于他明星相的身体，先是被一位寂寞的老板夫人玉姐"聘用"为管家兼情人；接着当上了玉姐老公宫超安排的融资公司董事长兼总经理；又顺当地接拍广告片……一步步地由肉欲上升到情欲再到内在的身份

---

① 《马克思恩格斯全集》（第 23 卷），人民出版社 1975 年版，第 67 页。

认同欲望。他的身体感觉和欲望随着深入城市内部而不断地膨胀，不断地借由身体的虚幻性想象建构自我。虽然当国瑞将自我的感觉、欲望等身体元素上升到至关重要的地位或奉为目的时，身体"仿佛变成了伊甸园里智慧树上的那枚果子，谁吃下去谁就会陷入到自身的撕扯之中：身体的目的性与手段性、身体的生物性与精神性、身体的个体性与社会性、身体的向生性与向死性、身体的偶在性与命定性、身体的自我与非我等一系列二律背反，在新的社会背景下凸显出来，让人感到左右为难"①。但当他经由吴姐牵线介入了玉姐的生活，将处男之身交与了玉姐，成为她见不得光的情人时，国瑞曾经觉得龌龊、肮脏。但在他享受到女人的爱抚、性的快感、物质上的富足的同时，他感觉到了与众不同的身份意识与身份认同。

小说中写到一道菜——"泥鳅炖豆腐"的做法：将整块豆腐放到锅里，浇上高汤，再把活泥鳅放入，文火加热，随着温度不断升高，泥鳅受不了，一古脑往还没热起来的豆腐里钻，不久汤里的泥鳅一条也不见了，全进到豆腐里。（《泥鳅》）这是写一道菜，实则是写命运，写一群如国瑞一般的农民工在城市里被牵着鼻子走时的无奈与挣扎。国瑞如"泥鳅"；"豆腐"象征着宫超所代表的城市；"温度"暗示着城市欲望——权、钱、地位、声望等。在宫超欲望化的安排下，国瑞一步步地往里"钻"。因为与玉姐相识，因为国瑞的农民身份及周润发的相貌，腾达公司老板宫超为国瑞安排了一个完全独立于腾达的融资性质公司的董事长兼总经理职位。虽是一家独立性质的融资公司，融资渠道却全部由腾达掌握与沟通，公司其余五人也全是由宫超派过来的。国瑞无须知道贷款的流程，也不知道公司款项的真正流向，只需履行董事长签字等责任就可。与其说国瑞是被宫超等人利用的一枚棋子，不如说他的命运走向是欲望驱使。

酷似明星的光环效应，辐射到了理发店老板及其他女性员工、有钱有闲城市寂寞女人，成了老板宫超的利用对象，也被广告公司所看重。先是美女记者常容容的绝妙偷梁换柱策略：让国瑞为厂家拍一个广告，装扮成影星周润发的某角色形象，在《读书》栏目为作家艾阳做宣传。接着被胡导看中，让国瑞扮演成上海黑社会老大许文强拍内衣内裤的广告。无论是装扮成周润发还是许文强，国瑞的身体都是被动的、单向度的。尽管身

---

① 复光：《"身体"辩证》，《江海学刊》2004 年第 2 期。

体意义的凸显是单向度的，社会的全面技术化、商品化和全球的技术、消费一体化，以更为隐蔽的方式控制、监管着人的身体、自我，身体的本真意义并未得到真正的释放。① 尽管国瑞最终没能逃离"泥鳅"般的命运，但酷似周润发的容貌给了他无限的想象与自满，国隆实业股份有限公司董事长的身份地位与广告中明星效应等帮他实现了短暂的"城市人"身份认同与对自我价值的认可。当常容容等人夸国隆老总国瑞是最酷时，他"自然很是得意"；当让他接拍电视广告时，尤其是开机这晚，国瑞感觉这是他"一生中最惬意的时刻"，由此想起了老家的古话"苦着累着挣钱是孙，玩着耍着挣钱是爷，拍电视就是玩着耍着挣钱的爷"；当宫超给予他公司董事长的身份时，国瑞感动了，并处处想着为宫超办事谋利益。此刻，他觉得自己就是与其他城市人一样，是属于这个城市的。而所有的惬意、感动、认同等都来自国瑞长得像周润发的身体想象。他的身体既是他人夸羡的对象、城里人利用的对象，也是他自己自我认同的核心。就如陶东风在《消费文化中的身体》中所说："在当代的消费社会，身体越来越成为现代人自我认同的核心，即一个人是通过自己的身体表征与身体感觉，而不是出身门第、政治立场、信仰归属、职业特征等，来确立自我意识与自我身份。"②

国瑞因为长得像明星周润发而展开了一系列的诗性身体与欲望身体的想象，刘高兴（贾平凹《高兴》）却是由于一颗肾卖给了城里人而引发了他的城市想象与身份想象。刘高兴的城市人身份想象完全是由想象接受他肾脏的城里人开始的，也就是说"转借身体"想象。小说中首先对刘高兴向往西安城进行了一番描述：

> 我说不来我为什么就对西安有那么多的向往！自从我的肾移植到西安后，我几次梦里见到了西安的城墙和城洞的门扇上碗口大的泡钉，也梦见过有着金顶的钟楼，我就坐在城墙外一棵弯脖子的松下的白石头上。当我后来到了西安，城墙城门和钟楼与我梦中的情景一模一样，城墙外真的有一棵弯脖子松，松下有块白石头。这就让我想到

---

① 周瑾：《从身体的角度看——中国身体观研究述评》（http://www.doc88.com/p-771897094790.html）。

② 陶东风：《消费文化中的身体》，中国文学网（www.literature.org.cn）。

一个问题：我为什么力气总不够，五富能背一百五十斤柴草趟齐腰深的河，我却不行？五富一次可以吃十斤熟红苕，我吃了三斤胃里就吐酸水？五富那么憨笨的能早早娶了老婆生了娃，我竟然一直光棍？这是什么道理呢？因为我活该要做西安人！（《高兴》第 4 页）

肾是躯体的一部分，它不仅仅是物质的、自然的，而且是刘高兴身份及其思想、立场的显在化。于刘高兴而言，"肾"并非只是一个外在的认知对象，它是确立身体所属及身份认同的人的主体性。自从一颗肾移植在城里人身上，他就认定自己归属于城市。刘高兴身体被碎片化了，被社会性地建构和生产，由此引发了刘高兴身份多样化的想象性建构。

冥冥之中，我是一直寻找着它，他肯定也一直在寻找着我。不，应该是两个肾在寻找。一个人完全可以分为两半，一半是阴，一半是阳，或者一个是皮囊，一个是内脏，再或者一个是灯泡，一个是电流，没有电流灯泡就是黑的，一通电流灯泡就亮了。（《高兴》第 147 页）

被摘除的肾对于刘高兴的独特意义主要在于：它是一个自我创造的、可见的文本。在现代化进程中，农民工的历史意义、社会意义基本上是缺失的。而农民工的身体承载着历史前进的动力。城市建设需要他们的身体，"现代"的优越也需要他们的身体。他们"裹紧厚厚的衣服/像粽子，还像粗糙的红薯"（熊炎《民工》）的"臃肿的形象"（李斌平《掏》）、"光滑生锈的皮肤"（郑小琼《去年》）内隐藏着一个个"眺望着命运的肺，犯病的肺，腐烂的肺"（郑小琼《肺》）。这些身体有自己的历程、自己的欢喜和忧愁。他们的身体承载了密集的文化符码，因而他们的身体也是身份认同一个重要环节。刘高兴身穿西装、脚穿皮鞋、腰里别着箫等潇洒的外在身体显现下，隐藏了一颗肾的缺失。而身体的残缺并没有给他带来很大的伤痛，反而因为肾的被移植成就了他对梦想、价值和身份建构的信心。他始终觉得移植他的肾的人就是"另一个自己"，始终认为自己就是城里的一分子。

想象是一种特殊的思维形式，是人在头脑里对已储存的表象进行加工改造形成新形象的心理过程，能突破时间和空间的束缚。杜夫海纳认为

"想象可以说是精神与肉体之间的纽带","想象似乎具有两副面孔:它同时是自然和精神"。① 由此可见,想象可以经由物质性身体空间探索由身体到心灵的升华。由乡进城的农民与其他社会个体一样,希望被社会认同、被城市认可。而别无他能的他们,通过身体的"转借"性想象重构也不失为他们对自我肯定的好方法。国瑞(《泥鳅》)因生就了一副周润发似的面孔而成就了他在城市的身份想象性建构旅程。刘高兴(《高兴》)在进城之前就将一颗肾卖到了城里,从而一旦进入城市他就开始了寻找肾的下落,也就是说寻找迷失在城里的自我。李平(《歇马山庄的两个女人》)认为有漂亮的脸蛋、把自己打扮得很酷就可以将自己想象成城里的一分子了。林榕真(《吉宽的马车》)的城市攻略与身份重构是建立在与城里人一样的"细长而白净"的手上。虽然国瑞、刘高兴、李平、林榕真等最终在城市里没能真正地完全地实现身份认可的目的,但在利用身体的"转借"性想象重构过程中,他们有憧憬、有梦想、有开心、也有短暂的身份认同感。这转借性的想象身体,是他们借以躲避精神困扰、寻找新身份的美好寄寓之所。

---

① [法]杜夫海纳:《审美经验现象学》,韩树站译,文化艺术出版社1996年版,第382、388页。

第五章　空间视域下打工文学的还乡叙事

三百二十公里路
睡意蒙胧的星辰
阻挡不了我行程
多年漂泊日夜风餐露宿
为了返乡我宁愿摩托上路
饮尽那份寒苦
抖落异地的尘土
踏上遥远的路途
满怀赤情向着家的方向
有多少三百二十公里路呀
从异乡到故乡
有多少三百二十公里路呀
从故乡到异乡

（——转引自《南方都市报》2011年1月30日）

　　这是南都记者对2011年春节返乡的摩托车大军的感慨。对于世代以农业、土地为生的农民工而言，抛妻弃子、离乡离土进城打工的行为抉择无论是为了追求梦想、向往现代文明还是因为生活的无奈，自他们离开的那一刻，即涌动着还乡的冲动。因为故乡可以"给不倦的追求者提供一种母性的皈依和前进的动力；给失意者以温和的宽宥和庇护；它是倦旅者温暖的泊留地、是诗意想象的源泉；也是一种温情的束缚、持久的诱惑"[①]。

---

　　① 叶君：《论中国当代作家的乡村想象》，载《乡土·农村·家园·荒野》，中国社会科学出版社2007年版，第81页。

农民自幼生长于乡村，深受乡村文化的浸润和熏陶。现如今，离开了熟悉的故土与亲人，生活工作空间转换到了城市，必然会受到乡村文化与城市文化之间张力的夹击。携带着与生俱来的在农村养成的习性来到城市，注定了他们不被城市所接受，注定了他们只是城市的过客。因此，他们的生活也具有无根性和浮萍性特征。城市以平等、兼容、并包、开放的姿态吸纳了一批又一批农民进城，给农民工带来了致富、实现梦想的神话。然而，城市给这些"城市外来者"的生活造成了很大压力。他们不仅要想尽办法去谋生，又抵制不了城市先进思想的感召。城市文明以势不可挡之势诱惑着"城市闯入者"，却又抵制他们。先进的文明、优渥的生活方式容易被人接受、效仿，但在城市里谋生或融入其中对城市外来者而言又谈何容易。

纵观打工文学的创作，创作者既包括打工出身的打工作家，也有体制内的文人作家或曰精英作家。无论哪一类作家，无论他们现在身处何处，从事着何种工种，都或多或少遭遇过生存的困境。被称为"打工皇后"的安子，17岁那年带着对城市的憧憬与改善家里贫困的美好愿望，来到了正轰轰烈烈进行着改革开放的深圳。她先是在一家电子厂做普通的员工，没日没夜地工作、加班，"被人看不起，甚至被当作牲口一样被一条生产线的拉长选来选去"。干了四个月，安子和她表姐跳槽到一家装潢和格调属中上水平的南园宾馆当服务员，却又被客人骚扰。88年，安子来到一家印刷公司当上了制版工，由于半工半读，被老板无情地辞去……安子就这样在深圳兜兜转转，先后换了七份工作。看到了很多打工仔、打工妹和她的身份一样如此卑微、平凡、渺小，做着最普通的工作，领着一份血汗钱。王十月，一个只有初中文凭的农村娃，为了生存做过建筑工、印刷工、手绘师等20余种工作。与所有打工仔一样，王十月在不同的城市、乡镇、流水线、烂尾楼、出租屋间颠沛流离。因为没有通行证，被城市拒之门外；在天桥底下摆摊卖菜被城管驱赶；因为没有暂住证，半夜惊醒在城中村的楼顶间仓皇奔逃；为了活下去，在各种环境下工作过……王十月在散文《关卡》中描述过在有毒工作环境中工作的情形，"印刷车间里弥漫着刺鼻的天那水气味。苯已深入到了我的身体里，融入了血液中，成为了我身体的一部分。无论走到哪里，别人都能从我身体里弥漫出来的刺鼻气味判断出我的职业。甚至在离开工厂一年后，我的身体里还散发着天那水的味道"。打工诗人郑小琼1995年卫校毕业时恰好赶上乡镇撤乡并镇减员、城市下岗，国家也不再包办分配，所以基本上毕业就是失业；去乡镇医院做临时护士，却遭遇医院发不出工资；经人介绍去了一家私人医院做护士，却发现这家医院的行医大部分是骗人的；失业之后回到南充，在小餐馆做服务员，端菜、洗盘子；2001年来到广东打工，进了一个五金工厂，成了一个没有名字没有尊严只有工号为245号的打工妹；打工的日子里，曾经因为没有暂住证，被盘查过多次，罚过几次款，最终只能落得四处借钱过日子了……农村人大量地涌进城市，即使是广东这样的沿海开放城市也没有能力提供足够好的就业机会，安子、王十月、郑小琼等的就业处境就说明了这个问题。这些涌进都市的青年人大多并没有较高学历文凭和经济基础，在城市的生活窘境就可想而知了。尽管城市拒斥着他们，过着异常艰辛困顿、漂泊无根的生活，他们也都选择了对回乡的拒绝，不肯回乡。在两难的尴尬境地中，他们似乎找到了一个很好的办法——用笔构筑一个熟悉的温情的乡村世界，用文字帮他们实现回到"故乡"的梦想。在这种特有的还乡叙事中，可以实现"我们的乡村山寨着城市，我们山寨着城市"（郑小琼：《女工记》）的乡愁寄托。

走出乡村却走不进城市的他们，经常性流动与不稳定的生活以及农村生活经验与打工经验的纠葛，让他们深切感受到了群体归属感、传统亲情、伦理观念等文化丧失的焦虑。这种生命里的伤痛有时可以成为一笔财富，成为抒写的对象，激励主体奋发、前进。就如罗伟章所说，"大多数走上文学道路的人，生命里都留有一块伤疤，不得不面对它。当你把它倾吐出来形成文字，就是一种表达。""现在，我的亲人和村里绝大部分年轻人都到外地打工去了。我经常能听到他们的故事，他们的故事让我感同身受，很自然地就会在一个恰当的时候表达出来。大多数中了文学之'毒'的人，都是因为事先喝了苦水，生活逼使他把苦水吐出来，形成文字，就是表达。"① 生活空间的转换使得城市外来者遭遇了从身体到身心的苦楚以及思想观念的更新，却无论如何也未能抹去深入骨髓的乡村文化，不能涤荡儿时记忆的萦绕。于是，通过"回望"的方式抒写童年及故乡或者回归乡土叙事成为一种主要的文学表达方式。

---

① 罗伟章：《在凌乱的书桌上伏案寻找"第一句话"》，2017年5月6日，《成都商报》电子版（http://e.chengdu.cn/html/2017-05/06/content_594482.htm）。

第一节 都市空间中的乡愁叙事

> 故乡的歌是一支清远的笛
> 总在有月亮的晚上响起
> 故乡的面貌却是一种模糊的怅惘
> 仿佛雾里的挥手别离
> 离别后
> 乡愁是一棵没有年轮的树
> 永不老去
> ——席慕蓉《乡愁》

乡愁是已离开故土的人内心深处一份最柔软的情感,一种对家乡、对曾经生活过的地方的记忆与怀念。这种情感往往随着时光的流逝而愈加强烈并倍感珍贵,进而变成一种精神的寄托与支撑。自古至今,乡愁一直成为文人们书写或抒怀的对象。在古代,人们因为戍边、学游、宦游、商旅等离家离土的地理空间变化引发了对故乡的思恋与怀想。相较于传统地理空间的乡愁,现代性乡愁更多地是由现代性导致的。自20世纪初鲁迅被认为是乡土文学的奠基者以来,乡土文学创作逐渐成了一种主潮或暗流,成为20世纪小说创作的主干之一。鲁迅说乡土文学侨寓的是作者自己,因而乡土文学隐现着的乡愁是侨寓在城市的知识分子在面对现代化时产生的乡愁。① 到了新时期改革开放初期,高晓声、路遥、汪曾祺等作家在文学上书写的"乡愁"融合了国家与个人、农村与城市、传统与现代等诸多因素,依然表现为知识分子的"乡愁",展现了乡愁情节的浪漫与诗意性质。但随着城市化进程的加快,大量农民涌进城市,成为"游荡在城

---

① 鲁迅在《中国新文学大系·小说二集·导言》(上海良友图书印刷公司1935年版)提到:蹇先艾叙述过贵州,裴文中关心着榆关,凡在北京用笔写出他的胸臆来的人们,无论他自称为用主观或客观,其实往往是乡土文学,从北京这方面说,则是侨寓文学的作者。但这又非如勃兰兑斯所说的"侨民文学",侨寓的只是作者自己,却不是这作者写的文章,因此也只见隐现着乡愁,很难有异域情调来开拓读者的心胸,或者炫耀他的眼界。许钦文自名他的第一本短篇小说集为《故乡》,也就是在不知不觉中,自招为乡土文学的作者,不过在还未开手来写乡土文学之前,他却已被故乡所放逐,生活驱逐他到异地去了,他只好回忆"父亲的花园",而且是已经不存在的花园。

市里的非城市户籍的农民身份者"①。那么，由乡进城者漂泊不定、艰辛的生活境遇或城乡巨大差异的亲身体验，致使他们表达出的乡愁情感不仅有宣泄和倾诉情感之意，更多的是掺杂了对社会改革与城乡阶层分化所带来的生存困惑、思想困扰和身份困窘之思。

打工文学自兴起发展到现在已经形成了一股强大的创作势流。打工文学多义性的主题、多重的叙事视角，使得对其的解读也具有了多样性。其中，对故乡及过往经历的乡愁叙事成为打工文学中一种重要的叙事方式。在打工文学文本中，有些打工者出身的作家或文人作家们，通过小说、诗歌等形式书写自己记忆中的故乡，表达着由乡进城农民工不同的乡愁。

一 乡愁叙事的心理动机：寻找温情、心理代偿

从农村来到城市，不仅空间转换了，经历的事物、接触过的人、干过的工作等也随之发生了改变。主体可以从中获得一种不同以往的文化感受、文化启迪。由此，乡愁体现的不仅有离乡之痛，也反映了主体内心深处的一种文化依恋和精神需求。如打工诗人郑小琼在一次访谈中所说："当城市化越来越推进，我们的乡愁本身含义也在改变着，如果说中国传统的乡愁是'故乡'与'他乡'之间的情感，那么到了我们这一代年轻人，比如像我一样，从乡村到城市的年轻人，乡愁更多是'乡村'与'城市'之间的情感产物，如果古人之身在异乡怀念他乡的怀乡之情是一种乡愁，是一种缅怀故里的思乡之愁，那么对于我们这一代，出生在农村，后来进入城市，不仅仅只是地理上的乡愁，更是价值观的改变、精神无根与失落产生的疼痛之愁。当我们从乡村来到城市，回望故乡，昔日的乡村生态和人情不断在败退之中，我们成了故乡的陌生人，实际上像我这样的年轻人已经无法回乡了，注定在城市中漂泊，因为在情感上我们似乎与故乡格格不入了，我们年轻人实际上回乡是待几天，更多不愿待在故乡，选择外出，但是我们乡村青年进城，面对都市的高压力，实际也不能惬意地在都市生活，我们无时无刻不在感受着都市的势利和冷酷，当城市伸手将我们招入城市之中，我们实际上要从精神与物质上融入城市之中何其艰难，这种巨大的文化差异与焦虑，让我们的精神在城市之中无法安

---

① 丁帆：《"城市异乡者"的梦想与现实 关于文明冲突中乡土描写的转型》，《文学评论》2005年第2期。

放,于是我们很年轻就有一种疼痛的乡愁。"① 为了缓解这两难的境地,达到心理平衡,郑小琼、罗德远、王十月等这些打工者们通过寄情于文学创作以得到虚拟性的满足。如罗德远在《我们是打工者》中所写:"我们拒绝诱惑拥有思念/我们曾经沉沦我们又奋起/……青春的流水线上/我们用笔用沉甸甸的责任/构筑不朽的打工精神/通向我们幸福理想的家园。"

这个幸福理想的家园是一个美丽而温情的诗意化地带。用诗人李明亮的笔描绘出来的就是一幅幅充满着和谐、静谧的画面:

> 松涛　竹影
> 犬吠　虫鸣
> 啾啾的鸟叫
> 在竹摇篮里的娃娃睡到自然醒后开始大声
> 草木燃成的炊烟将油菜花染成淡蓝
> 墨绿的太子参在黄土上盛开如莲
> 晾晒宣纸的潮湿气息
> 沿着长满青苔的墙角,攀援而上
> 细雨落进黑瓦的缝隙里
> 一滴清脆的声音,在一个木锅盖上溅起
> ——这里,就是我的故乡,我的村庄
> 我的出生地——塘埂
> ——李明亮《出生地:塘埂》

从空间维度来讲,家园、故土是滋生乡愁的母胎;从时间维度上来说,乡愁是对家乡的一种记忆与期望。对于离乡离土者而言,现代的故乡"应该同时包含以下四个递进式的维度:从情感维度看,故乡二字构成一套'情感结构',它指向的是过去和失落。从心理维度看,故乡已成为一个想象域。在这里,过去与现在、未来,乡村与城市,传统与现代,时间和空间交叉、重叠、应和、驳诘,成为众声喧哗的对话场域。从自我认同的维度看,一方面故乡从个体的生养地演变成为个体的镜像,自我得以建

---

① 郑小琼:《一个关于乡愁的访谈》(http://blog.sina.com.cn/s/blog_45a57d300102vf-eh.html)。

构的他者,另一方面现代个体也在对故乡的建构中被赋予生存的意义,故乡与自我是互相构成的关系。从精神归依的维度看,故乡从现代自我的价值源头上升为一种理想的生活状态和生存方式的暗寓(精神家园),寄寓着对现代人生存处境的思考和批判"①。显然,故乡已不仅是地理空间意义上的故乡了,而且融入了个体的情感体验、心理态度、身份认知感受和精神体验。

作家这种与故乡有关的生命体验,往往通过文学创作寄予在作品中的人物身上。因而,我们在作家笔下看到了一群由乡进城的农民工在城市空间中对故乡充满各种美好的回忆与想象的文字。如在贾平凹的小说《高兴》中,一群来自农村的拾荒者遭遇了城市生活的压抑与不平、追寻身份无望之后,诗意化的故乡想象就成了他们的心理代偿物,可以暂时成为抚平创伤的心灵慰藉物。例如,主人公刘高兴有一天不经意间看见小车底缠着麦草时,他和五富的思绪立马就飞到了另一个时空:

> 麦草,夏天里农村的麦子收割了,农民会将麦子铺在公路上让来往的车碾轧。
>
> ……
>
> 我是在准备领五富去塔街时突然说到了收割麦子的事,我只说以收麦天可以分散我的痛苦,而收麦天却又惹得我们不安宁了。以各种理由强调着不回去收割麦子,是为了说服五富也是在说服我自己,而一旦决意不回去了,收麦天的场景却一幕一幕塞满了我的脑海!简直可以说,我都闻见了麦子成熟的那种气味,闻见了麦捆上到处爬动的七星瓢虫和飞蛾的气味,闻见了收麦人身上散发的气味。这些气味是清香的,又是酸酸臭臭的,它们混合在一起在黄昏里一团一团如雾一样,散布流动于村巷。啊啊,迎风摇曳的麦穗谁见了都会兴奋,一颗麦粒掉在地上不捡起来你就觉得可惜和心疼。还有,披星戴月地从麦茬地里跑过,麦茬划破了脚脖那感觉不出痛的,血像蚯蚓一样在那里蠕动着十分好看。还有呢,提了木锨在麦场上扬麦,麦芒钻在衣领

---

① 卢建红:《"乡愁"的美学——论中国现代文学的"故乡书写"》,《华南师范大学学报》(社会科学版) 2012 年第 1 期。

里，越出汗，麦芒越抖不净，你的浑身就被蛰得痒痒的舒服。我想给五富说些让他高兴的话了，就说：咱去郊外看看麦去！

苦皱难看的五富的脸，顿时如菊开放。（《高兴》第148—150页）

刘高兴自进城的第一天起，就因为一颗肾卖在城里了而自称为"城里人"。但以上这段文字中刘高兴对家乡收麦场景的诗意化回忆，可以看出刘高兴骨子里依然是农民。因为几根麦草，就激活了他在城市生活的生命激情。这体现的其实就是一种时空综合体的乡愁。这种乡愁是刘高兴、五富的，也是作者贾平凹的，是贾平凹立足于城市，带着"城市人"身份对故乡进行的空间、人事的回忆。贾平凹出身农民，哪怕是"把农民皮剥了""做起城里人了"，他觉得自己的"本性依旧是农民，如乌鸡一样，那是乌在了骨头里的"[①]。作家孙惠芬也曾说过："我写民工，是因为我的乡下人身份。我其实就是一个民工，灵魂上经历着一次又一次'进城'。"[②] 从某种程度上来说，作品中人物的经历与思想就是作家自身经历的体现，人物在城市里的乡愁也是作家的。他们想民工所想，思民工所思，愁民工所愁。正如孙惠芬所言，"我常常和吉宽一起陷入迷惘的境地，吉宽的迷惘牵动着我的迷惘，可我的迷惘从来都不是吉宽的迷惘，我一步一坎孤单无援，当终于屎壳郎一样将粪球推到山顶——曾经懒惰的吉宽再也回不到懒汉，我已经身心俱疲"[③]。

他们时刻心系农民，时刻关注着农村的变化。故乡的一山一水、一花一草、一人一事都深深地烙印在他们脑海里，成为他们创作的源泉、乡愁的再现。就如导演章明说："你自己最熟悉的影像，那些能触动你的视觉的因素，都是那个年代留给你的，你脑海里面要创作一个东西的时候，肯定会浮现念念不忘的镜头，而且很自然就会说我的电影要表达的是什么意思，要借助什么影像，这个也是很重要的因素，你会把自己想的人物，想的事情放到那样的环境里拍。而这个环境也不是大一统的环境，要表现的

[①] 贾平凹：《〈秦腔〉》后记，广州出版社2005年版，第560页。
[②] 杨鸥：《孙惠芬：关注民工的精神世界》，《人民日报 海外版》2007年12月14日。
[③] 孙惠芬、周立民：《懒汉进城——关于长篇小说〈吉宽的马车〉的对谈》，《文学报》2007年7月24日。

镜头不是概括的、抽象的，只是你念念不忘的那些细节、一山一水。"①
"念念不忘的那些细节"是心理依赖的"乡愁"。就如诗人钰涵《我渴望》中将乡愁寄托在故乡的阳光、田野、庄稼、河流等细节中：

  和每个人一样
  我渴望，在异乡的清晨醒来
  看见阳光抚慰
  大雾中退却的村庄、田野
  庄稼和河流
  我渴望花朵，在花朵之上
  爱上蜜蜂的指引
  我渴望檐下老井
  在五月的落花里，承接雨水
  黄昏的大地上，月光
  给流水镀上白色的水银

贾平凹对这种心理依赖的"乡愁"借作品中人物刘高兴、五富观看麦田的情形表达得更加真切、形象：

  我们看到了一望无际的河畔麦田，海一般的麦田！五富一下子把自行车推倒在地上，他顾不及了我，从田埂上像跳河滩一样四肢飞开跳进麦田，麦子就淹没了他。五富，五富！我也扑了过去，一片麦子被压平，而微微的风起，四边的麦子如浪一样又扑闪过来将我盖住，再摇曳开去，天是黄的，金子黄。我用手捋了一穗，揉搓了，将麦芒麦包壳吹去，急不可待地塞在口里，舌头搅不开，嚼呀嚼呀，麦仁儿使鼻里嘴里都喷了清香。
  五富几乎是五分钟里没有声息，突然间鲤鱼打挺似的在麦浪上蹦起落下，他说：兄弟，还是乡里好！没来城里把乡里能恨死，到了城里才知道快乐在乡里么！（《高兴》第150页）

---

① 朱日坤、万小刚主编：《影像冲动：对话中国新锐导演》，海峡文艺出版社2005年版，第46页。

"海一般的麦田"涤荡了五富在城市里所遭遇的一切不顺,让他进入了另一种完全不同的诗意化理想化的生命状态——那是与麦田有关的、与乡村体验有关的。乡村的落后、贫穷曾使五富们"把乡里能恨死",但到了城里才感觉到乡村的一切就是快乐的源泉,是他们情感与灵魂的家园。此时,五富的乡愁是美的、诗意的。"都说'乡愁'美就美在'愁'的思量,其实,真正的'美'却在于时空滤过那'乡'的重现。"① 经过时间的流逝、空间的转换,乡村的凋敝破败在五富脑海中都被过滤掉了。钰涵、五富等在城市中"对乡村的怀念,是属于城市文化的一方面内容,怀乡梦是城市文化本身的自我调剂、安慰和补充"②。五富在城市近郊麦田里的切身体验,完美地实现了一个农民与城市的融合。在现实的城市生活与对故乡的怀想中,他获得了巨大的力量与信心,从而帮助他达到暂时的诗意栖居。五富的乡愁是时间的感受和空间的体验,体现了五富们对乡村生活的眷恋和怀想,也在一定程度上表现了作者在当下都市生活里对过往农村生活的怀念。作者贾平凹有着深切的乡村生活体验,他曾这样描述过自己,"我是山里人……我是在门前的山路爬滚大的;爬滚大了,就到山上割那高高的柴草,吃山果子,喝山泉水,唱爬山调。山养活了我,我也懂得了山……后来,我进了城,在山里爱山,离开山,更想山了"③。这种深刻的乡村记忆已经深深地烙印在他的脑海中,成为他创作的背景与源泉。尽管现在已经褪去了"乡村那层皮",没有"酱紫色"的皮肤,但故乡始终是他魂牵梦绕之地。

  刘高兴、五富离开乡村,那是从现实生存层面出发的。贫穷、落后、脏乱等使得他们义无反顾地弃绝乡村,奔向代表着富有、文明的城市。而当他们在城市的生活并没有如预期那样美好,且遭遇了居无定所、生存艰辛、身份迷茫、尊严被践踏等痛苦之后,渴求肉体情感的慰藉、选择生命灵魂的归属、寻求精神层面上的满足等致使他们又迷恋乡村、迷恋过去。在作者贾平凹的人生经历与感慨中,有着与刘高兴、五富等农民工一样的困惑和矛盾。城市生活虽然富裕、"城市人"身份虽然很光鲜,却让他感觉到了空虚与失落;而乡村条件虽然贫瘠,却可以让人感到情感与灵魂的

---

① 陈瑞琳:《"蜜月"巴黎——走在地球经纬线上》,百花文艺出版社 2003 年版,第 7 页。
② 江腊生:《新世纪农民工书写研究》,人民出版社 2016 年版,第 93 页。
③ 贾平凹:《〈山地笔记〉序》,上海文艺出版社 1979 年版。

满足。于是，贾平凹也罢，刘高兴、五富也罢，经常处于这两股力量的厮杀中。正如贾平凹在《传统暗影中的现代灵魂——贾平凹访谈录》中所说："乡村曾经使我贫穷过，城市却使我心神苦累。两股风的力量形成了龙卷，这或许是时代的困惑，但我如一片叶子一样搅在其中，又怯懦而敏感，就只有痛苦了。我的大部分作品，可以说，是在这种'绞杀'中的呼喊，或者是迷惘中的聊以自救吧。"① 对于这种不可调和的矛盾，作家孙惠芬在济南的《每一个生命都值得关注》演讲中也有谈到："我对土地的感情却非常复杂，既爱又恨，既亲近又想远离。我一直都想告别乡村，可是当有一天拥抱城市，城市却不在我的生活里。因为我的心灵一直游走在城乡之间，城乡之间的矛盾和痛苦，一直是我小说关注的主题。"② 郑小琼也在诗歌《居住》中写道："别人的屋檐你必须低着头进去/我常常想起古代那群寄人篱下的诗人的呐喊……/我的血液里注定排斥着这个城市/我的血液还盛装着北方那个村庄/尽管它贫穷而荒凉/尽管它卑微而潦倒/但在我的心中，它是一座山的重量。"

乡愁，已经无根。《吉宽的马车》中的主人公吉宽发出感慨："我想家，可是当我回到家里，又恨不能赶紧离开。一旦离开返回城市，又觉得城市跟我毫无关系。"在《寻根团》中，作者王十月借主人公孙六一的口吻将这种无根的乡愁也加以道出："现在的他，有了城市户口，却总觉得，这里不是他的家，故乡那个家也不再是他的家，觉得他是一颗飘荡在城乡之间的离魂。"③ 自改革开放以来，在现代化的影响下，中国乡村秩序发生了巨大的变化，昔日温情脉脉的乡村已被城市的价值观念同化或毁坏。因而，吉宽（孙惠芬《吉宽的马车》）、细满（陈应松《像白云一样生活》）、孙六一（王十月《寻根团》）、大宝、春妹（罗伟章《我们的路》）、子惠（魏薇《异乡》）等在城市里打拼时，认为自己的根依然在乡村。就如细满所讲述的家乡一样，"家乡是如此之美，像一个童话世界——他也第一次从自己的叙说中，从别人的聆听中，发现了自己家乡

---

① 李遇春、贾平凹：《传统暗影中的现代灵魂——贾平凹访谈录》，《小说评论》2003年第6期。
② 孙惠芬：《每一个生命都值得关注》，《山东商报》2017年9月6日。
③ 王十月：《寻根团》，载《开冲床的人》，海天出版社2012年版，第164页。

的美丽",在那里有"蓝天白云,青草山坡,有猪牛羊,桑麻茶"。①

曾经无数次思恋过乡村,可是在他们回来时乡村却显得异常突兀、不近人情。过去美丽的乡村、诗意化的乡村只深藏在心里、在回忆中。正如打工诗人郑小琼所言:"中国乡村秩序发生了巨大的变化,昔日温情脉脉的乡村熟人社会早已被城市里的陌生人社会同化,价值观念不再是 20 年前的故乡,日落而息日出而作,邻里关系自然和谐,可以走家串户的简单的社会关系不在了。每次回家,我都待不了几天就要离开,尽管每次回家前都对故乡充满各种美好的回忆与想象,但是真正回到故乡,回到早已变化的故乡,我发现在回家前所有的想象、记忆、希望都无法修补岁月与现实对故乡的冲刷,昔日记忆中美好的故乡被时间冲刷得百疮千孔,昔日的记忆又怎么能修补这些'漏洞'?也许,我只适合远远怀念故乡,那里是我的童年,也是我的精神之地。"她在城市里寄情于明月,思接万里,重回童年、重回故乡。"她沿着月光悄悄低头返回自身/月光继续上升,移动,在宽阔的/令人迷醉的天空/在城市里,她像一缕月光/跑,一路昂扬着头/月光上升着,它送来了辽阔的夜/它把她的童年送到了千里之外……"(郑小琼《月光正上升》)

诗意的表达,是很多作家的追求。孙惠芬"为了让自己真正回到大地,回到原野,为了让自己进入最好的写作状态,我做了长时间的心理准备,因为那诗意和宁静绝不是你随便就能触摸到的,它们既在你的心里又在你的身外,它们需要你洞开所有的感觉器官,来感知、沟通浩森的天地与自然"②。为了这份诗意和宁静,孙惠芬让一首歌谣贯穿在《吉宽的马车》始终:

> 林里的鸟儿
> 叫在梦中
> 吉宽的马车
> 跑在云空
> 早起,在日头的光芒里呦

---

① 陈应松:《像白云一样生活》,《芳草》2007 年第 1 期。
② 孙惠芬、周立民:《懒汉进城——关于长篇小说〈吉宽的马车〉的对谈》,《文学报》2007 年 7 月 24 日。

看浩荡河水

晚归，在月亮的影子里哟

听原野来风

因此，作为回忆与想象的乡愁最终就是将过去与现在、乡村与城市、时间与空间相互杂糅，弥合肉体、精神与情感之间鸿沟的一种努力，是刘高兴、五富、吉宽、大宝等农民工及贾平凹、孙惠芬、郑小琼等有着城乡经历的作家为缓解城市困境或城乡的"厮杀"而赋予故乡诗意化的尝试。因此，被回忆与想象的"故乡"既是刘高兴等"城市闯入者"抚平受创心灵的慰藉物，也是贾平凹、孙惠芬等作家的叙事源头和动力。但是，现实与回忆、真实故乡与文字故乡间的差异，使得乡愁书写呈现出内在悖论：诗意化故乡的书写表明现实故乡对过去故乡的远离，沉浸在对故乡的怀想中反而说明了对"故乡"的哀悼，因此，伤感便成为乡愁书写的主要情感基调。

二　乡愁叙事的空间化特色——"家屋"意象的营造

自新时期以来，将城市作为叙事空间的打工文学从不同角度对中国不同地域、具有不同特性的乡村生活进行了不同的文学表达。自身为打工者或出身在农村如今拥有"城市人"身份的作者们，都在一定程度上，通过书写自己过去的经历或记忆中的故乡，来表达农民工以及作家本人各自不同的乡愁。

乡愁是一种关乎时空的独特感受，它是基于当下对过去的怀念，也是站在此地对彼处的思慕。在打工文学作品中，描述了一群农民工在都市为了抵制现代性的"侵略"则从时空维度通过"家屋"意象的营造、自然景象的构建等重新建构精神故乡，以缓解"乡愁"。"乡愁"叙事的空间化审美建构一方面体现了作家们在城市中割舍乡村传统的彷徨；也传达出农民工既有对过去乡村生活的抛离又难以割舍的矛盾，也有对当下都市生活充满渴望又迷茫的彷徨。这种矛盾的心态，致使作家的乡愁隐含在其空间书写中，通过笔下人物的空间转换及其矛盾心理体现出来。

"家屋"这一客观物象在乡愁叙事下凝聚了作家和农民工的生命体验和价值判断，成为乡愁的审美意象。"家屋"作为一种意象，它融入了个体的主观情感和价值取向。作家们通过对"家屋"意象的营造来传达他们对当下城市生存发展的焦虑之情和乡愁情思。在赵本夫的《无土时代》、王十月的《寻根团》、孙惠芬的《吉宽的马车》、贾平凹的《高兴》等作品中，描绘了在现代都市中的另类空间：城中村、写满"拆"字的剩楼、富有"复古"特色的饭店、马车、鞋等"家屋"空间意象。这些存在于繁华都市中的一个个独特的"家屋"空间，与鳞次栉比、装修豪华的高楼大厦相比，呈现出一种倒退的、静态的生活方式。

（一）私人空间的形成

城中村、写满"拆"字的剩楼等空间在城市化进程中演变为"都市里的村庄"。它们往往与繁华热闹的城市中心相隔一定距离，由围墙、山坡、河流等阻隔。例如，赵本夫《无土时代》中的苏子村坐落于木城，离木城有一段距离，需要从城中心"转几趟公交车，再步行几里路"，才可到达。那里"三面环山，一面临水，小河上架一座小桥，这也是进村的必经之路……这是一座农家村子，没有高楼大厦，只有一些二层小楼和平房，但上头都用石灰水写上了大大的'拆'字"①。贾平凹《高兴》中刘高兴等拾荒者所住的"池头村"位于城南，"原本也是农村，城市不断扩张后它成了城中村……房子被盖成三层四层，甚至还有六层，墙里都没有钢筋，一律的水泥板和砖头往上垒，巷道就狭窄幽深……往上望，半空的电线像蜘蛛网，天就成了筛子"②。王十月《白斑马》中马贵、英子妈等来自河南的菜农集体租住在远离深圳闹市的木头镇，那里有大片的荒山、废弃的厂房③……这些由围墙、山坡、河流等阻隔的城中村在地理上空间的夹缝性催生了它在文化上的中间性，它不仅向内形成封闭的向心秩序，也生发出一股向外扩张的力量。城中村里一栋栋院房，成了进城打工者新的"家屋"。这些静态的独立空间是农民工主要的生活空间，破旧的"家屋"、简陋的摆设等构成的生活空间符码，对内形成了一种向心秩序的封闭性，指代的是安全、温馨、归属。"家宅中的每一个角落，卧室中的每一个墙角，每一个我们喜欢蜷缩其中、抱成一团的空间对想象力来说

---

① 赵本夫：《无土时代》，人民文学出版社2012年版，第40—41页。
② 贾平凹：《高兴》，译林出版社2012年版，第7页。
③ 王十月：《开冲床的人》，海天出版社2012年版，第113页。

都是一种孤独。"① 这个私密的个人空间不被外界所干扰,更容易在其中舔舐伤痛,释放出积压在心底的悲愁。同时,这些"家屋"也是向外延伸,探触城市生活的起点。以此"家屋"为中心,农民工可以进出城市的各个场域,接触各类人等,从事各种工作。进而,他们可以较方便地靠近城市。

天柱(《无土时代》)在苏子村的院房修葺完好,屋里摆设齐全,沙发、茶几、条案等什么都有,并养了一条大狼狗看家。常宝贵、曾金凤等(杨东明《姊妹》)租住在惠南市郊樟溪村的一套小居室里,"一室一厅,室是小鸽子笼,厅比鸽子笼还小,然而厨卫却是齐全的,能做饭也能冲凉和上厕所"②。刘高兴、五富等住在"一条最狭窄也最僻背的巷子"里的一栋没盖完整的只是用砖头搭建的简易屋里③……虽然"家屋"空间比较逼仄,家具是捡来的,但它可以给人以归属和安全感。农民工从农村来到城市,在川流不息的大城里属于无根的浮萍。没有家宅的庇护,没有带有亲缘关系的乡村伦理道德文化带来的熟悉感和安全感,所以,在城里能谋得仅一间"小鸽子笼"似的居室,于农民工而言或许也是一种幸福。因为"在人的一生中,家宅总是排除偶然性,增加连续性。没有家宅,人就成了流离失所的存在。家宅在自然的风暴和人生的风暴中保卫着人。它既是身体又是灵魂。它是人类最早的世界……生活在封闭中、受保护中开始,在家宅的温暖怀抱中开始"④。"城中村"一栋栋独立的"家宅",居住的是身份相同、境遇一致,或从事同工种的农民工。他们大多通过裙带关系集聚一起,进而将乡村价值伦理、文化习俗等一并"移植"过来了。因此,我们可以看到,他们的内部精神生活既游离于冷漠的都市,也远离凋敝的乡村。从而"城中村"的"家宅"形成一种独有的中间性和夹缝性特点,农民工的乡愁就寄托在这种游离状态中,也由此形成了一种灰色基调和风格。

在"家宅"这一空间中,"存在已经形成了一种价值。生存顺利开

---

① [法]加斯东·巴什拉:《空间诗学》,张逸婧译,上海译文出版社2009年版,第146页。
② 杨东明:《姊妹》,中原农民出版社2006年版,第9页。
③ 贾平凹:《高兴》,译林出版社2012年版,第9页。
④ [法]加斯东·巴什拉:《空间诗学》,张逸婧译,上海译文出版社2009年版,第5页。

始，它始于封闭的、受到保护的、家之怀抱的全部温暖之后……这就是受保护的存在物生存于其中的那个环境"①。也就是说，一个个体生存顺利开始于"家宅"，新的生活方式启动也始于这个"生存于其中的环境"。在打工文学中，天柱、刘高兴等农民工以在城市里新开辟的"家宅"为中心，开启了向城市生活的进攻模式。天柱以这个"家宅"为中心，把来自草儿洼的农民工集聚一起，集体向木城的绿化事业进军，意欲将整个木城变成一片庄稼地。常宝贵、曾金凤、赵小盼的这个"小鸽子笼"使得他们的生活更具有了生活气息，更有安全感。以它为核心，他们也开始了进驻城市中心的梦想与憧憬。刘高兴等以这个"剩楼"为基点，向西安城辐射，拾捡西安城的垃圾，也"拾捡"丢失在城市里的自己。

（二）想象的乌托邦"家宅"

"空间意象是指小说中作为意象而存在的空间场所，这些空间场所在文本中反复出现，形成隐喻，成为空间意象。"② 在打工文学中，有一系列由钢筋水泥砖块组成的"家屋"私人空间意象，可以缓解农民工在城市中的焦虑、思乡之痛；也包含了融合主体独特体悟、想象、思想情感的特定空间意象。例如，"饭店""马车""鞋""鱼缸"等空间意象在作品中反复出现，承载了人物的思想和情感，形成了一种特定的隐喻。

1.《吉宽的马车》中的"饭店""马车"

在孙惠芬《吉宽的马车》中，进城农民工黑牡丹在城市开了一家饭店，名叫"歇马山庄饭店"。饭店是一种能够为他人提供食宿的场所，一种面向所有人开放、没有身份等级区分的公共空间。由一张张桌凳、一个个包间构建的饭店凸显的是其物质属性。当在城市里搞装修的农民工吉宽将老乡黑牡丹的饭店装饰成复古风格时，"歇马山庄饭店"就成了一个空间符指。饭店墙壁上稀疏有致地挂上"从乡下弄来的稻穗、辣椒、苞米、大茧"，让"一匹前蹄扬起的老马拉着一辆木轮马车，奔跑在大厅最开阔的那面墙壁上"时，这间城市的小饭店便具有了"田园、乡土的气息，还有了某种落后于时代的、古旧的、倒退的气息，有了某种把原始的生命力定格在墙上的历史感"。此时，饭店这一空间意象，所指的是时空综合

---

① [美]戴维·哈维：《后现代的状况——对文化变迁之缘起的探究》，阎嘉译，商务印书馆 2003 年版，第 273—274 页。

② 胡妮：《托尼·莫里森小说的空间叙事》，博士学位论文，上海外国语大学，2010 年。

体的怀旧意象,在时间维度上是对过去的记忆,涉及对乡村文化的传承和回忆;在空间维度上则是寻找"在家感"。

马车属于半敞开半私密的空间。在马车上可以拉粪土、青草、稻草,可以拉着像二嫂一样的众多留守妇女,也可成为申吉宽和许妹娜的爱情私密空间。因而,小说在呈现马车是农业文明的一种生产工具、一种生活方式的载体的同时,又赋予了它更深一层的寓意。马车这一方小小的空间见证了申吉宽和许妹娜之间青涩热烈的爱情,马车上的爱情成了吉宽这个迷恋大自然的懒汉最终走向他一直拒绝着的城市的动力,最后又成为他在城市怀念乡村生活的"精神伊甸园"。申吉宽、许妹娜、二哥、四哥、黑牡丹等告别了土地,成为只是在城市里谋生的农民工。这是一群身份尴尬的人,他们被城市吸引着,也被城市拒绝着,并在某种程度上也拒绝着城市。小说中黑牡丹非常赞同申吉宽的把饭店装修成庄稼院风格的提议:将故乡的蚕茧藏在灯笼屁股里、把马车模型挂到饭店的墙上;申吉宽总是梦见他那马车老马河水稻草以及蟑螂虫子和蝉,并反复吟唱歌谣"林里的鸟儿/叫在梦中/吉宽的马车跑在云空/早起,在日头的光芒里呦/看浩荡河水/晚归,在月亮的影子里呦/听原野来风"。

其实,黑牡丹的"歇马山庄饭店"就是农民工吉宽、黑牡丹等在城市中打造的一个虚幻的精神伊甸园,是故乡歇马山庄在城市的"化身",也是来自歇马山庄的众多农民工的精神慰藉之地。灯笼、马车、饭店等物质空间"不仅作为物理的或自然的东西而存在,而且作为受某种规则支配、表达某种意义的符号载体而出现,它就被纳入文化世界中,成为文化的一部分"①。黑牡丹、申吉宽等农民工从歇马山庄"移植"到城市,始终无法在城市扎根下来。因而,庄稼院风格的歇马山庄饭店、马车模型、装有大茧的灯笼等是乡村文明和农民工内在精神的外化,它们承载着他们过去生活的印记、乡村的烙印,也是排解乡思愁绪的乌托邦"家宅"。

2. 《高兴》中的"鞋"

唐传奇以来就有对"鞋"意象的记载和论述,认为"鞋"象征着和谐,象征着男女之间的性和生殖。如唐传奇《霍小玉传》:"鞋者,谐也。夫妇再合。脱者,解也。既合而解,亦当永诀。"张云璈《四寸学》卷一也有相似的论述:"今俗新婚之夕,取新妇鞋,以帕包裹,夫妇交递之,

---

① [法]让·波德里亚:《消费文化》,刘成富等译,南京大学出版社2001年版,第2页。

名曰'和谐'。"鞋的种类繁多，有高跟鞋、平底鞋、麻鞋、布鞋、缎鞋等。它们都具有足底的凹隙、鞋口敞开的特征，如同女阴，犹如"鞋床"。这一特殊的小小空间，蕴含着丰富的传统文化内涵，不同样式、不同图案、不同颜色等代表着不同的情感内涵和意义所指。在贾平凹《高兴》中反复出现的"高跟鞋"意象，是主人公刘高兴心目中的一个特殊空间、一个爱情"神圣空间"。

小说中刘高兴对"高跟鞋"的痴恋近乎病态。他"床上的墙上钉着一个架板，架板上放着一双女式的高跟尖头皮鞋，灯照得皮鞋光亮"。"每晚擦拭高跟尖头皮鞋"是他雷打不动的工作，"这有点像庙里的小和尚每日敲木鱼诵经"。说起来，"高跟鞋"正是他爱情婚姻失败的痛苦见证。因为贫穷，刘高兴卖血卖肾把新房盖起来了，而未婚妻却嫁了别人。为此，他特意买了一双女式高跟尖头皮鞋，并且自我安慰道，"你那个大脚骨，我的老婆是穿高跟尖头皮鞋的"。

刘高兴带着这双高跟鞋进了城。从此，高跟鞋成了他在西安城拾捡垃圾生活中一个举足轻重的东西。他发现西安城里美女如云，"如同那些有成就的政治家、哲学家、艺术家一样都是天人，她们集中在城里，所以城里才这么好"。美女擦身而过时，刘高兴"紧张得手心出汗，不能看她们的脸"，只看见了"一双双高跟皮鞋和高跟皮鞋里精致的脚"。他"喜欢看女人脚"，不仅出于爱美之心，更暗示着渴望情爱的原始欲望。因为鞋和足是情爱和性的隐喻。正如英国心理学家蔼理士在《性心理学》中指出："在少数而也并不太少的男子中间，女人的足部与鞋子依然是他们最值得留恋的东西，而在若干有病态心理的人的眼里，值得留恋的不是女人本身而是她的足部或鞋子，甚至于可以说女子不过是足或鞋的一个无足重轻的附属品罢了。"[①] 刘高兴在城市拾捡垃圾生活的支撑点，与其说是寻找城市人身份，不如说是渴望城市情爱的欲望。每天骑着三轮车穿行于西安城的各个大街小巷，一边拾捡垃圾，一边在寻觅穿着与他"买的那双皮鞋一模一样"的女人。

终于，一个穿着与他"买的那双皮鞋一模一样"的女人出现在面前，每天萦绕在脑海中对这位特殊女子的想象与追忆成了现实。从此，他非常

---

① [英]蔼理士：《性心理学》，潘光旦译，生活·读书·新知三联书店1987年版，第206页。

庆幸当初没有娶农村老婆,并感叹道:"如果我不来城里,我没有那双女式高跟尖头皮鞋,我没有见过美容美发店的女人,翠花是不能弹嫌的。可现在,我是刘高兴,刘高兴在城里有了经验,有了那一双高跟尖头皮鞋,见过了美容美发店的女人和无数的女人的脚,刘高兴就无法接受翠花了。"哪怕得知这位能穿这双皮鞋的女性只是从农村来城市的一个妓女,他也义无反顾地爱上了她。因为高跟尖头皮鞋在,美丽的梦想就在;能穿下这双高跟鞋的女子在,城市美丽的情爱欲望就不会破灭。

刘高兴对翠花的弹嫌,隐喻着他对乡土文明的拒绝,对城市生活方式的自觉认同。然而,与孟夷纯"做爱过程中的性无能却喻示着他无法进入这个城市,无法扎根城市"①。高跟尖头皮鞋是刘高兴和孟夷纯爱情的见证者,见证了他们的爱情是非交易性的圣洁之爱,也见证了刘高兴的性无能之爱。因为与孟夷纯的爱情,因为一颗肾卖给城里人了,他自认为自己是城里人了,"但我的梦里,梦着的我为什么还依然走在清风镇的田埂上?"由此可见,在潜意识中他的根和灵魂依然在清风镇。高跟尖头皮鞋是他来城里之前在清风镇买的。与这双皮鞋很匹配的人是孟夷纯,一个与他一样来自农村的姑娘。尽管得知孟夷纯只是一个妓女,他也爱得那么执着坚定,甚至臆想她是"锁骨菩萨"的化身;尽管他尽力抹杀高跟鞋跟农村的一切关系,高跟鞋所具有清风镇的气息、饱含的乡土传统是他无论如何也拒绝不了的。因而,在某种程度上说,他每日供奉着的高跟鞋是他排解隐忧、缓解乡愁的"乌托邦"想象空间。

显然,贾平凹在小说中有意识地穿插"高跟鞋"的空间意象,道出了刘高兴对情爱与性的美好想象,道出了作者对进城农民生存与情爱的美好寄予;也是将"高跟鞋"作为一种空间叙事的工具,一种乡愁叙事的空间符码。

第二节 乡村空间中的还乡

新时期以来,大量农民渴望摆脱农村的贫穷,涌进象征着现代文明的都市打工。离开熟悉的故乡后,农民工面对的是新奇陌生的异质空间。在

---

① 惠雁冰:《梗阻心理·失落意识·苦涩美学:〈秦腔〉新论》,《理论与创作》2006年第4期。

都市这个异质场域中,他们的生活方式、工作性质等发生了很大的变化。现代化城市建设需要的是文化、技术、能力、经验等。而大多农民工属于"三无"人员(即无文凭、无技术、无经验)。因此,在与城市文明建设的碰撞中,他们必然会遭遇挫折、感到失败。此时,故乡就成了抚慰心灵的一剂良药,进而会催生"还乡"的举动。即使是那些已经取得了城市绿卡或融入到了城市生活中的农民工,"还乡"也是其生命中的一部分。因为,他们的根在农村。不管还乡是为了寻求心灵的慰藉、寻找失落的过去还是炫耀身份,都说明了他们与故乡斩不断的血肉关系。因此,"还乡"就成了打工文学的一个重要书写母题,与"进城"共同构筑了打工文学的叙事模式。

农民从乡村走向城市,再由城市回到乡村,这其实是作家心理上现代性焦虑的体现。在打工文学中,"无论是对于乡土人生的批判审视,还是对于走出乡村的向往渴盼,其主导创作倾向始终是关注着文明的冲突与演进,并以极端抽象化了的城市文明作为现代文明的表征,从而构成乡村文明的对立形态及其最终归属"①。这种现代性焦虑在打工文学的还乡叙事中表现得也非常深刻。从现代性焦虑角度来看,"还乡"是一种特定的文化认同现象。它连接着城市和乡村、城市文明和乡村文化。随着"还乡"这根纽带,城市的进步、光明、现代与乡村的落后、荒芜等一一呈现在还乡者眼中。此刻,他们带着浸染了城市文明的文化思维和文化心理反观乡村文明,必然会出现不同的文化心态。从打工文学中农民工还乡主题所表现的文化意义和社会意义来看,还乡农民工大概可以分为三种类型:第一种是逃离城市、向往故乡的精神救赎式的还乡者;第二种是认同城市、厌弃故乡的还乡者;第三种是既不认同城市也不亲近故乡的双重焦虑还乡者。新时期以来,在城市化对农村的冲击过程中,追随着农民工的不同"还乡"轨迹与不同文化心理,不仅可以窥见作者本人的创作心态,也可折射出在社会转型期不同权力对农村及农村人的渗透与规约。

一 还乡者形象分析

农民由乡进城在现代中国的各个不同历史阶段并没中断,从老舍笔下的"骆驼祥子"到路遥《人生》中的高加林,再到新时期以来数以亿计

---

① 丁帆、许志英:《中国新时期小说主潮》,人民文学出版社2002年版,第594页。

的农民工，他们不约而同来到城市打拼。但在对他们的书写中，作家们总是将他们置于城市现代文明与乡村传统文化的二元对立中。在由乡进城打拼的农民眼中，城市是一个相对于乡村世界的，代表着先进、繁荣、现代的一个"异质"空间。在这个"异质"空间中，自"五四"新文学以来的中国现代文学所想象、建构的由乡进城农民形象经常被描绘成遭受各种压迫势力的受害者。如老舍《骆驼祥子》中备受阶级高利压榨、反动军阀野蛮掠夺以及不平等婚姻折磨的祥子；王统照《山雨》中历尽了败兵掠夺、讨吃等捐的奚大有父子；叶紫小说《杨七公公过年》中经常饱受巡捕抢劫、政治环境不稳定等折磨的六根爷爷、杨七公公父子等；穆时英《南北极》里在城里过着流民的生活、备受城乡贫富两极世界不均所带来的苦楚的小狮子；沈从文《丈夫》中在神圣不可侵犯的夫权面前毫无反抗之力的妻子；路遥《人生》中因城乡差距悬殊导致事业与爱情双重悲剧的高加林……经历各种打击和梦想失落之后，部分人选择还乡。《山雨》中在城市艰难生活的奚大有因同乡出事回乡；《杨七公公过年》中经历了城市致命性打击的杨七公公打算过完年关就回故乡；《丈夫》中以出卖身体为谋生手段的女人跟着丈夫回去了故乡；《人生》中的高加林在城里遭遇到了事业与爱情双重失败之后被迫还乡……自古至今，"还乡"一直是进城农民的心结。故而，乡土之于人的意义在不同时期的书写中不断得到阐发、更新，还乡者形象在不同年代也呈现出不同的文化寓意。随着改革开放农民进城成为一种潮流以来，作家们进一步以"进城"相对的"还乡叙事"角度来阐释农民工的城乡焦虑与困惑，以还乡者对城乡文化不同的态度来观照城乡文化的异同。

（一）逃离城市、向往故乡的还乡者

人活着就是在一定的时空中安妥生命。当在特定的时空中，生活甚至是生命遭遇到了伤痛，生命主体就会选择另觅新的生活方式和生活空间。改革开放以来，大量农民涌进城市。他们在新的时空中，遇见的或是失意，或是成功，或双重焦虑。失意也罢、成功也罢、夹心人也罢，他们或多或少会去追寻承载过快乐童年、青春梦想的故乡。尤其是那些在城市遭遇到了物质与精神上双重挫败的农民工，希冀在故乡能再次安妥生命。因为对故乡的追寻则是生命主体对自己"同在"、对自己过去"影子"的追寻。这是一种诗意化的精神救赎式的追寻。

"城市是城市人的，你去城里打工，不管你受多少苦，出多大力，也不管你在城里干多少年，城市也不承认你，不接纳你。"① 这是初到城市的宋家银对城市的认识。城市建设需求农民工血汗的同时，又在轻视和排斥他们。城市里物质的贫乏、精神的挫败等致使他们选择返回故乡。荆永鸣《大声呼吸》中农民工王留栓夫妇在城市失利之后，踏上回乡的火车，"离开城市的火车，逃跑似的奔驰在广阔的原野上，一直向西"②。"逃跑"非常形象地道出了农民工在城市的艰难生存处境，以及寻求精神慰藉的迫切感。一路向西，奔往故乡。故乡是生命的开端。从这里起始，个体开启了生活之旅，展开了与世界的联系，展开了梦想和憧憬。即使在外面受到了挫败，故乡在他们心目中依然会呈现出暖色调。李一清《农民》中的牛天才在农村和城市遭遇了双重经济上的困境和权力的压迫，但一回到家乡，他感受到的是家乡景色暖人，沁人心脾：

> 多好的夕阳啊……城市终日里都是灰蒙蒙的。现在，夕阳就在我周围，在我眼前，浮在葱茏起伏的原野。我忍不住伸手随意抓了一把，柔柔的、黄黄的、暖暖的，分明把夕阳握住在掌心了，可一撒巴掌，它们又无影无形地飞了出去，还是柔柔的、黄黄的、暖暖的……③

牛天才因为村长的压迫和家乡的贫瘠而被迫离乡，可再次踏上孕育了他生命的这片土地时，故乡的落后和令人窒息的权力都抛诸于九霄云外了，呈现在眼中的都是美景。故乡是安妥生命的特定时空，它可以抚慰在外所受的创伤，让人获得心理上的归属感和踏实感："这腰，在家乡的泥土上就挺直了。腿呢，踩实着我和祖辈们踩实过的土地，走起来就那么坚定有力了。"④

城市的繁华与富有是城里人的。农民工在城里如雨中浮萍，漂泊不定。他们如蝼蚁一般活着，渺小而且没有尊严。每天吃住在工地上的鞠广大父子，为了建设高楼没有白天黑夜地劳作，不讲究吃得有多好，顿顿有

---

① 刘庆邦：《到城里去》，《十月》2003 年第 3 期。
② 荆永鸣：《大声呼吸》，《人民文学》2005 年第 9 期。
③ 李一清：《农民》，四川文艺出版社 2004 年版，第 187 页。
④ 同上书，第 188 页。

"大白菜、大酸菜清汤寡水"、伴有"常常夹生"的米饭可以灌满胃就好;不在乎是否能在窗明几净的房子里住上一晚上,大夏天蜗居在晒得通透的混杂着汗味和臭鞋烂袜气味的旧客车车体里,也能很快进入美妙的梦乡。他们只求自己的血汗能得到正常的回报。可是当鞠广大父子因为要回家奔丧,不仅连基本的工钱拿不到,还被永远地开除。在城里受到的剥削、蔑视,却在还乡的旅程中荡然无存。当火车告别城市,驶入一片田野中时,鞠广大父子"眼睛里满满当当全是绿,绿的苞米、绿的大豆、绿的野草和蔬菜","田野的感觉简直好极了,庄稼生长的气息灌在风里,香香的、浓浓的、软软的,每走一步,都有被搂抱的感觉"。他们陶醉在家乡的田野美景中,享受乡村亲切的抚摸,"庄稼的叶子不时地抚擦着他们的胳膊,蚊虫们不时地碰撞着他们的脸庞","走在一处被苞米叶重围的窄窄的小道上,父与子几乎忘记了发生在他们生活中的不幸,迷失了他们回家来的初衷"。① 此刻,他们忘记了城市带给他们的伤痛、忘记了失去亲人的悲痛、忘记了回乡的目的是奔丧。故乡的景色激活了他们的生命色彩,故乡的抚慰和亲切感让他们的生命呈现出些许诗意和尊严。

虽然前现代的乡土社会形态被现代化的新文学倡导者们视为一种反价值,乡土的社会结构、乡土人的精神心态因为不现代而被表现为病态乃至罪大恶极,② 进入城市的农民工依然有一个故乡情结,那是一种对土地、对亲人、对乡村传统文化和道德观念的情感与态度。城市现代化的冲击下,进城农民的身份角色、个体心态、价值取向甚至人格等呈现出多元化倾向。他们不再有共同的善恶标准、不再有共享的道德规范和文化规约,可是"长期以来,依托于乡村生活的农民,以乡土为根基,以乡情为纽带,形成了难以割舍的恋乡情结"③。因为"故乡情结的一个基本功能便是补偿"④,它能给予那些在城市遭遇困境的农民工实现精神上的皈依,哪怕是死,也要死在故乡的土地上。叶落归根是华夏儿女自古就有的情结。李锐《扁担——农具系列之六》中被汽车夺去双腿的民工金堂,靠

---

① 孙惠芬:《民工》,载商昌宝主编《接吻长安街:小说视界中的农民工》,北岳文艺出版社 2014 年版,第 183—186 页。
② 孟悦:《再解读——大众文艺与意识形态》,牛津大学出社 1993 年版,第 87 页。
③ 费孝通:《乡土中国·生育制度》,北京大学出版社 1998 年版,第 74 页。
④ 唐小兵:《英雄与凡人的时代:解读 20 世纪》,上海文艺出版社 2000 年版,第 355 页。

一撑一挪移动身体的行走方式，经历从夏天到秋天的一百多个日日夜夜，终于坐在熟悉的路边上。金堂"一眼就看见了五人坪村口的老神树。天已经快要黑了，山谷里没有风，老神树柔和的影子在最后的天光下静静地站立着。在老神树温柔的身子后面，飘荡着几缕熟悉的炊烟"，此刻他内心激动，号啕大哭："死吧……死吧……现在就死！现在死了，你狗日的心里就平展啦……死吧！死吧！死吧！你狗日的倒是死呀你——！"①

金堂眼中，流露出的是温馨暖人的乡村画面。山谷、老神树、炊烟等都是他熟悉的日常，这些曾随着离乡珍藏在记忆中。历尽岁月磨难，却始终拂拭不去。对于故乡，金堂等农民工既爱又恨，恨恰恰是因为他们的爱。正是这爱像一股深沉的潜流，经常从遥远的过去与地方向他们涌来，才使得他们在城市里无论经历了怎样的磨难、生存有多绝望，他们都要奔往它。因为心里爱着的稳定而又温馨的故乡不断地召唤着他们归来。哪怕是死，也要悲壮地死在故乡这片土地上。

在这些现实还乡叙事中，故乡不是缺席的，而是真真切切地呈现在还乡民工眼中的风景。它被过滤掉了丑陋、落后、荒芜的一面，剩下的是充满爱和美、安定和温热的一面。它能帮助还乡民工实现从身体到心理上的还乡，帮助他们缓解城市里的伤痛和焦虑。

在某种意义上说，王留栓夫妇、牛天才、金堂等农民工的现实还乡，是为了对抗城市现代性所带来的焦虑与伤害而对故乡的一种认同；而李平（《歇马山庄的两个女人》）、九月、孙艳（《九月还乡》）、刘小丫（《紫蔷薇影楼》）、赵上河（《神木》）等现实还乡更多的是立足于道德层面上对故乡的认可。纵观很多作品，其中所描写的城市往往被想象成农民工堕落、人性变恶之所，而乡村则是充满着真善美的诗意化栖息之地。这些农民工书写中的城市往往被想象成一座人间地狱，对农民工进行从身体到心灵上的摧残和吞噬。洪治纲指出："女底层往往是直奔卖身现场，或明或暗地操起皮肉生涯；男底层呢，通常是杀人越货，既恶且毒，一个个瞪着'仇富'的眼神，他们的尊严被不断践踏，同时他们又决绝地践踏着别人的尊严；他们总是在不幸的怪圈里轮回着，很多人最后只能以惨死来

---

① 李锐：《扁担——农具系列之六》，载商昌宝主编《接吻长安街：小说视界中的农民工》，北岳文艺出版社2014年版，第42页。

了却尘世的悲苦。"① 每一个农民工主体在城市伦理道德规范下失范。卖淫、抢劫、杀人等似乎无所不为。李平（《歇马山庄的两个女人》）、刘小丫（《紫蔷薇影楼》）、九月、孙艳（《九月还乡》）、月儿（《美丽》）等纯洁的乡村女性，因为单纯，或许是由于抵制不住金钱的诱惑，或是权力使然，她们纷纷加入色情服务业。女人与城市的关系，在文学作品中的想象世界里有很多种。她们脱离了土地、父权和夫权的约束，获得了某种程度上的自由。有如安子、郑小琼等一样在城市里经过自己的努力打拼，获得了城市绿卡，成了一个城里人；但更多的女子没那么幸运。因为没有知识、没有技能、没有金钱，她们在以商品经济为基础的城市里求生存就显得异常艰难。她们的生存空间越来越狭窄，因为"商业经济深藏人的异化尤其是妇女的异化，城市的挤压既为女性欲望提供出路，又导致女性欲望极端物化"②。城市不断地对她们进行异化与挤压，最终只能退到以"身体"或"性"为其生存资本。不管是主动沦陷，还是被迫卖淫，身体的堕落就成了乡村女性在城市"异化"的最终结果。李平、刘小丫等不愿意被城市完全吞噬，她们想自救。此刻，乡村、乡村中的人等就成了她们栖息的"后花园"。迥异于城市的传统乡土文化空间是承载道德与本真人性之美之地，可以拯救堕落的人性、激发人性的真善美。因而，李平等农民工被城市所侵蚀、污染之后带着伤痛还乡，希冀在乡村传统文化中默默地独自疗伤。还乡很大程度上是对乡村道德文化的追寻。对于他们而言，城市是一座欲望之城，是一处使人堕落之地，而乡村则是一个淳朴、充满真情、富有人性的归处。他们或主动或被动地通过还乡在乡村传统文化中寻找到对抗、消弭在城市中所沾染的"恶"的污痕。

孙惠芬《歇马山庄的两个女人》中叙述了一个在城市失足的女性回归乡村寻找"新生"的故事。青春懵懂、单纯幼稚，使得她以为"穿着紧身小衫，穿着牛仔裤，把自己打扮得很酷"就可成为城里的一分子，就可匹配城里男子的真情。她将自己的爱与青春交付给了城市，换来的却是伤痕累累。至此，"她弄清了一样东西，城里男人不喜欢真情，城里男人没有真情。你要有真情，你就把它留好，留给和自己有着共同出身的乡

---

① 洪治纲：《底层写作与苦难焦虑症》，《文艺争鸣》2007 年第 10 期。
② 荒林、王光明：《两性对话·20 世纪中国女性与文学》，中国文联出版社 2001 年版，第 302 页。

下男人"。她相信乡村传统的道德伦理和生存法则才适合自己"实现自我"。于是，她开始换上朴素的衣服经常在以农民工为主的工地上转，希望寻找到真情。终于两年多之后的一天，在他人讥讽、挑逗她的时候，民工成子勇敢地站出来帮她解围。为了感激成子的大德、为了抓住这个与她有着共同出身的乡下男人的真心，她辞掉用假情赚钱的酒店领班工作，回到拉面馆做真正的打工妹。成子的真爱与乡村熟悉亲切的生活让她有了生活主人的感觉。她给自己准备了一场隆重的婚礼，她要用她挣来的所有不干净的钱，结束那场城市繁华梦——十足的祸难！新婚过后第二天，李平就全身心地投入到新家的生活中，包饺子、蒸豆包、蒸年糕、炸豆腐泡、洗碗刷锅、清洗家里家外等农活家务活。每一件干得都非常利索，动作麻利又干净，一招一式都那么迅捷。从土地上走出去又回到土地，从摆脱"家庭的人"又回到"家庭的人"，意味着回归传统伦理价值体系。虽然她们知道乡村传统伦理价值和男性中心主义的强磁场时刻在制约着她们，在重构自我的过程中必须小心翼翼，却依然憧憬着能在乡村涤荡净"性"污点。

农民工书写中，作家无法解析城市给农民工带来的伤痛，于是带着人文关怀和乌托邦的设想将笔触伸向了农民无法割舍的乡村传统文化。让笔下的人物在遭遇了城市的挤压、玷污之后，试图回归乡村寻找消除"污痕"的"善"与"真"之清泉。刘小丫（《紫蔷薇影楼》）为"妇女翻身得解放"，回到家乡处心积虑地接近紫蔷薇影楼摄影师张长河并用例假骗取张长河的信赖和真心；孙艳（《九月还乡》）在回乡之前做了处女膜修补手术，以表贞洁；月儿（《美丽》）悄悄地将在城里染上的梅毒治好，为的是瞒骗相爱的农村青年灵官……在此类小姐还乡书写中，作家将她们置于"性道德"的约束下，使她们的回乡充满着性道德层面上的拯救意义。

自古以来，女人的名节是她们安身立命之所在，关乎着未来生活幸福与否。吕坤在《闺范》中说："女子守身，如持玉卮，如捧盈水，心不欲为耳目的变，迹不欲为中外的窥。然后可以完坚白之节，成清洁之身，何者？丈夫事业在六合，苟非渎伦，小节犹是自赎。女子名节在一身，稍有微暇，万善不能相掩。"女人一旦失身，犹如掉入万丈深渊，万善也不能相掩。李平、刘小丫、孙艳等都深知"女人最污是失身"，所以她们想尽办法掩盖失贞的行为。她们相信乡村人性的淳朴、善良，相信乡村文化的包容与宽厚。于是，她们设计一套套适合自己的方法，带着清纯、向善的一面再次出现在乡村，以求弥补过往的失足，重新做人。

如果说李平、刘小丫、孙艳、月儿等还乡是"性道德"的追寻，那么刘庆邦《神木》中赵上河、北村《愤怒》中的李百义等农民工的"还乡"就带有复归人性的意味。赵上河和唐朝阳为了金钱，想尽办法骗取善良单纯、年轻力壮的"点子"（农民工）到矿井工作，在矿井中寻找机会将"点子"活生生地打死，然后以死者亲人的身份将赔偿金瓜分。手段残忍，毫无人性。然而回到家乡后，妻子为他赚这么多钱的担忧与害怕，触及了他内心深藏的恐惧和隐忧；与乡亲交谈时，乡亲的善良、真情与淳朴使他"心情有些紧张，脸色发白，头上出了一层汗"，为此他滋生出负罪感，开始了人性的反省："做点子的生意到此为止，不能再干了"。于是，他热心资助邻家小孩上学，劝阻他人上学才是正路。再次进城后，被来自乡村的"点子"元凤鸣的善良纯洁感动、净化。此刻，"不能让人断子绝孙"的乡村伦理观念战胜了他内心的邪恶。最终将同伴唐朝阳打死，自己站在原本要取"点子"性命的假顶之下与同伴一同走向死亡，从而保全了"点子"元凤鸣的性命。还乡之旅是赵上河的人性复归之旅。乡村的伦理道德、乡村中人性的真善唤醒了他沉醉在城市里的"恶之花"。

北村《愤怒》中的主人公李百义亲身经历了妹妹被人玷污、被汽车撞倒身亡，父亲莫名失踪之后，他心中的"恶之花"盛开了。打家劫舍、杀害警察钱家明等向城市报复的非法行为接踵而至。公正、人性等在他心里已然失去了平衡。直到他逃到一个叫七里堡的郊区，牧师的善良与信任、村民的真挚与淳朴让他感知到了生活的意义。拼命地忘我地工作赚钱，为的是开展慈善计划，证明自己是一个对社会和人类有用的人。他倾尽所有周济困难群众、奋不顾身地抢救他人的性命，带病亲赴泥石流等灾害现场等。在混杂着泥土清香的七里堡，李百义忏悔、赎罪，最后获得了灵魂上的救赎。

自 20 世纪 20 年代的乡土叙事以来，不管故乡是存在于记忆中，还是真切实在的，它的温情与冷漠、真情与麻木、淳朴与落后等交织在乡村主体的生命里，因为"民族的、地域的、故乡的和乡村的，全都统一在乡村的范围里"①。对乡土这种矛盾的感知与情感体验，已成为生命主体的

---

① 艾晓明：《从文本到彼岸》，广州出版社 1998 年版，第 56 页。

根性。对故乡乡村的根性体验、眷念，使主体经常处于爱与愁的缠绕里。故乡，对于在外漂泊的游子而言，那是一个有着高度情感投入与生命记忆的地方。无论在何方，故乡的一切都镶嵌在主体的生命中。故乡的一草一木、纯朴善良的人性、乡村道德等都凝结在主体的生命历程中，无法剔除。当一个主体丢失了道德与人性时，乡村有时可以成为疗救的庇护所。改革开放浪潮的冲击下，某些乡村的社会结构，乡土人的精神心态似乎依然处于"前现代"。恰恰因为它的"前现代"，面对纷繁复杂的城市生活的压力，人们有时会把野蛮时代的单纯、宁静作为想象中的庇护所。① 相较于城市的复杂、热闹、假与恶等，乡村的单纯、宁静、真与善可以净化一个人的心智、涤荡内心的邪恶、唤醒失落的人性。

打工文学中，赵上河、李百义等人由恶至善的转变，既有主体内在的未泯灭的人性因素，也有乡村中淳朴善良的乡村伦理文化原因。当离开乡村进驻城市寻求生命的契机时，他们在现实空间里始终处于悬浮状态，感受到的是生命的渺小、灵魂的丧失。只有回到乡村，才能找回生命的意义。对乡土的生命体认化解了他们面对良知冲击时产生的焦虑与不安。死亡、判刑等对他们而言，并非悲惨，相反，是一种由身体到心灵上的解脱。

（二）认同城市、不认同故乡的还乡者

"乡土是和母亲相联系的，对乡土的感情也就类似对母亲的感情，或竟是同一的东西。"② 对王西彦而言，乡土是一种植入生命里了的情感，永难割舍。这是一种"苍山不墨千秋画，洱海无弦万古琴"的如画如诗的故乡。然而，在新时期以来以农民工为主人公的打工文学作品中，我们看到在城市现代化工业化的对照下，农村的经济效益越发显得落后，农村越来越萧条、贫穷。就如在罗伟章的《我们的路》中所描写的："偏厦是父亲在世的时候立起来的，距今有三十多年了，梁柱被虫蚀得千疮百孔，剩下的被雪长久地捂着，发出一股霉烂的气味……学校跟民居一样，全是木房，二十余年的风风雨雨，木板全都霉烂了，很多地方出现了裂缝，格子窗再也没有一根木条，白亮亮的大开着。"整个乡村的"房子彻底垮

---

① ［美］威尔·杜兰特：《历史上最伟大的思想》，王琴译，中信出版社2004年版，第107页。

② 王西彦：《悲凉的乡土》，花城出版社1982年版，第3页。

掉，到处是朽木烂瓦，周围长满了一人多高的茼蒿"，当有人"路过的时候，几只肥鸡从那茼蒿丛里扑棱棱地飞起，嘎嘎地鸣叫着，飞到了遥远的树梢上"（罗伟章《大嫂谣》）。不管是自己的小家园，还是集体的学校、村庄都是破败不堪的，毫无生气与活力。再也不是废名、沈从文笔下的那种冲和、平淡、恬静、和谐的理想家园了。农民工常年生活在城市，带着染有现代气息的身份与眼光返乡时，乡村落后、破败的一面让他们感觉异常隔膜与不适。城市作为与乡村相对的生存空间，给农民工的生存方式、生活观念、价值诉求等带来了很大冲击，甚至是逆转。就如梁秉钧在《都市文化与香港文学》中所说："城市的发展，影响了我们对于时空的观念，对速度和距离的估计，也改变了我们的美感经验。崭新的物质不断进入我们的视野，物我的关系不断调整，重新影响了我们对外界的认知方法。"① 表现在金麦（《长在城里的麦子》）、黑牡丹（《吉宽的马车》）、刘高兴（《高兴》）等农民工身上，体现的就是对诗意化故乡的颠倒性认知。故乡只是他们生命中的一个起始地，城市才是他们的"归属"。

在离乡多年的农民工黑牡丹眼里，返乡只是为了彰显身份、找回失去的尊严。腊月二十九日，从进城就没回过故乡的黑牡丹，带着她的男人井立夫、三辆车组成的小型车队以及优秀企业家的头衔回乡了。在黑牡丹的安排下，一辆载着满满货物的车与两辆小轿车，向故乡开拔。三辆车形成一个队形缓缓驶向村庄。与其说，这是回家过年，寻找过去的影子，不如说这是黑牡丹向落后的故乡的一次炫耀，也是向故乡人对她的成见的一次宣战。作为一个个体真实地生活于现在，但无法完全脱离过去。"过去成为一种凌驾于现实之上的现实：它轮廓分明，固定不变；现在则是无可名状的、躲闪不定的，它很难与这个过去抗衡；现在满是窟窿，通过这些窟窿，过去的事物侵入现在，它们像法官或者目光一样固定、不动、沉默……现在并不存在，它老在变；一切都是过去的。"② 黑牡丹在返乡之前，不能真正地了解吉宽、吉成大嫂、大姐及故乡其他乡民对她的"现在"看法。风流、不专一的"过去"在吉成大嫂、大姐及乡民们的眼里已是非常可靠的、确定的。而"现在"是最难以把握的。潜伏着危险、

---

① 梁秉钧：《都市文化与香港文学》，《香港文学》1989 年 5 月号。
② ［法］让-保罗·萨特：《关于〈喧哗与骚动〉·福克纳小说中的时间》，施康强译，《萨特文学论文集》，安徽文艺出版社 1998 年版，第 24 页。

怀疑甚至是竞争的"现在",让她惶惑不安。潜隐着的不信任,会让她"现在"的身名、地位变得无价值和意义。为了消除人们对她"过去"的"污名",真正地占有"现在",她精心准备了大量货物分发给大家、安排三辆车浩浩荡荡地进村、宴请全村人等。

"现在"只是时间表上的一个瞬间,"每一种时间存在都是以这种或那种连续变化的消失样式'显现'的,并且'消失样式中的客体'在这一变化中永远是某种其他东西"①。黑牡丹清楚地知道,她的离乡并没有清除"过去"所留下的坏名声,相反,这种"消失样式中的客体"已经蜕变为"某种其他东西"。因而,在衣锦返乡路上,她怀疑、不安地询问吉宽"姐的饭店一年多不养三陪小姐,你说咱村里人能不能信"。报纸上的报道、优秀企业家身份等也不能从她内心剜除几十年来留下的"痼疾"。为了进一步证明自己、彰显"现在",她需将潜伏着危险、竞争的"现在"逆转为某种新的东西留在人们的脑海中,以此清除"过去"的某种污名。因而,当车队经过小镇时,她要求下车去申吉成的修配厂参观参观。因为申吉成是从村里出来的成功人士。原来在乡下的时候,黑牡丹的"名声不好",申吉成"也许从没正眼看她一眼"。如今,当车队开进他的修配厂,看清楚了是"报纸留名电视留声的"黑牡丹时,申吉成"眯着的眼睛顿时开出两朵菊花"。现在,他"不但要正眼看,还要跟她使劲握手,还要在握手时对自己一手的油污和一身的油污感到不安,一再重复说'俺手埋汰',仿佛生怕玷污了大城市回来的优秀企业家"。"他的谦卑他的点头哈腰就像一个刚刚出道的小老板。当发现是经黑牡丹介绍才认出井立夫,而不是自己认出来,不迭声地自责自己老了。"作为一个成功者的申吉成在从大城市回来的成功者面前,是如此曲意逢迎、谦卑恭顺。这说明黑牡丹胜利了。她成功地将"现在"的身名与地位灌注在"过去"之上,"固定、不动"的"现在"的"这些窟窿",逐一被黑牡丹动摇、遮蔽。

离乡多年,"十几年前的龌龊早已是过去的落叶,随着一年又一年的尘埃埋进现实的泥土,而那泥土因为不断有异乡雨水的浇灌,又长出了思念的须芽"(《吉宽的马车》第346页)。凡是人的生命经历过的,凡是人

---

① [德]埃德蒙特·胡塞尔:《内在时间意识现象学》,杨富斌译,华夏出版社2000年版,第29页。

的生命留下印痕的，它都将成为人的生命的印证。黑牡丹不想"过去""不吊在一棵树上"的风流"印痕"永远伴随着生命，更不愿乡人心中永记这耻辱的"印痕"。可是这次衣锦返乡，故乡的泥土、雨水激活了她深埋于心中的"过去"的"须芽"，她更害怕"过去"在故乡"现实的泥土"上长出"须芽"，并茁壮成长。为了掐断"须芽"，让它永埋泥土，黑牡丹强烈要求去拜访吉成大嫂。她想让吉成大嫂看看，曾经瞧不起的人如今到底是什么样子。"黑牡丹和吉成大嫂在村里时的关系并不是很好，她们属于井水不犯河水的两种女人，吉成大嫂一辈子只喜欢吃一棵树上的叶子，吉成大嫂把黑牡丹看成是最不正派那一类。"可是，当吉成大嫂见到黑牡丹时，"激动得眼泪都出来了，顿时握住黑牡丹的手，从下到上细细打量"，并且说道："妹子你看你多好，你这么年轻！有男人宠着就是年轻，哪像俺，靠一个男人，他从不管俺，一天到晚跟形势，讲排场！俺早就跟气你了，俺早就跟你大哥说，要是倒回二十年，俺就像黑牡丹那样，不吊在一棵树上。""不吃一棵树上的叶子能不好吗？嫂子听说你上了报纸，你大哥还等着你帮忙让他上报纸呢。"（《吉宽的马车》第346—347页）"一辈子只喜欢吃一棵树上的叶子"的吉成大嫂，却羡慕黑牡丹"不吊在一棵树上"，羡慕她获得如此声誉和地位。显然，在与"过去"的对抗中，黑牡丹的"现在"取得了胜利。她从吉成大嫂家离开，往歇马山庄驶去的路上，哼起了十几年前在家时流行的歌曲，"幸福的花儿／在心中开放……"她享受着两个女人之间的战争所带来的喜悦感。她成功地将现在的身份、现在的地位、现在的经历与现在的视界等融入到了过去，填补了现在的心理缺憾。现如今，苍老的吉成大嫂"得了严重的心脏病，不但身体羸弱，脸色煞白，完全是一个老人的样子了，和黑牡丹比至少大了二十岁"。不仅在外貌上，黑牡丹取得了巨大的胜利，而且吉成大嫂思想观念上的转变，让黑牡丹的"现在"彻底征服了"过去"。

在与女人的无硝烟的战争中，黑牡丹已经"消灭"了一个"对手"，但还有一个让她心存隐忧。那就是申吉宽的大姐。"黑牡丹在村里所有不正派的传闻，都经历过大姐的传播和在传播过程中的加工，在黑牡丹进城的反作用力里，不能不说有着大姐巨大的功劳。"（《吉宽的马车》第347页）当黑牡丹宴请全村人，所有人都被卷入一场大操大办的喜事里，却发现大姐没有到场时，她心存痼疾。于是，主动去大姐家，并给她带去礼物。此刻，她不是去叙姐妹情的，而是去向大姐宣战的：

妹妹，我这人是喜欢男人，可是我命不好，没遇到相信我的男人，我要是遇到相信我的男人不会那样，你看现在，井立夫相信我了，我就一点那种念想都没有了…不瞒你说，我看到那种动手动脚的男人就恶心。

（《吉宽的马车》第 349 页）

他（井立夫）跟我一块回来了，姊妹来看你，就是想告诉你，你一直骂我是婊子，我不是，我那时候确实是爱他的，你造我谣，让他离开我，其实也是你看上他，这一点我知道。我不怪你，我了解女人，咱女人有时很可怜。（《吉宽的马车》第 350 页）

黑牡丹在揭自己过去的伤疤的时候，不忘指出大姐不为他人所知的秘密。掷地有声的揭秘，让大姐立马败下阵来，并下了逐客令："你走吧青子，你用不着来叫俺伤心，俺知道你有本事，俺知道你过得好，你走吧，你也不用给俺纱巾，俺这个姥姥不亲舅舅不爱的人系纱巾也没用。"虽被大姐逐客，黑牡丹没有丝毫尴尬，反而带着胜利的喜悦说道："兄弟，我胜利了，你姐能当着我的面承认自己姥姥不亲舅舅不爱，我就胜利了，我能让你姐承认当初也看上过井立夫我就胜利了。你知道这说明什么吗？这说明她也是个风流种子，看上井立夫时她都结婚了，要是我把井立夫让给她，她也和我一样，也得离婚，她也一样。"在与"过去"的对抗中，黑牡丹一点也不避讳，直接将自己的"过去"和大姐的秘密揭露出来。在黑牡丹的揭秘中，大姐十多年来树立的正派形象轰然倒塌。黑牡丹与大姐三言两语的对话，直接将自己的"过去"与大姐的"过去"相比较，从而在大姐面前成功地将"过去"不光彩的一面抵消了。因为大姐有着与黑牡丹一样的风流种子。"现在"的对抗中，大姐更是不堪一击。自己承认如今是一个"姥姥不亲舅舅不爱"的多余人，远不如有男人疼爱、并有着优秀企业家称号的黑牡丹了。

在她返乡的旅程中，始终交织着"现在"与"过去"的较量。与申吉成、吉成大嫂、我大姐的较量，既是与"现在"的较量，更是与"过去"的较量。申吉成"现在"的成功在黑牡丹面前显得无足轻重；吉成大嫂苍老的面貌与思想的转变让黑牡丹大获全胜；大姐承认自己过去的隐私并认为自己"姥姥不亲舅舅不爱"，这足以说明大姐是"战争的失败者"。

年轻时的黑牡丹携带着"不吊在一棵树上"的风流离开了家乡来到城市。然而，家乡和它的一草一木都烙印着她的情感踪迹、她的风流韵事，并成为她生命中不可或缺的一部分。她返乡并非对"过去"的凭吊、缅怀，而是希望在重返"过去"中，将"过去"连根拔离，从自己的生命史中拔离，从故乡人心中拔离。个体返乡行为，无论它是多么个人化，"都和社会群体所拥有的'一整套概念'相共生，是由群体提供的心理空间定位的"①。这"群体提供的心理空间"是歇马山庄特有的乡风乡俗、伦理价值，又是历史性的历史积淀。歇马山庄古风淳朴的乡村，性道德往往摆在首位。黑牡丹年轻时的风流在某种程度上与乡村的性道德要求相违背。长期的历史沉淀，并没有被现在报纸上的宣传及衣锦返乡的喜悦热闹冲刷掉。哪怕是宴请全村人也不能涤荡人们几十年来形成的见解。在宴会桌上，时不时地能听见人们对黑牡丹的议论，"你说，人的本性能改吗，就是青子那种女人，一见男人浑身痒痒，她能变好？俺不信。说不定那井立夫就是个冤大头"，"狗改不了吃屎，说她变了没人相信，俺听说她那饭店养了老小姐，都是干那事的，报纸宣传是明的，她背地里干什么谁还知道！"

从家乡起始，黑牡丹开始了属于自己的生活，展开了与城市的联系，展开了她的希冀和憧憬。家乡也潜伏着她与"过去"的较量、与"现在"的较量。返乡归来，在与申吉成、吉成大嫂和大姐的"过去"和"现在"较量中，都取得了胜利。然而，"过去"的印痕，虽历经岁月淘洗、经外界的宣传，在有些乡人心中始终清除不尽。正是这"现在"与"过去"，"信"与"不信"所构成的张力，促使黑牡丹返乡的当天夜里就返回城市了。故乡终究只是黑牡丹人生旅途路上的一个驿站，返乡只是一次走场。

中国城市从出现伊始注重政治性弱化商业性，发展到现在以工业化为主的现代城市，意味着城市在去传统中走向现代。现代都市是一个包容异同的空间，容纳着来自不同民族、不同地区、不同身份的人，包容着不同的生活方式和价值观念。这些因素并非截然分开，而是互相混合、牵连、渗透，共同织就一个都市空间。加入者对都市的感情、认同态度不再是简单地从物质层面来评判，而是从各个角度进入都市，"一方面是认同，一方面是批评；一方面是留神的注视，一方面是微微的嘲讽，用比喻和对照

---

① 马大康：《反抗时间：文学与怀旧》，《文学评论》2009年第1期。

显见现代的局限"①。不过，现代都市的飞速发展，带来了繁荣丰富的物质意象：鳞次栉比的摩天大楼、川流不息的交通、无远弗届的网络、琳琅满目的商品……在这个"看得见的城市"里，繁荣丰富的物质意象、人的衣食住行、交往方式、价值观念等构成了城市的文化生态和文化基础，形成了特有的都市气质。它一旦形成，就把自己的外在结构与内在精神结构外加于市民，并内化为市民的性情习性。

"习性并不是单指个体单向度地从群体中'被动获得'某种或某类经验倾向（被长期养成而不易改变的习惯），而是指作为主体的个体的能动选择与群体的共同取向之间的相互渗透与彼此认可，或者说是一种已经'内化'了的推动行为产生的主导性倾向。"② 它不是"被动获得"，也就是说并非天生的能力，而是与个体的经验性养成有关，与所处环境的文化、价值观念等有关，是一种后天习得的"实践性"的"知识"。"在实践性的生存形态中，人们本来的生活样态绝不是严格依照某种相对'恒定'的生活'形式'来展开的，在具体的生存境遇中，人们往往会出于自身的需要而主动选择趋向于某种特定的'趣味'——当这种'趣味'自身的惯性促使某个群体逐渐形成了其独特的'偏好'模式时，该种'模式'就会成为该群体'审美判别'的共同尺度。"③ 在现实生活中，主体将这种"趣味"作为一种准则去评定自身身体、生活习性、价值观念等。一旦遭遇到不同的习俗、生活方式、文化价值时，他们往往会呈现出不适的状态。在打工文学中，类似黑牡丹等还乡者，他们习惯了城市的"现代""先进"等给他们带来的便利与舒服，当他们面对乡村的落后、闭塞、荒芜等时往往表现出不适感。

《长在城里的麦子》中的金麦嫁给了城里的一位修锁匠，真正地成了一个城里人。城市相较优越的物质生活使她很快融入其中，并以此为"审美判别"的"尺度"去评判曾经生活了20多年的故乡。当她回到生她养她的故乡时，感受到了久违的亲切感，但也明显地感到乡村生活的不适应：

---

① 梁秉钧：《都市文化与香港文学》，《香港文学》1989年5月号。
② 贺昌盛、王涛：《后现代语境中西方理论术语的"汉译"及其界定》，《厦门大学学报》（哲学社会科学版）2017年第3期。
③ 常君：《长在城里的麦子》，《鸭绿江》（下半月版）2008年第1期。

白天的时光很快就在乡亲们艳羡的目光中过去了。到了晚上，金麦感到了不适应。首先是娘家没有淋浴，洗澡都是在大盆里放了水洗。晚上躺在炕上，娘给金麦铺了两床褥子，金麦还是觉得炕面硬邦邦地硌着难受。再有就是半夜起来方便，还得深一脚浅一脚去院里茅厕。金麦开始想念城里的那个家，虽然小，但是很舒服。金麦只在娘家住了一夜，第二天一早就登上了返城的火车。①

城市以其物质的现代性——淋浴、席梦思床、厕所等，击败了落后的乡村，深深地攫住了金麦。此刻，金麦以乡村之外的局外人眼光观望城市，城市代表着先进、繁荣、舒适的真实存在。她在这种视野中认同的是城市及城市文明。城市的物质文化、城市人的价值观念等都已内化到了她的精神层面及日常生活习性中。以此来观望乡村及乡村文明，落后、闭塞、混沌等特性就显得异常的突兀。

在贾平凹的小说《高兴》中，刘高兴对城市与乡村的态度更加明显。他内心深深蕴藉着强烈的城市向往和认同。哪怕是在西安城里干着拾捡垃圾的活，哪怕城里人的歧视、地痞流氓的算计、行霸的欺压、同伴的去世……丝毫没动摇他对城市的向往之痴心。即使死了，也"不埋在清风镇的黄土坡上，应该让我去城里的火葬场火化，我活着是西安的人，死了是西安的鬼"。故乡于他而言，不是充满美和爱的世界，不是最为安定、温热的地方。即使要返乡，也是迫于背同伴五富尸体回乡的无奈。所以，还没到达故乡，在回乡的车站将五富的骨灰交予了他妻子之后，刘高兴便义无反顾地表示自己会永远地待在这个城市里。

显然，打工文学中众多认同城市、排斥家乡的农民工，都受到了城市文明与现代化的影响。他们习惯了城市给予的舒适的物质条件，或是习惯了城市的生活方式、文化形态，或是因为自己的身体某个部位移植到城市从而产生强烈的城市认同感。而返乡经常是迫于无奈、寂寞或是强调"现在"的成功。对这类还乡农民工的书写体现了一种立足于认同城市现代性对农村的想象性理解的立场。随着城市现代性的发展，农村的变化，乡村伦理与城市伦理之间的矛盾与冲突，直接对农民工的还乡心态及生存态度产生重要影响。长期身居于都市的农民工，他们的乡土情结在慢慢淡

---

① 常君：《长在城里的麦子》，《鸭绿江》（下半月版）2008年第1期。

化，而对城市的认同却在日益增长。

(三) 双重焦虑的还乡者

"对于现代中国人来说，20 世纪以来生活方式最明显也是最深刻的变化就是现代城市的兴起。现代城市的兴起，极大地改变了社会的经济结构，同时，也是最重要的，极大地改变了人们的日常生活状态。现代城市已不仅是一个地理概念、社会概念，它还是一个内涵极其丰富的文化概念，它是一种崭新的生活方式。"[①] 全新的文化、生活方式给中国传统社会和乡村秩序带来了很大的冲击。现代城市的召唤、落后乡村的驱使，致使大量农民纷纷背起行囊加入了进城大军。然而，"喧嚣热闹的城市本身就是一个巨大的悖论：一方面，它的各种符号——包括城市地图、街区分布、各种标牌明示的场所：商店、饭馆、剧场、咖啡店、酒店以及处理公共事务的政府部门，这些不同的城市符号仿佛都在向你发出邀请和暗示；另一方面，城市的这些符号又是一种冷漠的拒绝，它以'陌生化'的环境——建筑环境、语言环境、交往环境等拒绝了所有的'城市的他者'。因此，城市以自己的'规则'将其塑造成了一个暧昧的、所指不明的场所"[②]。城市"冷漠的拒绝"，将期待收获梦想与文明而扑腾进城市的农民抛入了一个非常尴尬、困难的境地。城市就如"挂着一把刀子"，拒绝"城市的他者"的融入。各种城市符号仿佛都在暗示着可以包容、接纳"城市的他者"。然而对农民工而言，"城市大得比天空还宽，城市里的工地到处都是，但城市不是你的，工地也不是你的，人家不要你，你就寸步难行。你的四周都是铜墙铁壁，你看不见光，也看不见路，你什么也不是，只不过是一条来城市里讨生活的可怜虫！"[③]

郑小琼《黄麻岭·他们》中也有对城市是他人的描述：

> 它的繁华是别人的
> 它的工厂、街道、服装商铺是别人的

---

① 李书磊：《都市的迁徙：现代小说与城市文化》，山东教育出版社 1998 年版，第 5 页。

② 孟繁华：《传媒与文化领导权——当代中国的文化生产与文化认同》，山东教育出版社 2003 年版，第 76 页。

③ 罗伟章：《我们的路》，载《我们的成长：21 世纪文学之星丛书 2006 年卷》，作家出版社 2007 年版，第 161 页。

它的春天是别人的,只有消瘦的影子是自己的

他们是我,我是他们。

城市没有他们的位置。对于他们中的大多数而言,城市生活终究是属于别人的,"民工只是钢筋水泥森林里的一个'闯入者'、一个'城市的异乡客'、一个'陌生的侨寓者'、一个寄人篱下的栖居者,他们既是魂归乡里的游子,又是都市里的落魄者"①。

在城市遭遇了种种艰难之后,部分农民工选择返回乡村寻求精神支柱。对故乡的追寻则是生命主体对自己"同在"的追寻。"五四"以来,鲁迅、许钦文等"走异路,逃异地,寻求别样生活"的现代文学家们,对乡土文学的书写中往往表现出"都市侨寓者"与"故乡异客"的双重身份焦虑。这也反映在打工文学返乡叙事中,返乡主体双重"边缘人"的焦虑将农民工的精神处境体现得淋漓尽致。都市的漂泊者、故乡的"异乡人"让他们经常处于进退两难的境地。如果说农民离乡进城是现代与前现代、梦想与现实的冲突结果,那么农民工离开都市返回乡村,就是情感与理性的选择结果。历经了城市的风风雨雨,故乡的琐碎、平淡、灰色调等是身处都市的农民工的美好寄予。因为"面对纷繁复杂的城市生活的压力,我们有时会把野蛮时代的单纯、宁静作为想象中的庇护所"②。

然而,随着工业化进程的推进,追随着农民工的返乡步伐,乡村的诗意化想象在现实的映照下被一层层地剥落。"对于归来者来说,故乡属于记忆中的故乡,因为记忆已经定格在离开前的过去,离开后到返回前对于故乡而言是一片记忆的空白。所以,归来后的一切会让他感到惊异,因为,过去的记忆与眼前的现实构成了对比的反差。"③ 农村不再是在外游子的精神伊甸园,落后、贫瘠依然是农村的特征。罗伟章的小说《我们的路》中,五年不曾回家的大宝在冒着丢掉两个月工资和失业的代价,于大年初四回到了家乡,却发现故乡依旧被贫困和落后笼罩着:

---

① 丁帆:《"城市异乡者"的梦想与现实》,《文学评论》2005 年第 7 期。

② [美]杜威尔·杜兰特:《历史上最伟大的思想》,王琴译,中信出版社 2004 年版,第 107 页。

③ 刘雨:《多元矛盾中的个性选择:中国现代作家的生命体验与创作》,吉林教育出版社 2003 年版,第 231 页。

田野忧郁地静默着，因为缺人手，很多田地都抛荒了，田地里长着齐人高的茅草和干枯的野篙。星星点点劳作的人们，无声无息地蹲在瘦瘠的土地上。他们都是老人，或者身心交瘁的妇女，也有十来岁的孩子。他们的动作都很迟缓，仿佛土地上活着的伤疤。这就是我的故乡。（罗伟章《我们的路》）

因青壮年都出去打工了，只剩下老人小孩妇女，农田无人耕种、荒山无人开采，整个农村越发显得贫瘠落后。郑小琼在《关注农业关心农村关爱农民》中也谈到农村的这种情况，农村的"传统像冬天一样崩溃，古老的内陆乡村已被物质时代的抽水机抽空，变得脆弱无比，村里只剩下一些五六十岁的人种地，带着十多岁以下的孩童"，形成了"空心的村庄"。① 工业化、现代化正在悄然地改变着农村，空心、落后等现象到处可见，同时人性裂变、道德变化也随处可见。有些打工文学作家们从国民性出发，把思考延伸到现代性对农村的人性存在状态的根本点上，从而呈现出人性被现代性侵蚀的迹象。乡村人性的善良、淳朴也逐渐显现出狰狞的一面，给返乡人带来了从身体到身心的撞击。《我们的路》中主人公大宝的一次返乡经历给他留下的印象非常深刻：

尽管很不情愿，但我必须承认：只不过短短的一天多时间，故乡就在我心目中失色了。因为见识了外面的世界，故乡的芜杂和贫困就像大江大河中峭立于水面的石头，又突兀又扎眼，还潜藏着某种危机。故乡的人，在我的印象中是那样的纯朴，可现在看来，他们无不处于防御和进攻的双重态势……无论处于哪种态势，伤害的都是别人，同时也是自己。对那些不幸的人，他们在骨髓里是同情的，因为他们从中看到了自己的命运。遗憾的是，出于保护自己的目的，他们总是习惯于对不幸的人施放冷箭，使不幸者遭受更大的不幸。

乡村经济的落后破败与乡民们人性的蜕变，致使返乡者大宝带着失望、灰心再次踏上了打工的旅程。而春妹的再次离家，更多的是在逃避故

---

① 郑小琼：《关注农业关心农村关爱农民——广东作家四人谈》，《文学报》2007年9月6日。

乡施予她的道德指责及人性的劣根性。未婚生子的她，历经重重磨难回到故乡，希冀寻求到些许慰藉，然而她的痛苦却成了乡民们津津乐道的谈资。故乡不仅无法给她抚慰，而且只会给她及家人带来更大的伤害，因为"惟一从心底里爱她的，就是她的家人，可是，她在家里多待一天，带给家人的耻辱也就往深处扎一寸"。（罗伟章《我们的路》）

刘庆邦小说《回家》中的梁建明在打工期间受尽折磨，钱、身份证、大专毕业证等被无情扣押，甚至连生命也差点丢掉。他想方设法逃离黑工厂，回到心目中的港湾——故乡。可是，在城市里他失意时心心念念可以为他遮风挡雨的故乡之家，在他一踏进故乡这片土地之时就黯然失色了。它的温情、它的包容、它的淳朴等一一从他心中拔离。本想着逃回家就不打算再去打工了。但一回到家，母亲的盘问、哀怨让梁建明感觉到了窒息，尤其是母亲惧怕因建明的落魄而招致他人的嘲笑及婚事的告吹，对他进行禁足、将其反锁家中封锁他回家的消息，让他害怕、无安全感。他只能躲在家里，见不得人、见不得阳光，哪怕家门的响动都足以让他心惊胆战。曾经因为作为梁家唯一的大学生，给父母脸上增光不少，并因此谈妥了一个对象。而如今，母亲因为他的落魄而气恼他、限制他，婚事也岌岌可危。金钱在逐渐吞噬着母子间的温情，改变乡村里人与人之间的关系，甚至将人与人的关系抽象化为单纯的金钱关系，把一切经济价值之外的意义都挤干了。为此，梁建明越来越感受到乡村世俗观念所带来的沉闷：乡村生活的核心和意义在滑落、在蜕变，人们越来越少获得确定无疑的满足，所有的一切都将以金钱来衡量，原有的朴素节俭、互帮互助的生活观终将变得毫无价值可言。农民与土地因世世代代建立起来的稳定的丰富情感纽带，随着金钱至上观念的侵袭而被一点点啃噬掉了，人最终只能生活在冷冰冰的金钱关系和意义的荒漠之中。梁建明显然对此有深刻感受、有切肤之痛。于是，他在家待了三天就摸黑冒着大雪从村后翻坑离开了家，离开这片土地，并决定"再也不回来，死也不回来"。

大宝、春妹、梁建明的返乡，见识了故乡的落败及道德人性的裂变，多多少少还享受到家庭给予的温情。在魏巍《异乡》中许子慧的返乡，乡民们在背后的怀疑，让她痛苦。然而令她受到重创的却是连父母都怀疑她并确信她就是在城市做"妓女"。独自一人在北京艰难地讨生活时，"父母、朴素的生活、爱"经常化作寒冬里的暖阳温暖着她，并激荡着她返乡的愿望。终于，她踏上了回家的列车，梦想着将永远走出"生命中的严冬"。可是，故乡与亲人的不信任、道德谴责让她好几次半夜爬起来，推开窗户，"把半截身子探到窗外"准备以死来结束这次虚妄与伤痛的还乡之旅。

现代化为社会带来了巨大的繁荣，涤荡了落后和愚昧，也给农村带来了道德上的裂变。它将农村的传统割裂了，将农村的文化之根割断了，给人造成了精神荒原。郑小琼的一次返乡见闻非常深刻地反映了农村的裂变："整个村庄里的人脑海都弥漫着一股渴望暴富的心理。赌，成了乡亲们在农闲时唯一的娱乐，地下六合彩，小赌档，麻将牌……伴随而来听到不少人在说村子里又有谁吸毒了。出去卖淫的人也越来越多……"[①] 农村传统正在丢失，乡村的淳朴被吞噬。郑小琼在诗歌《清明诗篇》如是写道：

> 山河像梦一样破碎，拆迁
> 剩下历史的阴影笼罩的宿命
> 啊，我无法忘记的旧有风俗
> 被工业时代污染，它们在心灵
> 深处挣扎，被不断地删改

在"现代"与"传统"两种力的角逐中，节气、祖先、祭奠等传统因子正在被现代化、工业化销蚀，"像梦一样破碎，拆迁"。乡村的自然山水、文化传统等有价值的东西正逐步地退场、消亡，这种沉郁与凝重感在还乡者心中尤其突出。郑小琼在《回乡记》中写道：

> 在秋日镀满金色的旷野
> 曾经有过的希望不停地变幻
> 我们对长空中鸟只絮絮叨叨说着
> "自由"是什么，它梦幻样的脚步
> 踏着收割后的旷野，它在诗句中振翅追随
> 在阳光里嬉戏，向晦暗的生活炽燃

[①] 郑小琼：《关注农业关心农村关爱农民——广东作家四人谈》，《文学报》2007年9月6日。

> 无法抵挡住乡村与人群向下沉沦
> 生活折磨得没有审判的时间。

同样，在《村庄》中也有类似的描写：

> 永久的宁静在瞬间倒塌，摸索乡村幼稚的脸
> 鹧鸪带来往事，星辰与山鬼消失在霓虹的光中
> 一座座屋舍变成了齑粉，一个个人走进了黄土之间
> 溪流与榕树下聚积了许多失踪多年的灵魂
> 在一瞬间倒塌了，那些几千年积蓄的旧式传统

在这两首诗中可见，乡村静谧、和谐的传统，充满着希望与收获的原生态，真挚、质朴的道德在与工业化、现代化的对峙中，正在"倒塌""消失"。代之而起的是"晦暗的生活"在"炽燃"、乡村与人群在向下沉沦。水不再清，树不再绿，人也不再那么淳朴、善良，卖淫、赌博，"把欲望，道德内脏都涂上胆汁／这苦，只有一个保持老式传统的神像才阅读"（郑小琼《黄斛村纪实·春天，水》）。

故乡的诗意化、优美的传统也只能存留在还乡者的脑海中，难以再现。

故乡沦为"异乡"，成为回不去的故乡，这是命运的悖论，是时代的悖论。被故乡放逐已成为更改不了的命运，在大宝、春妹、梁建明、许子慧、郑小琼等返乡者心目中，故乡变成了一个遥远的记忆和象征符号。"城里挂着一把刀子，乡村同样挂着一把刀子，一个硬，一个软。"（《我们的路》）他们或许只得不断地在进城与返乡的路上"彷徨"与"逡巡"。

显然，不管是逃离城市认同故乡、认同城市不认同故乡，还是既不认同城市也不认同故乡的双重焦虑的还乡者，都体现了作者立足于城市和乡土世界的一种想象性理解，和作家经验型的叙事方式。"一个作家如果是从农村出来的话，那么最好的深入生活的方式就是回家。这跟我小时候的情况差不多，肚子饿了，就想到找母亲。"[①] 本质上，随着城市化进程的

---

① 刘庆邦：《故乡是我的根》，《大河报》2017年9月23日。

加快，农村在城市现代化的参照下，出现了现代与前现代的生存方式、文明形态等矛盾与冲突，直接对返乡农民工的情感认知产生重要的影响。从第一拨农民进城起始，就意味着城市现代性在生存方式、生存态度、文明形态等方面影响着农村及其乡民。经历了城市淘洗的农民工，返乡更多的是从精神层面上寻找某种失去的东西。只是，城市的遭遇与返乡的见闻所形成的不可调和的矛盾，经常把农民工们置于该何去何从的焦虑与困惑中。

二 还乡中的权力渗透

在改革开放浪潮下，农民进城打工的趋势有增无减，农民工数量越来越多。这一现象既有农民自身合理的功能性的考虑，同时又受到梦幻的想象与引导，它复杂地交织了城市与农村的各种因素。仅从农民工返乡叙事中可见，现代与传统对农民工的合力作用实现了空间的权力化特性。

（一）知识话语权力的体现

权力一直以来是西方政治哲学史上的一个重要命题，对它的解释呈多样化。很多学者从不同视角做了各自的探索，概括起来主要有以下两种：一是从社会意识形态出发，认为权力主要是一种在政治、思想、人性等方面施行着影响、支配或控制的力量；二是采取后现代性的立场，认为权力是一种无中心、无主体的复杂交错关系网络的规训性权力。从柏拉图、亚里士多德到现当代的西方政治哲学家，包括马克思主义的经典作家们，大多将权力视为某个人或某个组织影响、支配或控制其他人或其他组织的能力和力量。他们关注的是意识形态层面统治权力的问题。意识形态发展的历史经验表明，一个国家、阶级或团体要想掌握或巩固自己的权力地位，既要依靠政治权力，也要重视思想权力。以思想掌握广大人民，将自己的思想"描绘成唯一合乎理性的、有普遍意义的思想"，进而夺取或掌控政治权力，以实现阶级的根本利益。马克思对此曾作出深刻说明："每一个企图取代旧统治阶级的新阶级，为了达到自己的目的，不得不把自己的利益说成是社会全体成员的共同利益，就是说，这在观念上的表达就是：赋予自己的思想以普遍性的形式，把它们描绘成唯一合乎理性的、有普遍意义的思想。"① 马克思这段话"包含了意识形态生产的三重要素形态，即

---

① 《马克思恩格斯文集》第 1 卷，人民出版社 2009 年版，第 552 页。

知识生产提供普遍性的思想、话语生产将自己的利益说成共同利益，权力生产实现自身阶级利益"①。知识话语可以强化思想、利益与权力。知识是内在的，话语是外在表征。通过外在的话语传递内在的知识体系，进而凸显某种权力、利益。三者相互联系、互相牵引。

意识形态与文学的关系，自古以来就存在着割不断的联系。对于大量的农民工书写而言，由乡进城、在城思乡或由城返乡叙事也都隐现着社会意识形态的作用。纵观新时期以来打工文学的"返乡"叙事，乡愁叙事或返乡叙事都可见社会意识形态的知识、话语、权力三种形态的渗透。自1972年联合国的《环境宣言》至习近平主席强调山水林田湖是一个生命共同体、是人的生存命脉以来，"返乡"书写成为文学领域中一个重要的书写方式之一。

"返乡"是文学的一个永恒主题。在中国文化的历史长河中，"返乡"作为一种特定的文学书写现象，较早出现在《诗经》《楚辞》等文本中。《采薇》《泉水》等篇章中"返乡"意象的书写，表达了复归田园、追念故国故乡的主题。《离骚》《九章》则更多地表达对家国的依念、对神灵的虔信。"五四"以来，乡土文学作为文学的主流，出现了很多"返乡"文学。鲁迅的《故乡》《社戏》，塞先艾的《朝雾》，许钦文的《父亲的花园》，刘半农的《一个小农家的暮》，废名的《竹林的故事》等都属于返乡文学。到了三四十年代，萧红的《呼兰河传》《小城三月》，沈从文的《边城》《长河》等作品也都可称为返乡文学。这些作品流露出了强烈的怀乡情感与对故乡自然美、人性美的赞美之情。新时期以来，汪曾祺的《受戒》《大淖记事》等作品可看作是返乡文学的先锋。以上返乡书写体现了作者的情感追求，更多的是一种生命与情感冲动的书写。这些返乡文学中体现了一种道德理想与自由精神的终极价值追求目标，但作品中也隐含了批判性的价值尺度，即将自然文化作为终极审判尺度。它"可以进行社会批判，揭穿社会的黑暗、丑恶和不平等，同情底层人的不幸等等。"而"归依自然的乡土人生作为一种批判性的价值尺度即作为终极审

---

① 刘伟：《意识形态生产的三种形态：知识、话语和权力》，《马克思主义与现实》2018年第1期。

判的最富特色之处却是对现代文明的反省和批判。"① 王学谦认为在五四时期，归依自然具有明显的反封建性。农民的简朴的生活方式，淳厚的道德，农民与自然的关系等，体现了人性"返璞归真""渐近自然"的美学追求。这种发现对于打破封建特权、封建等级秩序具有十分积极的意义，它将普通人的价值和尊严呈现出来，追求平等的人权。鲁迅、塞先艾、刘半农等对乡土眷恋抑或是对乡土关怀式批判的文学书写，是人文启蒙价值的文学书写，也是一种时代意识形态的书写，在一定程度上，体现了五四时期反帝反封的民主政治斗争目标与冲击封建思想和意识的思想文化要求。

自1942年毛泽东《在延安文艺座谈会上的讲话》发表以来，文学成为新的国家民族想象进程中的一部分，文学为政治服务的功能被突出强调。即使是以赵树理为代表的"山药蛋派"和以孙犁为代表的"荷花淀派"两个跨时代的乡土小说流派，致力于如实反映农村的情况、追求个性、审美特性的文学追求，也具有一定的政治意识形态色彩。新时期以来，随着社会变革的持续与深入，乡土文学叙述逐渐边缘化。随着商业文明、都市文明的崛起，农耕文明的价值观念与思维方式日渐式微。撑起乡土文学美学格局的风景画、风俗画、风情画日渐消失。但是，在高晓声、贾平凹、路遥及其他打工文学作家笔下，我们依然能看到有关乡土的叙述。高晓声的陈奂生系列小说、贾平凹的商州系列作品、路遥的《人生》《平凡的世界》等都叙写了在现代化进程下，农村之人、事、物的变化。在打工文学的返乡叙事中，也可见现代化对农村的冲击。在某种程度上说，这些作品是应时代发展要求而产生的。

在打工文学的"返乡"叙事中，隐含着作家对自然文化、道德理想的追求，同时也将这种追求视为一种文化批判的价值尺度。这种文化批判是建立在现代文明基础之上的社会内批判，即以可持续发展的视角去质疑现代化横扫一切的价值原则。比如，批判指向现代文明对人的异化、农村生产秩序的扰乱、生态系统的破坏等。首先在打工文学的乡愁叙事中，对乡村的深情回望叙写具有明显的反现代文明色彩。随着城市化、商业化进程的加快，城市对农村的影响日渐扩大。从冯骥才的一个调查数据可窥一斑，"我们有一个调查，十年前我们的村落有360万个，现在则是270万

---

① 王学谦：《还乡文学：20世纪中国乡土文学的自然文化追求》，《东北师范大学学报》（哲学社会科学版）2001年第4期。

个,也就是十年里我们损失了90万个,保守一点地说,我们一天消失的村落有80个到100个,这不可想象"①。而梁鸿在《故乡已经成为这个时代的呕吐物》谈到了回乡的感受:"我每次回到故乡、回到家里,心就像坏了一样,然后又再回来。""回北京的时候,我心里真的非常难过。我说故乡是什么呢?故乡就是这个时代的剩余物,它就是个呕吐物。"② 风景不曾谙,风俗不如旧,风情已异化等不只意味着乡土美学格局的破坏,也折射出生态系统的破坏。生态系统关乎人类的生存。目前,原生的自然环境、农村日渐出现破坏、消失的状态。因而,乡愁成为现代人的一种现代病,作家往往将个人的乡愁寄予在作品中的人物身上。贾平凹《高兴》中描写了五富、刘高兴在西安城看见车底部的麦草时,从身体、情感到心灵都得到了激荡洗刷。孙惠芬以一首农村的歌谣贯穿《吉宽的马车》这部长篇小说的始终,并对城里的农家饭店进行了饱含深情的描述。赵本夫在《无土时代》中重点叙写了"花盘是城里人对土地和祖先种植的残存记忆"……作家个人的乡土记忆,源自个人过去的实际生活。经过筛选的特殊记忆,是面向当下城市现代文明的产物。这已超越了纯粹的个人化行为,反映了群体意识、国家民族认同。莫里斯·哈布瓦赫认为,我们的个体思想将自身置于记忆的集体框架内,并汇入到能够进行回忆的记忆中去。集体记忆不是个体记忆的总和,而是个体与家庭、宗教群体、社会阶级等多个群体互动的结果。③

可以说,贾平凹、孙惠芬、赵本夫等"这种个人诗性的情怀被集体主义、国家主义的意识形态改造成为一种体制性怀旧","个人的思念被转换成一种集体的属性,这一属性的依据就是超越了个人记忆的、过去的痛苦"。④ 这是一种特定时代下的产物。新时期以来,我国进入了工业化、信息化时代,社会在快速发展的同时,人类生存出现了严重的危机。20世纪70年代之后的环境危机更是成为人类生存的一个十分紧迫的课题。1973年,挪威哲学家阿伦·奈斯率先提出深层生态学,旨在批判和反思

---

① 冯骥才:《把书桌搬到田野上》,《羊城晚报》2012年9月30日第B01版。
② 梁鸿:《故乡已经成为这个时代的呕吐物》,《北京青年报》2015年6月10日。
③ [法]莫里斯·哈布瓦赫:《论集体记忆》,毕然、郭金华译,上海人民出版社2002年版。
④ 李娟:《怀旧的多重面孔》,《中国改革》2011年第7期。

现代工业社会在人与自然关系上出现的失误及其原因,主张从社会机制、价值体系上寻找危机的深层根源,深层思考在生态问题上人类生活的价值和社会结构的合理性问题。进而,奈斯用"生态自我"来突出强调自我只有纳入人类共同体、大地共同体的关系之中才能实现自我。人与自然都是生物圈中的一个组成部分,所有生物都是不可分割的,人与自然也是紧密相连的。就如马斯洛所说:"不仅人是自然的一部分,自然是人的一部分,而且人必须至少和自然有最低限度的同型性(和自然相似)才能在自然中生长……在人和超越他的实在之间并没有绝对的裂缝。"为了适应现实的需要、社会的需要、文化的需要,相关学者、政府领导提出了生态美学,重视环境的保护,实现资源可持续发展。自1972年联合国发表了《环境宣言》,标志着人类跨入了生态文明时代以来,我们国家也强调环境问题是全人类共同的问题。胡锦涛2004年《在中央人口资源环境工作座谈会上的讲话》指出:良好的生态环境是社会生产力持续发展和人们生存质量不断提高的重要基础……我们要牢固树立人与自然相和谐的观念……退耕还林还草、天然林保护等生态环境保护和建设工程要逐步展开。① 时隔多年,习近平主席于2013年在《关于〈中共中央关于全面深化改革若干重大问题的决定〉的说明》中强调:"山水林田湖是一个生命共同体,人的命脉在田,田的命脉在水,水的命脉在山,山的命脉在土,土的命脉在树。"② 同年,习近平主席在中央城镇化工作会议上提出城镇建设"要让城市融入大自然,不要花大气力去劈山填海,很多山城、水城很有特色,完全可以依托现有山水脉络等独特风光,要让居民望得见山、看得见水、记得住乡愁;要融入现代元素,更要保护和弘扬传统优秀文化,延续城市历史文脉"③。他们的话语不仅代表着个体意见,更是社会意识形态的一种体现。它内含的政治、经济、美学等方面的知识,通过这一句句朴实的话语得以表现,从而也体现了国家意识形态发展方向之一。山水林田湖是农村的根基,是农民生存之根本。随着城市化工业化的

---

① 胡锦涛:《在中央人口资源环境工作座谈会上的讲话》,新华社,2004年4月4日电。

② 习近平:《关于〈中共中央关于全面深化改革若干重大问题的决定〉的说明》,《人民日报》2013年11月16日。

③ 李清:《习近平在中央城镇化工作会议上发表重要讲话》(2013-12-14)[2015-05-06], http://news.xinhuanet.com/politics/2013-12/14/c_125859827.htm。

快速发展与扩张，大量农民涌进了城市，致使农田荒废、杂草丛生。农村，尤其是城市周边的农村，也逐步被工业化气息所染指。树木被大肆砍伐、农田被工业占用、水被污染等现象经常发生。在此背景下创作的打工文学中的返乡叙事，在一定程度上来看，就将颇具诗性意味的怀旧情感肢解了，体现的是国家对民族文化和集体记忆的重塑。

在返乡叙事中，作家塑造了一批返乡者。他们或认同乡村文化价值体系，或是不认可现代乡村的生活价值。这种农民工书写价值取向都带有时代话语与思想的趋向。首先在诗意化返乡的描写中，作品中流露出农村自然文化、价值体系是民间"圣洁"的象征之情感，以对抗城市现代文明。李一清《农民》、孙惠芬《民工》、李锐《扁担——农具系列之六》等作品凸显了在返乡者眼里故乡自然风景优美暖人的一面；而在雪漠《美丽》中叙述了一个温情的故事：身患性病的月儿返回到故乡，逐渐得到丈夫、婆婆的谅解与帮助，体现的则是乡村宽容、淳朴与真情。那是没有被现代文明所侵染的一种自然天性。鲁迅曾经说过，人的自然天性，"只要心思纯白，未经过'圣人之徒'作践的人，也都自然而然的能发现这一种天性。""没有读过'圣贤书'的人，还能将这天性在名教的斧钺底下，时时流露，时时萌蘖；这便是中国人虽然凋落萎缩，却未灭绝的原因。"[①] 拥抱自然，回归乡村"诗意的栖居"，实际上就是以一种审美人生对抗现代社会的功利人生。我们不能简单地将它看作是一种怀旧情绪，实际上它也正是现代化的产物，是当下意识形态下的一种文化现象。以返归自然、向往乡村的情感价值取向书写方式，来反省现代化，既是一种人性理想的隐喻，也是时代话语的体现。

在对故乡的批判式返乡叙事中，我们看到的是乡村物质更加贫瘠落后或更现代化、道德滑坡、人性异化等现象。罗伟章《我们的路》、吴玄《发廊》等作品将农村更荒芜的一面展现在读者面前；而在阎连科《柳乡长》、王十月《寻根团》等作品中体现的则是农村的"现代"性。作家带着批判性态度，书写了乡村的荒芜落后或将乡村建设为城市的"幻化"现象。在一定程度上说，此种书写方式体现了作家批判现代性进步的价值原则对乡村自然文化属性的异化或破坏的价值取向。当今，现代化以席卷全国之势，将乡村裹挟其中。乡村赖以生存之根本的山水湖田林受到不同

---

① 鲁迅：《我们现在怎样做父亲》，见《鲁迅全集》，人民文学出版社1991年版。

程度的破坏，展现出更落后或"现代"之面貌。传统家园被破坏，农村集体记忆不复现，自然文化价值衡量尺度逐渐失去了效应。而在将保护自然环境当作国内外的一个重要课题以来，在哲学、美学、政治等领域中都有相关学者、领导强调要保护生态环境、弘扬传统优秀文化，延续历史文脉。这一系列的知识话语体系作为思想体系的外在表征，是意识形态生命体征的重要判定要素，任何意识形态都是用话语形式表达出来的。"意识形态的知识生产不是纯粹的客观知识的生产，而是有目的、有信念、有意志的知识生产。知识生产的重点不是为人们提供解释客观事物及世界发展规律的科学知识，而是为人们提供良好社会生活所需要的价值理念和行为规范。知识生产的目的在于造就一种能够有效影响社会成员的知识体系，使人们秉持着自身吸纳的知识体系，在意识形态中体验自己的行动，体验自身与外部世界的关系。"[①] 这种知识话语体系提供的价值理念、行为规范和利益关系，其实在致力于建构个体的认知，塑造与改造个体的行为方式，进而根据话语运作的要求与规律落实在日常生活与生产实践中。这种话语思想对广大打工作家的创作模式也产生了一定的影响，给予了他们写作一定的新视角。将时代话语体系融合在创作中，反映农村现实生存状况。纵观新时期以来打工文学的返乡叙述，通过对农村颓败与异化的描述，隐现了作家试图挖掘乡土人生的原生形态的美好愿望——真正地拥抱自然、融入乡野，回归自然的"诗意的栖居"。这实际上就是以一种审美人生对抗现代社会的功利人生。他们认为，现代都市的生活方式、道德原则、价值情感等对乡村传统生活观构成了"威胁"。在某种意义上说，这一观点体现了时代思想话语的牵引力和影响力。

思想话语隐含着一套社会规则和价值取向的"软权力"，它不是强硬的控制力和暴力，而是一种无形的牵引力和影响力。这种牵引力和影响力的权力模式，以隐蔽的方式潜藏在人们的日常生活细节中，潜藏在作家的写作中。从打工作家的笔下可见，他们有着对原始自然文化日渐消退的隐忧，对农村生活方式被改变的忧虑。这既体现了他们的审美理想与社会关怀的价值取向，也可从中看出时代思想话语权力对他们的影响。因为"意识形态不仅仅是内蕴于社会生活并规训和引领社会成员的思想体系，

[①] 王学谦：《还乡文学：20 世纪中国乡土文学的自然文化追求》，《东北师范大学学报》（哲学社会科学版）2001 年第 4 期。

而且是重置和更新各种社会权力关系的物质性活动"①。

(二) 道德权力的规约

在传统农业社会中，基于血缘、地缘、业缘而形成的社会群体多为封闭式或半封闭式的，其权力结构相对稳定。其中，道德权力作为一种渗透在个体生活成长过程中的本能掌握的伦理观念，在中国传统文化中居于十分重要的地位，在稳定社会秩序、规范人们的日常生活行为等方面发挥着重要作用。这种"权力是一种关系，但它不是一种自上而下的单向性控制的单纯关系，而是一种相互交错的复杂的网络。每个人都处于相互交错的权力网中，在权力的网络中运动，既可能成为被权力控制、支配的对象，又可能同时成为实施权力的角色。每一个个人都只是权力的一个点，是权力运作的工具，而并非绝对操纵权力的主体"②。对于打工文学中的返乡"小姐"而言，她们只是被各种道德权力制约、控制的对象。由于她们特殊的生活经历和身份标签，一返回到乡村就被置于性道德的议论和制约中。乡村中的每个人，从乡领导、村民到家人都可以站在道德的制高点对她们进行道德的质疑。

乡村女性自进城开始，就被置于道德议论中。有学者指出，"城市与女人的关系，一面是城市对女人的诱惑，另一面是城市对女人的异化"③。很多人，包括自己的亲人习惯性地认可女性在商品经济的挤压下往往会被物化，被异化。在经历了城市生活，重新回到乡村，通过她们将现代都市文明传导回乡村社会中时，乡村社会的那套维护自身稳定与安全的与"性"相关的文化意义结构与权力运行机制就发挥着作用。在一定意义上，进入过城市的女性身体与"性"包含着一种"性"道德文化与权力的运作机制。自古以来，乡村社会就非常重视性道德文化，性经常成为评定一个人地位、道德高低的重要标准。

乡村"性"道德文化作为文化资本，"在本质上再生产了社会意识形态和社会权力关系。而其巧妙之处就在于，人们往往认为这种由性引起的

---

① 王学谦：《还乡文学：20 世纪中国乡土文学的自然文化追求》，《东北师范大学学报》（哲学社会科学版）2001 年第 4 期。
② 胡清波：《中国古代女性文学的世界意义——论美籍华裔学者孙康宜的性别研究》，《华中学术》第八辑，2013 年第 2 期。
③ 荒林、王光明：《两性对话世纪中国女性与文学》，中国文联出版社 2001 年版，第 36 页。

社会文化或者社会权力结构再生产是必然的，个人在社会场域中的位置是由自身的道德水准决定的，却看不到在个人道德水准形成过程中起关键作用的性道德就是社会文化与权力运作的结果，看不到这是社会现实当中支配阶级的特权模式。实际上，正是性、文化与权力之间相互影响、相互作用为多数人压迫少数人给予了冠冕堂皇的理由，其结果造成强权意志和权力关系大行其道，少数人沦为社会'公众道德'的牺牲品"①。例如，在魏巍《异乡》中许子慧终止打工生涯，返回故乡时，故乡冷冰冰的怀疑、谴责等随之而来，甚至连自己的亲生父母都怀疑她并确信她就是在城市做"妓女"。"性"道德文化作为乡村社会中一种稳定的文化结构，一直以来规约着人们的行为取向，并再生产了乡村意识形态和一定的权力——族权、父权、夫权。在性、意识形态与权力的合力下，进城后再返乡的女性自然就成为它们议论和制衡的对象。乡村女性进城意味着不再禁锢于土地与家庭，由"家庭的人"向"社会的人"过渡，同时也暗喻着可以摆脱乡村封建族权、父权、夫权的束缚。但现代化的发展和女性解放运动并没有完全驱除这三大权力对乡村女性的规约。即使是在城市没有从事"性"工作的乡村女性，也会遭到族权与父权等的怀疑和责难。

男女有别。"男女两性在社会化的过程中，承袭了各自的性别角色位置，当男女两性进入到各自的性别位置，并学习内化其性别角色下的关于其性别人格特质的规范或期待时，亦同时接受了性别角色之中对于男女两性各自不同的'性期待'。"②自古以来，女子就被"男主外女主内"的社会分工原则与"三从四德"的道德规范所约束，女性的一生在道德、行为、修养等方面必须按照规范要求进行。即使在城市化进程中，女性与男性一样可以担承着社会建设的责任，可以进出社会各行各业，打破了单一的"家庭的人"这一角色身份，赋予其社会化角色。但是，男女两性在性别角色之中一直没有突破社会对他们的"性期待"，依然秉承着女子从一而终的性贞节观。所以，当乡村女性，尤其是在城市里从事"性"工作者，从城市走了一遭，回到人际关系紧密而透明的家族和村落的网状结构中时，更要谨小慎微。由于乡村"性"道德文化及其蛰伏的族权、

---

① 刘中一：《乡村性事件：一个有关文化与权力的讨论》，《西北民族大学学报》（哲学社会科学版）2011年第5期。

② 同上。

父权、夫权等权力结构一直以隐蔽的方式规训着村里的人，使得返回到乡村的"小姐"被置于乡村"性"道德文化结构中的各种位置上，从而相应地限制了她们的行为取向。

《紫蔷薇影楼》中的刘小丫利用例假的最后一天与男友发生性关系，巧妙地掩盖"性工作"的历史；《九月返乡》中的孙艳在回乡之前特意做了处女膜修复手术；《歇马山庄的两个女人》中李平隐瞒自己失身的事实成功地与乡村男人结婚……在乡村社会中，婚姻中夫妻关系不仅要有肯定性的生育功能，更要注重性道德。性贞节要求往往是单方面的，即要求妻子对丈夫无条件地忠诚，妻子不能超越婚姻之外与其他男子发生两性关系，哪怕是婚前行为。一旦男性知道女子在婚前与其他男子有过两性行为，通常就会分手或陷入痛苦迷茫之中。这不仅体现了"性"道德文化，也表明了一种权力——夫权，即男性对女性的统治。

而听风堂主《小姐回家》中的阿莲，罗伟章《我们的路》中的春妹，季栋梁《燃烧的红裙子》里的红喜等返乡"小姐"的悲剧，则是血缘亲情与道德规范双重合力的结果。《小姐回家》中的阿莲有两次回乡。因为败坏了"性"道德，第一次回家遭受了来自父母等亲人的唾弃和责骂以及乡亲的蔑视。第二次回乡之前，阿莲用卖身的钱给家里修建了村里最好的楼房、资助了姐姐家孩子上学、出钱帮助姐姐看病等，于是再次回到家里时，家人把她当作贵宾般招待。未婚先育的春妹（《我们的路》）于新年之始带着尚在襁褓中的婴儿，历经千辛万苦从城市回到了家乡。然而她的回家之行不仅没有得到家人与乡邻的肯定与帮助，反而使自己陷入来自家人与乡村社会道德权力的压力与谴责的旋涡中。红喜（《燃烧的红裙子》）与阿莲和春妹主动返回家乡不一样，是在城里卖淫被抓遣送回家的。她一回到家里，就遭到父亲的冷漠对待与愤怒责骂，即使跳进水窖淹死了，父亲也没有表现一丝丝同情，反而因她糟蹋了窖水而悲痛欲绝。在这里，家人对她们的谴责，犹如给她们在城市所凝结的伤疤上面撒盐。表面上看，亲情血缘的冷漠加重了返乡小姐的痛苦或悲剧。其实，返乡小姐家庭施予返乡小姐的惩罚，不仅体现了父权的力量，也隐现着乡村社会中的族权。她们返乡所涉及的"性"作为一种象征符号，成了乡村中所有人获得权力和维护道义的载体。在乡村传统道德文化结构中，"性"往往成为衡量一个人道德高低的标准。小姐作为"性"道德有污点的个体，一旦回到乡村就被置于乡村社会"性"道德文化中的各种位置上。一定意义上，对小姐返乡所涉及的"性"的规约与惩治，是乡村社会道德文化和权力建构过程与结果的体现。道德文化和权力共同规范了社会中的性关系和性行为。

以上返乡小姐所涉及的"性"事件而引发的痛苦，是乡村既定的"性"道德、文化与权力关系的外显结果。她们含痛而亡，或无奈地再次离乡进城，或是在乡村低头做人等行为取向，体现了乡村社会文化和权力对人的限制与约束。然而，"小姐"之性于家人、于村庄的意义，有时会随乡村领导的意图而发生变化，被乡村当地既定的文化与乡领导权力不断界定、不断赋予新的内涵。《九月还乡》中的九月在城里卖淫被抓，被村长秘密领出来。有感村长为她遮丑，当要她献身于乡长舅爷儿以赎回被霸占的800亩土地时，九月虽不愿，但还是做了；当需她投入资金开垦荒地时，她也无奈地照做了。《柳乡长》中村里18—40岁的男男女女被柳乡长赶鸭子一般赶进了城市，柳乡长赔钱赔面子赎回那些因犯罪、卖淫而被抓的乡民，为在城里赚了钱的卖淫女槐花在乡里树碑立传，却又在碑前"吐了一口恶痰"并朝碑的青石座上踢了一脚。《小姐回乡》中的阿莲利用在城里做小姐积攒的钱与见识拯救了家人，也拯救了家乡，同时也须承受村干部以打击"卖淫"不正之风之由对其进行的拘留、拷打之痛，使她在家乡投资经商的美梦永远成为幻影……这些返乡小姐所代表的"性"道德在现代文明的冲击之下，已经沦为一个自相矛盾的体系。它一方面对可以改善家庭的经济境况、促进乡村经济建设、彰显乡干部权力与政绩的"性"交易行为似乎并不以为羞耻；另一方面鄙视小姐利用身体违反"性"道德的行为。很多时候，因为她们的行径违背了乡村"性"道德文化观念而遭到唾弃，但同时也会对她们促进了乡村经济发展、体现了乡领导权力地位而给予很高的评价。因而，对待还乡之后的小姐是接纳还是拒绝，成了乡村道德文化与领导权力角逐的一个场域。这样一来，返乡小姐何去何从的未来走向问题，就难以避免地涉及透过"性"的权力运作。实际上，无论是对她们的批评还是接受，都是乡村意识形态权力运作的结果。她们处于乡村"性"道德文化议论的核心位置上，乡村意识形态权力可以规范限制当事人的行动取向，促成其新的行动选择。她们透过互动或者博弈过程"创造"出彼此能够认可与接受的行动策略，其实也是一个乡村性道德文化系统和权力结构的重构过程。

由此可见，小姐返乡事件本身在城乡关系视域中蕴藉着更为丰富和深远的意义。它不仅反映了由乡进城的青年女性在城市艰难的生存境遇，而且也体现了乡村社会中关于"性"、文化与权力之间相互影响、相互建构的逻辑与机制。一定意义上可以说，对待小姐返乡的态度，反映的不仅是在特定乡村社会时空场景中有关"性"道德的事件，更是乡村权力事件的彰显。

第六章　打工文学中流动与留守儿童的身份建构

自20世纪80年代社会主义市场经济体制的建立健全以来，大量中青年从农村流动到城市务工，其中"举家迁徙"的家庭越来越多，流动儿童也呈增长趋势。有些流动儿童童年早期生活在户籍所在地由临时监护人抚养，后来因为教育、临时监护人离逝等因素而被父母带到城市。曾经的留守儿童流动至一个"异质"空间，成了有留守经历流动儿童。他们比从认知形成开始就流动到城市的流动儿童多了一段特殊的留守经历，其自我评价更消极、群体自尊水平与社会认同水平更低。① 流动儿童的身份认同问题是教育心理学、社会学的重点关注之一，近年来一些以他们为主人公的影视作品、纪录片也相继进入人们视野。开开（《念书的孩子2》），苟晓燕、冯杰等（《我是打工子弟》），袁欣媛等（《Biang Biang De》），"乞儿"等（《高贵的童心》）等从具有恒常性、亲和性的乡村到充满着流动性、断裂性的现代都市中，"我"是农村人还是城市人？或者两者都不是等身份认同危机，使得他们总是与处身其间的都市隔着无形的壁障。影片都以城市生活为主线，展现了他们在寻求心理安慰、实现自我与集体认同的辛酸与苦楚。它们不是视觉盛宴，却是一曲曲能引起共鸣、心灵震撼的现实主义牧歌。

携带着留守记忆从农村迁移至现代都市的流动儿童，不仅遭受了地域空间变换所引起的"悬置"感；在现代都市文明的冲击下，不只是激起了心理上的涟漪，身份意识的确定与建构也一直困扰着他们。如何拨开城乡文化缠绕的迷雾、寻求身份认同，是开开们在进行城市攻略路上的一个隐痛。

---

① 邓远平、陈莉：《有无留守经历流动儿童的社会认同及自我概念比较》，《现代预防医学》2017年第1期。

第一节　认真"读书"、与命运抗争——寻求身份认同

　　流动儿童一旦从祖辈世居的群落和童年早期的稳固关系网进入一个完全陌生化、"异质化"的学习生活空间，其稳定的位置感与归属感就会破坏，内在自我身份认同就会遭遇危机。他们与父母一同移植于城市，却不期然地成了现代都市的边缘人。跟随父母进驻了城市"中心"，却只能集居于北京城南的霍村（《Biang Biang De》），一家四口人挤在城市边缘地带的板房（《高贵的童心》），或顶楼露台上一间十几平方米的房里，厨房、餐厅、卧室、客厅等集聚一体（《念书的孩子2》）。在城市声光电化、金碧辉煌的现代化居住空间的反衬下，流动儿童家租住的房间不仅彰显了由乡进城底层人民居住空间的简陋与寒酸，更是成了与城市市民区隔的抽象化符号化的空间网。经济资本、文化资本与社会资本的欠缺，决定了他们在城市空间中的占位是边缘化的。[①] 夫妻齐心协力共同用自己的身体与血汗创造生活，却只能生存于城市生活的边缘。

　　为了超越父辈的生活形态，获得稳定的归属感，"读书"或许是最好途径之一。自古就有"万般皆下品，惟有读书高"一说。此中境界有三：一是认知能力的形成，此乃读书之最基本；二是为科举进士、民族振兴而读；三是修身养性，乃读书最高境界。前两种境界为很多普通学者追捧，将读书作为考试、就业、晋级等的"敲门砖"，实现人生的飞跃。家庭功能不健全的流动儿童，多有将读书作为"鲤鱼跳龙门"的唯一途径。开开（《念书的孩子》）因父母在外打工，从小跟随爷爷在农村上学。虽没有路温舒编席抄书那股子韧劲，也没有孙敬头悬梁、苏秦锥刺骨般的刻苦勤奋，但开开做到了课上课后的认真与进步，经常成为老师夸奖的对象，作文成为课堂上老师宣读的范本；有"看电视影响学习"的意识及将来要"考博士"的宏愿，并以此不断地约束自我、督促自我。上课、做作业、给爷爷"念书"、干家务活……琐碎、平淡、日复一日年复一年。然而，唯其琐碎，才深深地体现着开开对学习的执着与坚韧；也唯其平淡，才剖露出炽热情怀。

　　[①] 朱国华：《权力的文化逻辑》，上海三联书店2004年版，第172页："资本的总量和构成决定了行动者在一定社会空间中的占位。"

第六章 打工文学中流动与留守儿童的身份建构

人生漫漫长路，有平原驰马顺水泛舟的舒心，也有负重登山步履维艰的艰辛。《念书的孩子》中的开开九岁时与之相依为命的爷爷溘然长逝，摆在面前的是跟随父母进城可能辍学的命运，或是独自惧守漫漫长夜继续学习的抉择。"时间中有恶本原，即致命的和消灭的本原，因为过去的死亡其实由无数的下一个瞬间带来。"① 如果说，在如今的境况中，过去的快乐幸福被时间这个"杀手"无情地夺去了，只留下一个痛苦艰难的抉择与无尽地思念，主人公开开却希冀通过学习重新复活它、战胜它。生硬的馒头一个人咀嚼，空荡荡的院子一个人居住，无尽的长夜一个人去消磨……孤独、恐惧、思念齐涌心头。可是，开开依然选择了留在空无一人的家继续学业。与其说开开喜欢上学，毋宁说开开希冀通过求学为自己开创与父辈不一样的人生之路。虽害怕黑夜的孤寂，不习惯没有爷爷的叫床与嘱托，不适应没有现成的饭菜可吃，但开开背着书包迎着朝阳奔向学校那一刻是无比的欢悦与洒脱。因为，即将奔向的是一个象征着知识与力量的神圣之地。就如培根所说：达到人的力量的道路和达到人的知识的道路是紧挨着的，而且几乎是一样的。

阳光总在风雨后。九岁的开开独自经历了一番艰难痛苦的求学之路后，终于迎来了"阳光"：父母在城市为他找好了学校。既可常相陪伴于父母身边，免去思亲之苦；重要的是，不会成为一个失学儿童，依然能遨游在知识的海洋中。如果说开开留守农村备受思亲的煎熬与失去亲人的痛苦，仍坚守求学之志，是为了挑战生活、突破父辈般打工的命运，那么，在城里没了思亲的苦痛与生活上的担忧，求学之路却越加弥坚，不仅是为了战胜命运，更多的是为在一个异质的文化空间中寻求精神上的寄托与身份的确认。现代性把众多与开开一样的流动儿童从对乡村的依附中剥离出来，把他们对前现代的依赖中"拯救"出来，赋予他们以巨大的希望与梦想，而同时，现代性又把这一切关系抽象了。流动儿童与稔熟的乡村文化、事物、人之间因休戚相关而建立起来的情感纽带，随着这一抽象过程而被掐断，最后他们被带进一个陌生的冷冰冰的关系中。被抛置于繁华喧嚣的都市的流动儿童们，热情地拥抱充满着现代性、流动性、断裂性的都市文明时，认知的无知与错位、生活方式的不同等使得他们总是陷入尴尬。影片中开开不知"信用社"就是银行，没听说"电话卡"，对"贷

---

① ［俄］别尔嘉耶夫：《历史的意义》，张雅平译，学林出版社2002年版，第55页。

款""利息""超前消费"等市场经济发展过程中的新名词更是陌生。这种种尴尬是由乡村的落后与都市现代化之间的张力所造成的。固有的乡村经验一旦遭遇现代化生活，原有的经验与知识就显得很苍白无力，悬置感也紧随而来。开开显然对这种现代感有着深切的感受，他直觉而敏锐地感受到现代性对他的包围与侵蚀。于是，他总是将读书当作最重要的事情之一。天蒙蒙亮起床、独自赶公交上学、认真听讲、努力完成作业……在这一系列的忙与累中，在知识的海洋里遨游中，体验乐趣，重拾过去的碎片，憧憬美好的未来。

人总是生活在种种环境中，并受其影响。流动儿童自身的身份及家庭条件，致使他们在城市中的占位是边缘化的。当他们试图告别与故乡、早期童年生活、农民之子的身份外衣的关系，融入城市之时，他们实际上不仅正经历着与"原初的看护者"分离的恐惧[1]，也经历着被现代性悖弃的焦虑。过去难以重返，现在又"最难以把握、最难以抓住"[2]，未来是最容易畅想、憧憬的。一家三口租住在阳台的露台上，父亲是建筑工，母亲是保姆（《念书的孩子》），开开却要打破打工命运的潘多拉盒子魔咒，寄希望于"知识改变命运"的神话。《换城》中的曹庆七岁时跟随倒卖二手家具的父母来到城里，八岁了还没进学校。但在曹庆幼小的心灵上，埋着一颗知识的种子。没进过学堂的他，闲暇之余经常要求妈妈教认字、教算数。张涛（纪录片《换城》）深刻意识到自己能在城里上学，是以妈妈和姐姐两人早出晚归的打工为代价的。苟晓燕、冯杰等（《我是打工子弟》）在条件简陋、环境堪忧的打工学校，依然埋头苦学，梦想长大之后考清华大学、北大，或者建学堂帮助更多贫困学生等等。没有户口、缺少学籍、经济困难的袁欣媛等（《Biang Biang De》）在"生活馆"里勤学苦练，为的就是能够自信地站在公演舞台上证明自我。求学之路虽然充满着艰辛与困苦，但可在与现实、命运抗争的过程中逆风成长，确认自我价值。

"读书"不仅是为了铺就一条通向未来、直抵成功的大道；也是缓解

---

[1] ［英］安东尼·吉登斯：《现代性与自我认同》，赵旭东、方文译，生活·读书·新知三联书店1998年版，第50页。

[2] ［阿根廷］豪·路·博尔赫斯：《博尔赫斯文集·文论自述卷》，王永年、陈众议等译，海南国际新闻出版中心1996年版，第195页。

孤寂、忧虑或思念的精神符码。现代化以势不可挡之势把开开（《念书的孩子》）、曹庆（《换城》）等带进了城市，给他们带来了物质上的弥补，同时也给这些流动孩子们造成了精神缺憾。开开留守乡村时，每晚给爷爷"读书"成了必备功课之一。爷爷去世，开开被父母带去城里上学，被迫与流浪狗"小胆儿"分离。但这条通人性的小狗与小主人开开之间的情谊始终由一根细细的电话线联结着，跨越千山万水。开开每天通过电话念课文给流浪狗听，他不在乎小狗能否听懂，但他知道小狗一定是个忠实的听者，与他心心相通。没进过学堂的曹庆在拥挤的家具店里，认真地"读"起了《小鸭子回家》等文章。破旧的语文书、十之六七的字不认识、没有老师没有同学、没有听众……但曹庆依然坚持去认、去读。不管是开开给狗"读书"，还是曹庆给自己"读书"，都已剥除了完成学业任务的外衣，没有一点矫情和虚伪，忘却了一切喜怒和得失，只有一份恬淡宁静的忘我心境。念的对错无所谓，关键是享受念书的过程。最美不在于学到了多少，而在于读与听的瞬间。"读书"成了开开、流浪狗"小胆儿"在生活情感上彼此依赖的精神符码之一，是曹庆缓解失学之痛的良药。它可以使他们消遣时光，缓解孤寂之情。从而赋予"读"与"听"更神圣的使命，为生活增添温情与精彩绚丽。沉浸于或铿锵有力、或温婉柔情的"念书"中，他们找寻到了一方安放心灵的净土，一个放空身心、实现自我认同的精神庙宇。

第二节 回望中重拾记忆——心理安慰、自我认同

漂移至异地他乡的有留守经历的流动儿童们，备受心灵的煎熬与身份边缘之苦，只有一次又一次地回望熟悉的故乡、追忆故乡的人与事，以对抗城市的冲击，寻求心理安慰与认同。"回忆"不再只是表达时间与作品的关联，而是凸显人对已逝去时间刻骨铭心的体验。故乡和童年是任何一个人生命的开端，也是记忆的开始。虽然有时故乡呈现出凋敝破败的景象，童年也有如开开（《念书的孩子》）一样因缺少父母的陪伴而逊色不少，但开开从小就跟随着爷爷在农村里生活、上学，感佩爷爷慈祥、善良、坚强的性情品格，同情流浪狗"小胆儿"的遭遇，感念相邻同伴同学的天真无邪，熟稔乡村固有的生活方式、文化习俗等。当与爷爷死别、与亲如兄弟的"小胆儿"生离、与同伴同学辞别，离开了落后而稳定的

乡村世界时，回忆似乎就可让他回到"过去"，沉浸于"过去"的时间里享受快乐。

开开从出生就一直生活在农村，耳濡目染了淳朴、人性善良的乡村文化。在农村之时，开开与爷爷相依相偎，与小狗"小胆儿"倾吐真心、相依相惜。来到城市后发现，城市以兼容并包的姿态"迎接"人的到来，却以先进文明的高姿态拒斥"狗"的进城。没有了爷爷与狗的相伴，开开在城市是悬置的、空虚的。高楼林立、车水马龙的城市并没有使开开感到开心，反而它的冷漠与排他使他身心备受煎熬。留守乡村的记忆就成为他在城市时内心深处追寻心灵安慰、实现身份认同的精神家园。

怀旧叙事是影视作品中的一个重要视觉表征和主题指向。怀旧不再仅仅表达文学与时间的关联，而是通过对"过去"的追忆来隐喻"当下"。影片中一幅开开给爷爷念书，"小胆儿"嘴衔鞋子、坐在鞋子上专心听书的画面呈现在读者面前。温馨、真挚、感人，这是开开在面对陌生城市时的情感选择。进了城的开开，只有通过对爷爷与"小胆儿"的美好回忆，来构筑精神家园，抚平受创的心灵。这种回忆不再是对过去的纯客观再现，而是一种重构，"它不仅仅是过去经验的浮现与记忆的持存，它实际上是一种具有情感心理趋向的选择行为"[①]。开开沉浸其中，可以忘却烦恼、再现自我。

在陌生的城市，开开终于与小狗"小胆儿"相聚了，终于可以无所羁绊地享受与同伴相依相偎的美好时光了。因为"小胆儿"的到来，让开开赢得了城里同学的友谊，得到了城市同学的认可。可是，命运总是喜欢捉弄人。正当开开寻求到了安放心灵的一个"栖息物"之时，"小胆儿"因车祸而离开了世间，开开伤心至极。开开伤心一条狗的生命被无情地夺去了，更忧虑刚与同学建立的友谊是否可以维系，刚在城市找到的自我是否会再次迷失。开开历经了两次与"亲人"的死别，但不能消弥在情感上对家乡及家乡亲人的依恋，以及现实上"回不去了"的认知。"现在"隐含着伤痛与未知，或许唯有"过去"才是温馨的与可靠的。回忆让他重返过去，以此获得精神上的慰藉。一个个留守乡村时给爷爷念

---

① 刘雨：《现代作家的故乡记忆与文学的精神还乡》，《东北师范大学学报》（哲学社会科学版）2006年第5期。

书、给"小胆儿"念书的温情画面在开开脑海中显现。这些所承载的言说不尽的"过去"可减轻开开的伤心程度,缓解有留守经历流动儿童的身份焦虑和困惑。因为回忆"已不存在的事物,是比明明存在,而只有自己不能接近的事物较为舒适,也更能自慰的"①。

  对于任何一个人,故乡、童年对父母的依念都是生命的开端。在孩童眼中,故乡是美和爱的象征,如同母亲的怀抱,安定、温馨、美好。然而,对袁欣媛(纪录片《Biang Biang De》)而言,母爱缺席了五年,如今唯一留下的就是回忆中的母爱。依窗凝望远方的那一刻,她是快乐的,因为她回到了过去,有母亲相伴左右。回忆既起因于情感焦虑,又与身份归属相关。当亲眼看着母亲离家出走,将那份最真挚的母爱带走的时候;当父亲因工作所需,将她一人留下独守家园的时候;当既没有户口也没有学籍的她,既不知道自己是谁,也不知道开学时还能不能再次踏进学堂的时候,她怎能不怀念家乡,怎能不怀念一家三口相聚在家乡时的情景?

  如果说开开、袁欣媛在城里是以回望家乡的方式来寻求心理安慰的话,那么《高贵的童心》中几个不到十岁的孩子就是以"回家"的行动来践行对家乡的回望。《高贵的童心》中展露在读者面前的是城市边缘地带的一个移民聚集区,吵骂、逼仄、凌乱、无序、肮脏……在这里居住着乞儿等几个孩子,他们有被骗到城里专事行骗的,有父母在城里拾破烂、做建筑工,到了上学年龄被带进城上学的,他们的童年是有缺憾的。早期留守家乡,备受思亲之苦,而进城了,却也感受不到温暖。那已远离的家乡,同样是寂寞的,然而有慈爱的爷爷奶奶庇护,有同伴、花草相伴,温馨、可爱。因而,当乞儿说要回家过年时,其他小伙伴积极响应要求结伴回家乡。面对千里迢迢的家乡,他们只能徒步远行。能否到达目的地,何时能到,这都不重要。关键是那一颗颗炽热的心,让他们毫无畏惧地踏上了返乡的征程。他们以这种方式践行了对故乡的朝拜。对故乡的回望,不仅仅是对往事的凭吊、将过去作为"他者",还是"重返过去""生活在过去"。

---

 ① 徐德明:《乡下人进城的一种叙述——论贾平凹的〈高兴〉》,《文学评论》2008 年第 1 期。

第三节　以动物为镜像——建构自我、实现认同

在农村城市化进程中，留守农村的孩子与父母之间形成了一道无法弥合的裂隙，阻隔了亲情的传递；在现代性都市中，人与人之间产生了前所未有的隔绝感、危机感与不信任感。为了弥补亲情的缺失、缓解危机感，促使部分人在动物身上寻求新的情感寄托，传达对生命的感知。文学是人学，作品中动物以"象"的形式显现，从别一样的角度来关注人性世界，展示人的精神世界。就中国文学而言，鲁迅、巴金、莫言、张贤亮等作家在不同年代都有对动物的书写，通过人与动物之间的情感与命运纠葛，体现人的情感需求以及作者的现实主义关怀。

在以流动儿童为主人公的影片中，诸多如开开一样的流动儿童，作为城市的"他者"，孤寂、焦虑伴随着他们在城市的生活。同样弱小的动物就是他们在城里的安慰和寄托。开开（《念书的孩子》）将流浪狗"小胆儿"视为亲人；袁欣媛等小朋友（《Biang Biang De》）对捡来的小猫欣喜若狂、爱护有加，《高贵的童心》中小朋友徒步远行回家乡也不忘将"小哈"狗带上，《换城》中的曹庆在旧货市场精心饲养着小狗……

《念书的孩子》中一条狗贯穿两部影片始终。流浪狗"小胆儿"不仅是开开的倾听者、陪伴者、守护者，也是开开的另一个自我。拉康认为，婴儿在"镜像时期"会有从被动的接受到想象中主动行为的变化。婴儿试图将镜中的成像看作是对外界的操控与克服、是对自我的认同。留守生活于开开而言，相当于婴儿早期"镜像时期"：自足、安全，却又有着对外界的抗拒。从流浪狗的被接纳到对小狗的真情述说，从将小狗当成普通动物来养到将它视为与爷爷同等重要的亲人，主体与狗之间完成了一次次角色的转换，"狗"逐渐构成了自我的一部分。通过"狗"这一镜像的想象认同来抵御因亲情缺失所带来的焦虑与痛苦。

当猝不及防地被抛入陌生冷峻的城市中时，开开无力反抗不能将小狗带在身边的事实。小狗被迫遗弃，意味着"镜像时期"的中断，从而使得开开处于自我分裂状态。发烧昏迷是对现实最强有力的无声抗议，也是一种逃避自我的最好方式，犹如退到母亲子宫那种安全自足状态。梦终归是要醒的。真切地面对现实，就如婴儿的出生意味着原先的安全依恋丧失。没有了思念父母的痛苦，却有着怀念爷爷的忧虑，缺失小狗陪伴的焦

心。精神上的磨难是开开在城里最大的"对手"。如果想要开心地学习生活，他就必须打破与外界不和谐的关系，需要能确证自身存在与价值的物。在这个"镜像时期"，开开找到了战胜环境与自我的方法——流浪狗"小胆儿"。自离家进城以来，开开通过多方寻找未果之后，小狗惊奇地再次出现在老家。开开身处城市，但情系着乡村。小狗独自趴在家门口，俨然战后幸存的士兵誓死守护着家园，替主人坚守。千里情谊一线牵，电话两端情系着彼此。"小胆儿，开开哥的电话"，邻家女孩小燕话音未落，小狗就朝电话疾驰而奔；"放学给你念书"的一句简单承诺，小狗一定会准时等候在电话机旁。此时，主人与狗已经超越了人与动物的关系，或许开开也分不清哪个是自己，哪个是小狗。在与小狗相处过程中，开开精心地维护着彼此间的情谊，不自觉地把它当成自我及生活的一部分。小狗的出现及行为完成了主体对自我的期待。

开开与狗通话、对狗念书，意味着通过"狗"镜像的想象认同来克服与外界的对立；在随后的生活中，历经波折将狗带进城、向同学炫耀狗的灵性等一系列事件，实现了主人与小狗的完美融合，自我的确认。小狗的精彩表演、与主人天衣无缝的配合，不仅使开开赢得了城里同学的青睐与友谊，更是让他实现了自我认同。就如拉康所说："通过一系列与自恋对象或者爱之对象的认同，自我逐渐获得了一种身份或统一。"[1]

动物"往往成为人道主义、人性的载体，凸显的是'人性'"[2]。小动物是留守儿童的生活伴侣，是流动儿童漂流于城市的精神支柱，是自我认同的温情载体。本质上，这种动物形象与人性关怀的审美追求完美地融合，一方面赋予动物人的性情，成为流动儿童的情感寄托；另一方面，动物的形象出现，拓展了对流动儿童关怀的诗意想象空间。然而，《念书的孩子2》中小狗在迎合主人及城市小朋友的"美化环境"活动中，为捡瓶子而葬身车轮下，永远地留在了城市，袁欣媛（《Biang Biang De》）捡来的小猫也只能是生命中的过客。史天宝（《Biang Biang De》）对动物的喜爱不亚于开开、袁欣媛，但他只能在朋友家尽兴地与羊、狗等动物嬉戏玩耍。与其说开开伤心小狗的离世，毋宁说因为"镜像时期"的完全终止，使得开开陷入自我与身份认同的混乱中。当史天宝闹着要父母给他

---

[1] 转引自黄作《不思之说：拉康主体理论研究》，人民出版社2005年版，第7页。
[2] 江腊生：《新时期文学狗意象的文化流变》，《中国文学研究》2012年第3期。

买动物饲养而被拒绝时，一脸的不悦与茫然。没有小猫的陪伴时，袁欣媛凄然地凝望着外面的天空，惆怅、焦虑……人与动物情义越深，越是凸显人的孤寂与焦虑，越是渲染动物是人的情感与精神支柱，就越彰显了流动儿童对城市的不适。动物这个外在符号载体的消逝与远离，象征着流动儿童要真正融入城市，被城市完全接纳终究是南柯一梦。

《念书的孩子》《Biang Biang De》等影片以其真实而细腻的风格，展现了社会转型期有留守经历流动儿童群体的生活际遇与心灵世界，透视出他们在困境中的志诚、勤奋和梦想。诸多如开开一样的流动儿童，作为城市的"他者"是被抛弃遗忘的一群，在"歧视性文化空间"中，他们是否能真正融入城市，得到精神与身份上的提升，这是社会进步给农村孩子带来的隐痛。

第七章 打工文学作家创作心理的空间特性

任何一部文艺作品都是一种精神创作活动的结晶。不管出自何人之手，也不论作者的身份，所叙述的事件可能是真真实实发生在作家身边的经验性事件，也可能是作家想象的虚构事件。然而，叙述主体和叙述事件都离不开时间和空间这两个维度。因而，作家进行创作既要考虑"经典叙事学"中非常重视的时间之维，也要重视"后经典叙事学"中所强调的空间维度。就如李芳民所说："作为一种叙事文学的小说，在构成其文体特征的诸要素中，故事情节与人物是最主要、最活跃的部分，但不论是故事情节的发生与展开，还是人物的各种活动，总是在一定的时空中进行的。时空包含时间与空间两个方面，而其中的空间场景，在阅读效果上给读者的印象往往超过了时间。空间场景的意义不仅在于它作为小说情节结构要素必不可少，而且其本身往往也具有特殊的意味。在小说艺术走向成熟以后，小说中的空间场景已远远脱离了客观真实，而多为作家的虚拟。在一定意义上，这种虚拟的空间场景也是作家艺术创作力的表征。"[①] 空间对情节结构与人物塑造有着很大的作用。虽然小说文本中的空间在一定程度上是作家虚拟的，这种虚拟却并非毫无根由，一般由作家本人的经验假以想象完成的。所以最终呈现在读者面前的文本事件不是原生事件，而是意识事件。所谓"原生事件，就是在生活中实实在在、原原本本发生的事件。但事实上，原生事件只在理论上存在。因为事件一经发生，必须被感知到才能进入人的意识，从而为人所认识、记忆和叙述。没有进入人的意识的事件是毫无意义的，而进入了人的意识并被人所记忆和叙述的事件，就已经不是原生事件了。所谓意识事件，是指在叙事行为即将开始之

[①] 李芳民：《唐五代佛寺辑考之"附录"：故事的来源、场景与意味——唐人小说中佛寺的艺术功能与文化蕴涵》，商务印书馆 2006 年版，第 396 页。

际出现在叙述者意识中的事件。从接触渠道来说，意识事件可以来自叙述者在当下生活中的亲身经历，可以来自朋友或同事之间的闲聊，可以来自电视、报纸或其他媒体的新闻报道，可以来自灯下独坐时的缠绵回想或浮想联翩……从心理活动来说，意识事件可以依靠感知，从对当前事件的耳闻目睹中获得；也可以发动想象，靠虚构获取。当然，最重要还是诉诸记忆，从往事中提取。所谓文本事件，也就是作家们书写出来，而进入到了叙事文本中的事件"①。也就是说文本中所出现的事件，是经过作家加工后的产物，融合了真实与记忆、想象、虚构的产物。

记忆与想象也具有明显的空间特性。② 记忆或想象的空间特性会给作家带来很大的影响，从而使他们创作出来的文学作品呈现出作家记忆、想象的空间特性。打工文学的作家主要由两股力量构成：其一，如安子、周崇贤、林坚、王十月、郑小琼、谢湘南等作家那样自身本就是打工者，有着非常丰富的打工经历，称为"打工作家"；其二，像罗伟章、贾平凹、刘庆邦等作家在写打工文学之前，就已经是国内有名气的作家了，称为"文人作家"。不同的经历、不同的境遇、不同的文化素养等造就了打工作家与文人作家的创作不一样，也导致了进入叙事文本的事件不一样。打工作家特殊的生活经历，致使他们往往以自己的经验记忆进行事件的营构。而文人作家是处于体制内的，他们所面对的群体基本上也是体制内的人员，对打工者的了解更多的是通过采访、电视、报纸、新闻报道以及自己的想象。所以，打工作家与文人作家创作出来的叙事作品所呈现出来的心理空间特性也有所不一。

第一节　打工作家：记忆的空间性

文学批评家布朗肖认为，文学空间并非一种外在的场景或景观，也不是为了见证时间在场的固化场所，而是一种生存体验的深度空间。因而，文学空间是一种内在的、孤寂的、深度的体验空间，而写作"就是要投身到时间不在场的诱惑中去"，而"时间的不在场的时间是无现时的，无

---

① 龙迪勇：《事件：叙述与阐释》，《江西社会科学》2001年第10期。
② 龙迪勇：《空间叙事研究》，生活·读书·新知三联书店2014年版，第33—39页。

第七章 打工文学作家创作心理的空间特性

在场的"。当"颠倒在时间的不在场中",我们可以"推回到不在场的在场"。① 回忆体现着这种力量。它可以赋予我们召唤过去的自由,是人类生存体验的再现。

记忆作为一种心理活动,无论是对作家还是对普通人,都是非常重要的,是我们每一个人生命中的一部分。如果没有记忆,人就是残缺的;"没有记忆,就没有任何可以讲述的内容"。就如贾平凹先生所说,"小说是一种说话,说一段故事,我们做过的许许多多的努力——世上已经有那么多的作家和作品,怎样从他们身边走过,依然再走——其实都是在企图着新的说法。"(贾平凹《白夜·后记》)每个人每天都在"说话""说故事",说我们知道的、不知道、经历过的、想象的故事。而构成小说的"故事"一定要新颖、独特,要有技巧。但有一点不可否认的就是,"讲述故事"是小说的最高境界,故事是小说的最高要素。而故事的构成大多来自作家的经验、记忆或想象。小说家马原说道:"实际上记忆对我们的写作,尤其是对于虚构写作,有它特别要紧的、特别不可或缺的意义。……因为最初的写作肯定是和个人记忆和个人有限的经历有关,差不多可以这么说,最初的写作一般总是带有很强的自传性质,而这种自传的成分很大程度上就是来源于个人记忆。"② 每个作家在创作文化作品的时候,都会将自己记忆深刻的经历和感触投射到作品中人物与故事上。尤其对打工作家而言,他们最初的身份只是一个打工者,刚进行创作时没有更多的创作技巧可言,写作的内容大多也与自己的经历紧密相关。他们在进行打工文学创作时会将自己经历的事与人、生活过的地方、住过的房间、用过的物具等写进作品中。因为这些饱含了太多的故事,甚至是一种生命的体现。因而,他们最初的创作呈现出很强的自传特点。"经历"与"记忆"是支撑他们文学创作的最好素材。王十月作为扛起打工文学旗帜的作家之一,在访谈时很真诚地谈到记忆对创作的重要性:

> 我是一个农民,在已走过的生命中,恰好有一半时间是在农村度过的,另一半的时间,在城市打工。我有限的写作实践,也基本上是

---

① [法]莫里斯·布朗肖:《文学空间》,顾嘉琛译,商务印书馆2003年版,第12页。
② 马原:《小说密码——一位作家的文学课》,作家出版社2009年版,第43—44页。

以这两种生活为素材的,一个是乡村生活的记忆,一个是打工生活的记录。①

在写作的过程中,我的脑海中像放电影一样,二十年的打工经历,那些我熟悉的面孔,工厂的铁架床,南方的出租屋,那些我熟悉的人和事,甚至那些深入我骨头里的气息,绵绵不绝、扑面而来。我要做的,就是把这一切转化成文字。(王十月.理解、宽容与爱的力量——《无碑》创作谈)

打工诗人郑小琼也曾说过:"我写过大量反映打工者题材的诗歌,我是其中的一员,亲身经历过这种生活,有刻骨铭心的记忆。我无法在我的文本中逃脱它带给我的影响,直到现在,我的亲人、同学、朋友还在工业区的工厂打工,我的根在这个群体中,这个群体的生活给我的写作带来巨大的影响。"②

记忆是对过去已发生之事、已见过之人的一种心理体验,毫无疑问,它是时间性的。但它也具有空间特性。一个人的记忆"包括背景(Backgrounds)和形象(Images)两类"。所谓背景"指的是天然或人为地确定一些小型的、完整的、显著的场景,用来衬托要记忆的对象,以便用生来就有的记忆力轻易地把握它们。例如,房子、柱廊间的空地、壁龛、拱门等等。所谓形象就是我们想要记住的对象的形状、标志或肖像。例如,要是希望回忆起一匹马、一头狮子、一只老鹰,我们必须把它的形象放在一个确定的背景中"③。"背景"是一种放置"形象"的空间性存在物,而"形象"则是在"背景"中的各种存在物。西塞罗先生的记忆法其实就是一种"地点记忆法"。西蒙尼戴对"位置记忆理论"或"地点记忆法"有比较独到的认识。他说这种记忆法就是"将需要记忆的东西与一些特殊的位置,如房屋的房间餐桌旁的椅子等联系起来,再将其按逻辑顺序组

---

① 王十月:《记忆中乡土是纯美的》,2007年8月21日,金羊网—羊城晚报(http://news.sina.com.cn)。

② 郑小琼:《我成为了自己的反对者》,2016年11月18日,中国诗歌网(http://www.zgshige.com)。

③ [古罗马]西塞罗:《西塞罗全集·修辞学卷》,王晓朝译,人民出版社2007年版,第68—69页。

织起来，使它们更利于记忆。"① 经历过的场景、住过的房子、使用过的家具等更能让人形成视觉形象。这种物理空间记忆给人留下的印象更深刻。就如杨治良先生所说，"刺激的物理存在比心理含义更能影响记忆。甚至对于漠然的旁观者而言，环境亦较心理努力本身对蛰伏刺激能提供更为有利的场合线索。由于物理线索的这种优越性，人们一般偏向于依赖物理刺激而非内部策略来组织记忆"②。将记忆与空间或空间中的填塞物联系起来，使得记忆本身呈现出空间的特性。基于记忆的这种空间特性基础上，作家开始了其叙述活动。

记忆首先体现在身体的记忆。如梅洛-庞蒂所言，"身体的记忆，两肋、膝盖和肩膀的记忆，走马灯似地在我的眼前呈现一连串我曾经居住过的房间……我的思想往往在时间和形式的门槛前犹豫，还没有来得及根据各种情况核实某房的特征，我的身体却抢先回忆起每个房里的床是什么样式的，门是在哪个方向，窗户的采光情况如何……我的身躯，以及我赖以侧卧的半边身子，忠实地保存了我的思想所不应忘怀的那一段往事"③。身体的记忆与空间紧密相连，凭借空间的记忆，往事一一呈现。一个个体首先是身体的，身体是记忆、思想的原始起点和核心。童年的记忆也必然离不开身体空间。并且"童年记忆往往是一个作家写作的原始起点。在中国，多数作家的童年都生活在乡村，这本来是一段绚丽的记忆，可以为作家提供无穷的素材，也可以为作家敞开观察中国的独特视角——毕竟，真正的中国，总是更接近乡村的"④。打工作家群体来自乡村或有乡镇的背景。对乡村的体验从出生开始，伴随着他们的童年、青少年。诗人郑小琼说，"童年留给我最大的记忆可能就是嘉陵江，夏天涨水，江面变得很宽。在我成长过程中，我一直觉得嘉陵江是最大的河流，小时候我常在江边洗衣服，逢集时坐船去龙门古镇赶场……刚出来打工的时候，我经常梦见坐船过嘉陵江，我曾写过一首有关于童年记忆的诗《江边》……而坐船是童年最深刻的记忆，赶场对于儿时的我充满诱惑，虽然现在看来，那

---

① ［美］多米尼克·奥布赖恩：《记忆术——过目不忘的记忆秘诀》，闫圆媛、蔡侗辰译，海南出版社、三环出版社 2006 年版，第 12 页。
② 杨治良等：《记忆心理学》，华东师范大学出版社 1999 年版，第 507 页。
③ ［法］梅洛-庞蒂：《眼与心》，杨大春译，中国社会科学出版社 1992 年版，第 58 页。
④ 谢有顺：《从俗世中来，到灵魂里去》，郑州大学出版社 2007 年版，第 94 页。

种机动船巨大的轰鸣而嘈杂的声音显得喧哗，座位是长条凳子，有些脏，乌篷子有些陈旧，正是这些老旧的东西留给我巨大的记忆，坐在船上，看江水流动，两边的树木与行人，牛羊与庄稼，江中有人用搬罾搬鱼，有客船过去，浪花扑岸，船中都是村上的熟人，大家聊家常，虽贫寒，却和谐而温馨。它是缓慢的，温情的，带着中国传统气息。……"① 由于对社会的认知尚浅，故乡留给他们的印象大多是美好的温情的一面。王十月说：

> 在我的乡村记忆中，乡土是纯美的。也许那时我年纪尚小，看到的都是美好。当我对人生有了一点点洞察力，开始感受到乡土的破碎与在这破碎中坚守的苦难时，我又离开了乡土。于是，对乡土的回忆，成了治疗我打工生涯中孤独时的一剂方药。所以我笔下的乡土，是我记忆中的唯美的世界。②

记忆总是和一些具体的空间联系在一起。故乡、小桥、河流、房子等空间都将有可能成为一个人的记忆承载物。对于远离故乡，进驻城市打工的人而言，故乡尤其显得重要。这些"存在空间"为他们所熟悉，承载着他们最初的重要记忆，所以哪怕到了繁华的现代城市，成为一名作家了，他们在作品中还总是以这一"存在空间"作为参照去书写世间的人与事，关照乡村与都市的情感。

打工作家王十月在其创作中始终贯穿着对故乡的回忆。纵观王十月几十年来的创作，不难发现，在他的小说中有对"存在空间"的纵向描绘：从离乡前的故乡——曾经的"存在空间"，到刚进城时的城市"存在空间"再到多年之后返回的"故乡"。在自传性长篇小说《无碑》中一开篇就对主人公老乌的家乡进行了诗意的描绘：

> 老乌家乡的湖水，一年四季变化着不同颜色，春日湖水明静；夏天又绿得深沉；秋天湖水开始绿中带蓝，带黄，还带红；而到了冬

---

① 郑小琼：《一个关于乡愁的访谈》(http://blog.sina.com.cn/s/blog_45a57d300102-vfeh.html)。
② 王十月：《记忆中乡土是纯美的》，2007年8月21日，金羊网—羊城晚报（http://news.sina.com.cn）。

天，湖水又变得清冷，整天泛着白光。

显然，老乌家乡这一"存在空间"在他眼里是带有诗情画意的。他将带着这份诗意来到城市，并将之作为"参照系"去体验城市和认知事物。这是老乌的家乡，这份对故乡的回忆是老乌在城市的生活动力，也是王十月对故乡——"生存空间"的美好追忆或重构。

张伟明的情感世界里，家乡也是温情的。他在《传说》中写道：

> 幽谷深处
> 失落有
> 荒地一块
> 它有个古怪的名字
> 叫陶潜
> 离这很远处
> 我找到九十七棵桃苗
> 并把它们带回山谷
> 小心翼翼地
> 种进
> 那荒地里……

"荒地""山谷"等空间意象与"陶潜""桃苗"等联系起来，通过隐喻的方式，将心灵深处的伊甸园与现实的家乡联结在一起，赋予"山谷""荒地"等现实存在空间悠远、理想之境。

因为记忆的空间特性，作家可以将具体的空间与往事、过去的人联系起来。将某个具体的空间或场景作为一个支点，再现往事。王十月在《安魂曲·后记》中谈创作时说道："我是一个不能凭空造小说的笨人，写某一个小说，其中场景，在写时，脑子里必得找出一处对应的地方，其中人物，也得在记忆中寻出那么个原型，然后在此基础上增一点减一点。写的时候，心中是有那么一些人物在活动的，如果没有，我就没法写了。"在王十月很多作品中，"故乡"是他回忆的"支点"。以这个稳定的"支点"生发出去，创造了一个属于他自己的"故乡"。

陈福民先生说王十月的《无碑》其实就是"曾经的打工者写自己20

年的打工生涯"①。王十月在《长篇小说选刊》的"创作谈"上谈及自己创作《无碑》及老乌这个人物时,也表达了自己与老乌的"重叠":

> 写作这部书,我用了整整二十年。我指的是,我用了整整二十年的时间,和书中的主人公老乌一样,在生活中摸爬滚打,感受着从农业文明向工业文明转折中的一代中国人的梦想、希望、幸福、失落、悲伤⋯⋯从某种意义上来说,我和老乌的历史是重叠的。但在这二十年的时间里,又有整整十五年,我和我亲爱的老乌一样,对我们的生活与命运是缺少认知的。我只有一个很简单的梦想,过上幸福生活。只有在后面的五年,我和我的老乌才开始有了一些思考,思考我们生活的必然与偶然,然与所以然,思考幸福的真实含义。

也就是说,老乌就是王十月的外化,老乌对故乡的感情也是作者本人情感的书写体现。改革开放初期,乡村还没有受到现代化的影响与侵蚀,到处是青山绿水,诗情画意。王十月的故乡湖北石首曾经也是一个花虫鸟兽、小桥流水的江南水乡。在《安魂曲·后记》中,王十月是这样描述故乡的:

> 在故乡,曾经是有许多大树的。屋后的山上,就有许多高大的栗树。小时,常去树下捡了栗树果做成玩具。现在,栗树在我故乡已绝迹。屋前曾有一株硕大的苦楝,树上住一窝喜鹊,冬天,总有成群的八歌来抢喜鹊的窝,于是喜鹊一家奋起反抗,保卫自己的家园。那株苦楝什么时候没的,我记不真切了。屋前还有一株黄榭,三个人才能围过来,树大,挡住了我家的阳光。

绿水、树、喜鹊等"形象"是"背景"中的空间性存在物。这些"形象"就是王十月的故乡这个"背景"中的"存在空间"。"所谓'存在空间',就是比较稳定的知觉图式体系,亦即环境的'形象'。存在空

---

① 陈福民:《无言的历史与伟大的见证》,《长篇小说选刊》2009年第6期。

间是从大量现象的类似性中抽象出来的,具有'作为对象的性质'。"①"存在空间"是意识深处的"比较稳定的知觉图式体系",它具有稳定性、长期性的特性。这种稳定的、真切的生命体验,反过来又触动着作家们的精神创造,将它们融入自己的创造过程中,写进自己的作品中。于是我们在王十月的《无碑》中可以看到类似故乡的描写:

> 李保云,也就是老乌,来到瑶台村那年,二十有五岁。那时的瑶台,尚是个典型的珠三角小渔村,其名头少为人知。瑶台村口云瑶桥两侧,各一株古榕,榕树叶子密得连阳光也筛不下,盛夏时节,烈日炎炎,芭蕉苒苒,坐在树底,亦觉两肋生风,凉意沁脾。树下,横七竖八,散落着十五块条石,可能年深月久,条石被磨得光不溜秋,乌黑里泛着青光。一个石香炉,里面积着满满一炉香灰,还有一炷香未燃尽,空气中飘浮着香火的味道,似有还无。一条机耕道,从榕树旁蜿蜒向林阴深处,机耕道的一边是河涌,一边是民居。……河涌边长满了肥硕的香蕉树,还有一种类似芋头的植物,比芋头叶子还要硕大、肥嫩,还要绿。……顺着那条机耕道往里走,机耕道顺着河涌的曲折而曲折,机耕道的另一边,全是青灰色的民居,房屋低矮,盖着清一色的燕子瓦,檐头有着高高的翘角,屋脊上蹲着琉璃的小兽。……沿机耕道往里走,走上大约一里来路,眼前就开阔了,右手边再没了人家,呈现在眼前的,是一大片鱼塘,鱼塘边种着齐腰深的鱼草,几间零星的小木棚散落在鱼塘边。

与其说是老乌眼中的珠三角瑶台村,不如说是王十月对家乡的审美观照。碧绿的湖水、硕大的古榕、瓦房、鱼塘等全然是一派乡村图景——自然、宁静、古朴,正符合了王十月对"故乡"这一"存在空间"的童年美好回忆。因为对于老乌、王十月及更多其他人来讲,家乡"储存着全部的往事、积淀着和自己有关的所有的时间,因而家乡就是全部的世界,至于其他地方,那只是外在于自己的、'陌生的'东西;只有和'家乡'这一魂牵梦萦的空间联系起来,其他的地方才能被赋予意义,因而也才有

---

① [挪]诺伯格·舒尔兹:《存在·空间·建筑》,尹培桐译,中国建筑工业出版社1990年版,第19页。

存在的价值"①。

"故乡"浓缩了所有的时间与记忆。王十月出去打工之后,对儿时"生存空间"的追忆或重构中,既有对"故乡"唯美如画、质朴自然的美好回忆,也有对巫楚文化神秘朦胧的回忆:

> 村里有一株古树,在村里最为著名,它就是《米岛》讲述者的原型。其实不是树,是一根荆条,也许是年岁太过久远了,居然长成了树,两个人才能围过来。故乡地处北纬35度,四季常青的树不多,这荆条,却是四季常青,叶片格外的绿,绿成墨黑色,立在老虎山背,阴森森的,很恐怖。孩子们都怕这树。外地人路过,总会加紧脚步。不知从哪朝哪代开始,村里人就将那树奉若神明,逢年过节,总有人在树下焚香膜拜,求妻、求子、求财、求平安、求保佑自己所爱的人,诅咒自己所恨的人……我出生时,尚在"文革"中,破四旧,人们不信鬼神之说,村里据说是组织了劳力要将那树挖倒,几人去挖树,一个却莫名一锄,挖到了另一个的背上,伤了脊骨,落了个终身瘫痪。都说是树神显灵,自此,村里人再不敢去动那树。(王十月.中篇小说集《安魂曲》后记)

王十月,湖北荆州石首人。荆州是楚文化的发祥之地。"神秘与浪漫是荆楚文化的鲜明特征。荆楚地区有着地形复杂、气候多变、山川怪异的自然景观与地理面貌,生活其间的人们易于产生奇幻的感觉、莫名的恐惧、神秘的猜测、奇异的遐想,人与自然界发生着微妙的关联……楚文化呈现出诡异神奇的文化特征。"② 张正明先生对楚文化中神秘气息也有所论及:"楚国社会是直接从原始社会中出生的,楚人的精神生活仍然散发着浓烈的神秘气息。对于自己生活在其中的世界,他们感到又熟悉又陌生,又亲近又疏远。天与地之间,神鬼与人之间,山川与人之间,乃至禽兽与人之间,都有某种奇特的联系,似乎不难洞悉,而又不可思议。"③

---

① 龙迪勇:《记忆的空间性及其对虚构叙事的影响》,《江西社会科学》2009年第9期。

② 萧放:《论荆楚文化的地域特性》,《湖北民族学院学报》(哲学社会科学版)2001年第2期。

③ 张正明:《楚文化史》,上海人民出版社1987年版,第112页。

荆楚文化源远流长，影响了一代又一代荆楚之民。王十月生长于荆楚，荆楚文化对他的影响也非常深刻。王十月说，"楚州是我的精神故乡，它是无根的，但也是有根的。它的根是我的故乡荆山楚水间的那片土地，那里巫风盛行，从小在巫鬼文化中长大的我，对那里的一些风俗和传说很感兴趣。我想建构一个属于自己文字的王国，那个地方叫楚州。我想从农村、小镇到城市，建构起一个立体的楚州。"① 为了建构一个有特色的楚州，王十月将荆楚文化的神秘特征带进了作品中，在那里巫风盛行，人鬼共存：

> 随着米岛人口越来越多，横死之人也越来越多，那些心有不甘的阴魂，在米南村的教唆下，不肯入天堂，亦不肯下地狱，他们盘踞在我的枝柯上，以我那高大的冠盖为家，成为生活在阴阳之间的鬼魂。（王十月：《米岛》，作家出版社 2013 年版，第 6 页）

《米岛》的讲述者是一株"古树"，本身就带有神秘气息。"人鬼共存""人鬼共话"等在米岛这个地方似乎是常见的。人可以说"鬼话"，鬼也可以议论人。其中一个叫"米南村"的鬼看到林爱红与吴青山的恋情之事时说道："这么多年看下来，你们几时见过男人的誓言是可信的？倒是那些个女子，一声不响，再苦再难都默默担着，做出来的事，让我们这些站着撒尿的大老爷们惭愧得紧啊。"（《米岛》第 81 页）这些出自"鬼"口的言论，可以反观社会历史与现实，更多地让作品弥漫着神秘的气息。作品中还有诸如花敬钟、白婆婆、马挖苦等具有通灵异能的人。花敬钟爬到觉悟树上本来是想躲避批斗，却成了在树上生活的人。后来"开了天目"，能"辟谷"，能与鬼魂们自由对话，成了一个活在"阴阳两界"的人。白婆婆生活在阴暗的老屋，时而莫名消失时而突然现身，仿佛是"活着的鬼"。马挖苦"人兽相通"，通晓动物与神鬼的语言，能看到觉悟树上的鬼魂，能听到鬼魂的窃窃私语等等。《米岛》中"人兽相通""人鬼共存"的神秘"米岛"无不是荆楚之地的再现，作品中充斥的鬼魅色彩也无不是荆楚文化的反映。

---

① 王十月：《记忆中乡土是纯美的》，2007 年 8 月 21 日，金羊网—羊城晚报（http://news.sina.com.cn）。

《白斑马》以似有若无的白斑马为线索贯穿整篇小说，使得小说中透露出一种不可为人力所控制的神秘氛围。一开篇，小说就写到一种幽深恐怖的神秘气息：

> 关于白斑马的传说，在人们的茶余饭后越传越玄，而事情的完整经过已成为谜，湮灭在时光的尘埃中。你曾专门去过李固隐居的云林山庄，山庄铁门紧锁，园里荒草萋萋，一些白鸟在园子上空盘旋，不时发出两声锐叫。从此，那园也成谜，引诱你一次次走向它——在黄昏——久久徘徊。你从没敢走进园子，也无法走进，园门上那一道封条，将你拒之门外。

根据王十月在《安魂曲·后记》所谈，他现在就住在《白斑马》中的那个"木头镇。"小镇有一座观音山，上顶端坐着据说是世界上最高的花岗石雕观世音菩萨。站在我家的楼顶，眺望远方山顶隐约可见的观世音，心里时常会生出错觉，生出许多似幻似真的镜像。"山中的氤氲之气，历来为营造玄幻的好地方。配以山中的鸟叫声，为神秘幽深的深山增色不少。这是现在王十月居住之地，也是儿时故乡的记忆再现。

"经验当然重要。没有哪个人能脱离他的生活经验看问题，也没有哪个人能完全脱离他的生活经验写作。哪怕他的写作是远离现实的，但其中的价值取向、情感取舍、对世界的看法，无不是建立在他的生活经验与阅读经验之上的。"[①] 童年记忆往往是一个作家写作的原始起点。对故乡的某一个特殊空间的追忆是作家进行创作的动力之一。王十月家乡中的那株"古榕"，人人敬畏，为人们敬拜；因为它的神秘，大家敬而远之。对王十月而言，这是一株不可言说的神秘之树，它是饱含了儿时记忆的神秘"空间"。"古树"是生长空间中的一个"形象"，带着具有空间性的记忆，王十月开始了以"古树"为叙述者的文本叙述。马、山庄、园子、鸟等都是王十月家乡的景象。在他的回忆中，故乡"曾经是有许多大树的。屋后的山上，就有许多高大的栗树。小时，常去树下捡了栗树果做成玩具……屋前曾有一株硕大的苦楝，树上住一窝喜鹊，冬天，总有成群的

[①] 《石首籍作家王十月接受〈青年报〉特约专访》（http://www.sohu.com/a/122778140_380360）。

八哥来抢喜鹊的窝,于是喜鹊一家奋起反抗,保卫自己的家园。"(王十月·中篇小说集《安魂曲·后记》)正是记忆中的那些小小空间——古树、鸟、山坡,丰富了王十月的想象与创造力,充实了他的写作。

人的一生不同阶段由不同的人与不同的事填充着。儿时,故乡的小桥流水、枯藤老树昏鸦是我们童年的最美陪伴者;经历了岁月的沧桑,回望故乡的景与物时,又是另一番感慨。

> 回了一趟老家
> 湖北石首
> 故乡下雨
> 门前的池塘涨满春
> 草木绿得能哈出水
>
> ——王十月《回家》

一草一木、一花一池等"空间"承载着打工作家的记忆。他们对家乡的回望与审视往往是从故乡的这些小小"生存空间"入手。草木还是那么绿,池塘里依然呈现它原来的面目。却在由城返乡的他们眼里显得有点凄凉。"回家"时"故乡"在"下雨",这是对自然天气的书写,更是当时作者心理感受的外现。在《寻根团》中,王十月对"我"回乡时所见所闻所感进行了如下书写:

> 从古琴镇到烟村的路,过去那条坑坑洼洼的石子路变成了水泥路……下了摩托,闻到一股古怪的气味……开春了,不见田里有人干活,倒是家家都在打麻将。快到生活了一二十年的家时,却发现离家不远的路口没路了,苦艾齐膝,野草疯长……只好拿脚先把苦艾趟开慢慢往前走,连日的阴雨,艾草上缀满了水珠,才走三五米远,裤管已湿透,鞋里也进了水。空气中弥漫着苦艾的芬芳,王六一干脆不管不顾,就这样趟进了齐腰深的苦艾中,又有十几米,转过一间欲倒的房屋,那是邻居吴小伟的家。吴家门口荒草萋萋,大门敞开,屋里空空荡荡,蛛网结尘……转过吴家屋角,就见着自己的家了。家还是那个家,只是已经破败,屋顶中间塌了下去,几根巨大的竹突破了屋顶穿堂而出,荒草苦艾一直蔓延到了台阶上,铺过水泥的台阶被蹭出来

的竹根顶得七拱八翘。

雨、绿草、竹子等是作品中王六一的故乡景物，更是作者在外漂泊多年对自己故乡的回忆。自然，这些景物涂抹上了王十月的情感记忆。由于记忆的空间特性，可以通过"雨""草""竹子"等复活作家的记忆。就如王十月所谈的那样，中篇小说《寻根团》是他"第一次用文学回望并审视我的故乡，打量那片土地上人的生存困境与精神苦难。我的故乡书写，不再是《烟村故事》中的唯美与抒情"。

林坚《别人的城市》中由城返乡的段志回到故乡时，有如下感触：

> 这座历史悠久的古城，现在正睡得不省人事，大街小巷沉寂无声。我孤独地走在肮脏乌黑的马路上，在我的左边，是伤痕累累的古城墙，另一边，是粗壮的凤凰树。正是凤凰花开的季节，夜风吹过，不时有花瓣落在我的身上。月色朗朗中，还见着一抹鲜艳。凤凰城，这个名字的来历，想是来自这众多凤凰树的启示吧？然而，凤凰花勾起的回忆和情感，竟然和我像相隔如海的两岸。我在这生活的十八年，竟然是莽莽苍苍一片空白。我惊骇地发现，我已无法寻见重新焊接的缝口了。

段志在城市饱受了艰难困苦与漂泊无根的煎熬，回到故乡依然觉得是无主的孤魂。在此地生活了十八年，一切都非常熟悉，却又是那么陌生。古城在沉睡，没有因为主人的归来而欢呼雀跃；马路和城墙肮脏乌黑、伤痕累累；凤凰花飘落，它勾起的回忆和情感，竟然像相隔如海的两岸……他再也无法寻见重新焊接的缝口了，孤寂、凄清、飘零之感油然而生。主人公段志是漂泊无根的，作者林坚觉得自己也是无根的。林坚在《在别人的城市寻找灵魂的根——〈别人的城市〉》中谈道：

> 我是一个没有根的人。
> 我母亲是小学教师，因为家庭成分有问题，被人歧视之余，组织上也习惯了三年便叫我们挪一次窝，从这一村被遣到那一村去。前来接应的村民都是憨厚和善良的人，挑着我们的家什，又用箩筐把我装上，挑着，一路不歇地走在弯弯曲曲的山路上，我迎着白花花的阳

光，凝望着天。这样动荡的日子，直到我上初中的时候，才告结束，那时已经是 77 年了。

我从小走的地方多，好像一颗种子撒在地里，才发芽还来不及长出根须。所以在我的人生字典里，故乡、故土这样一些撩动情思的字眼是空缺不存的。浮梗飘萍，人生如寄，我倒是有着更深的体会。

由此可见，主人公段志的感触是林坚情感的外化。通过段志眼中的景物——古城、城墙、凤凰花等"空间"再现了作者的情感记忆。

诗人郑小琼时隔多年再次回到家乡，回到龙门镇，看到的是"城市化的推土机用野蛮力量摧毁了我们过去的传统与旧物，这种摧毁不仅仅是在物上，更摧毁了人们祖祖辈辈传下来的生活习俗。当桑树林、芭茅地、竹林、树木、幽深的小径被毁掉了，当屋舍面目全非之后，故乡人的生活与情感等都发生了巨大的变化"。中国乡村发生了巨大的变化，昔日温情脉脉的江水、建筑，郁郁葱葱的树木等早已被城市现代化同化了。她有感而发写下了《在龙门》这首诗：

> 悲悯的风拐弯
> 树木古旧的姿势
> 偏执而阴凉的嘉陵江辨认着江山
> 几只孤独的斑鸠从河滩上飞过
> 光秃秃的被挖掘的河堤
> 它们起伏
> 叫着 这令人悲伤的声音
> 喝多农药的土地间残剩的桑枝
> 瘦小 孱弱 支不起斑鸠们的巢
> 它们叫着 在浑浊的江水中
> 破旧的街道与河滩上新修的龙王庙
> 对岸倒闭的丝绸厂它阔大的阴影
> 这片低矮的事物令人胆寒的虚幻
> 洗衣的农妇让我找回短暂的童年
> 现在 我记录着这个川北小镇
> 那些永不会再返的事物

它们饱含 悲伤或喜悦
　　长流不息的江水
　　这码头小镇苦楚而严峻的命运……

这个川北小镇本来承载了诗人太多美好的回忆，而如今随着现代化进程的推进，出现在诗人眼前的是河堤被挖掘、江水浑浊、街道破旧等景象。

总之，这些小小的"空间"元素，具有空间特性的人、事、物都或多或少地负载着人的记忆。记忆与空间的联系错综复杂，可以利用空间复活记忆，成就叙述活动；可以利用空间来重塑或证明一件事或一个梦境，达到某个叙述目的。

第二节　文人作家：想象的空间性

康德把想象力分为两种：一是"再生的想象力"，二是"创造的想象力"。第一种想象力是指回忆或联想的能力，它"只是受制于经验规律即联想律的"。"创造的想象力"在认识方面有两种作用：一是把先后在时间中呈现的各种感觉因素结合为单一整体的感觉对象的能力，二是联结感性直观和知性概念。[①] 康德认为这种"受制于经验规律"的想象只是浅层次的"简单的想象"；"创造性"的、"综合性"的想象可以将各种因素、各感性直观、不在场与在场等联结起来，对创作等具有非常重要的意义。想象与记忆有千丝万缕的联系，但"记忆毕竟是以'客观地'复现逝去的、不在场的事物为目的，哪怕这种'复现'在事实上是不可能的；而想象尽管也以感官感觉过的事物的印象为基础，但在想象的过程中有时也会渗入子虚乌有的完全虚构的东西，这种虚构在'简单的想象'就会出现，而不仅仅产生于'复合的想象'中的那种张冠李戴"[②]。

想象可以将"不在场"与"在场"联结起来，使未直接出场的东西显示出来。要达到这个目的，想象往往要借助某个具体的"形象"来完

[①]　[德]康德：《纯粹理性批判》，转引自张世英《论想象》，《江苏社会科学》2004年第2期。

[②]　龙迪勇：《空间叙事研究》，生活·读书·新知三联书店2014年版，第38页。

成，或基于空间中的某个地方、某个填塞物来帮助完成。就如霍布斯在《利维坦》中说道："我们所想象的任何事物都是有限的。因此，没有任何事物的观念或概念是可以称为无限的。任何人的心中都不可能具有无限大的映像，也不可能想象出无限的速度、无限的时间、无限的外力、无限的力量。当我们说任何事物是无限的时候，意思只是我们无法知道这种事物的终极与范围，所知道的只是自己无能为力。""由于我们所能想象的一切都莫不是首先曾经全部一次或部分地经过感官感知，所以我们便不可能具有代表未曾经过感官感知的事物的思想。这样说来，任何人要想象一个事物时就必须想象它是存在于某一个地方，并具有确定的大小，而且也能分成部分。此外，我们不能想象任何事物会全部在某一个地方，而同时又全部在另一个地方；也不能设想两个或更多的事物一次并同时存在于同一个地方。"① 霍布斯说想象是"有限"的。一个人的想象是基于他的"感官感知"，想象"存在于某一个地方"，也就是说想象具有空间性。想象将"感官感知"到的某个具体地方为中心点，进而将其他与之相关联的事件、人物等联结起来。对此，米沃什也有所论述："想象力总是具有空间的属性，指向东西南北，其中心点一定是个非常重要的地方，这也许是孩提时代的某一村庄或者出生地。只要这个作家还呆在自己的国家里，那么以这个中心之地为圆心不断向外延伸，直到在某种程度上等同于他的国家。流放将那个中心取消，或者又建立了另外两个中心。想象力将它现在所处的环境跟'那边'——就我而言，指的是欧洲大陆的某个地方——联系起来，甚至依然指向四个基本的方向，就像我未曾离开过一样。与此同时，东西南北各方向由我目前所居之地决定，我此刻正在此地写作。"② 这也就是说，想象总是以某个地方（比如，出生地或居住地）为中心点，向外延伸至其他地方，构建与之相关联的一个事件圈。这个圆圈的中心点，是想象的开端点，也是想象的归宿地。

每一个作家笔下都有一个想象的文学世界，每一类创作群也有一个相似的想象范围。打工文学中文人作家属于"体制内"的，缺少打工作家那份特有的打工经历。因而，他们在书写农民工的物质与精神情状时，往往呈现出诗意化的想象。例如，迟子建在《踏着月光的行板》中描写了一对打工夫妇

---

① ［英］霍布斯：《利维坦》，黎思复、黎廷弼译，商务印书馆1985年版，第17页。
② ［波］米沃什：《米沃什散文三篇·流亡注解》，《世界文学》2009年第1期。

特殊的一天。为了中秋节的团聚，为了给对方惊喜，王锐与林秀珊各自踏上了去往对方所在地的火车，当到达目的地时却被告知彼此把对方错过了，于是又踏上了回去的火车，希望在彼岸能重逢，然而巧合再次发生，两人又一次一起乘坐火车到达了对方刚才所在的位置，最后只能在相向而行的火车上透过窗户实现了短暂的眼光交会。平凡如他们，无奈如他们，然而在平凡又无奈忧伤的生活中闪烁着最无私最质朴的爱情。这份诗意化的爱情与生活，与其说是众多如王锐与林秀珊打工者正在经历的，不如说是迟子建的一种诗意化追求。正如迟子建在采访中所说："如果说诗意是艺术的话，那么小说家当然不能放弃对诗意的追求。在这里我要特别强调，我从来没有，将来也不会在作品中回避苦难；我也从来没有，将来也不会在作品中放弃诗意。苦难中的诗意，在我眼里是文学的王冠。"《踏着月光的行板》恰好是迟子建这种思想的完美展示。小说中苦难生活的诗意化，在平凡生活中追求诗意的呈现，是以火车这一空间为中心，展开诗意的想象。

> 林秀珊每次来到火车站，都有置身牲口棚的感觉。火车的汽笛声在她听来就像形形色色牲口的叫声。有的像牛叫，有的像驴叫，还有的像饿极了的猪的叫声。所以那一列列的火车，在她眼里也都是牲口的模样。疾驰的特快列车像脱缰的野马，不紧不慢的直快列车像灵巧的羊在野地中漫步，而她常乘坐的慢车，就像吃足了草的牛在安闲地游走。
> 坐在慢车上，却能尽情饱览沿途风光……即便是单调的树、低矮的土房和田，野外的荒坟，她都觉得那风景是有韵味的。这些景致本来是死气沉沉的，可因为火车的驶动，它们就仿佛全成了活物。那树木像瘦高的人在急急地赶路，土房就像一台台拖拉机在突突地跑，而荒坟则像一只只蠕动的大青蛙。

林秀珊身处城市，却来自农村。这种特殊性致使她容易将在火车上所见与农村的景象联结起来。火车载着旅行的人们开往远方，也载着林秀珊的思绪回到了农村。火车联结了城市与故乡。城市与故乡是想象的两个中心点，在林秀珊的眼中实现了诗意的结合。故乡是一个人出生与成长的地方，那里有我们童年的欢笑与泪水，有我们成长的痕迹。故而，林秀珊来到了城市空间，看到了现代性空间——火车，想象到的却是故乡的牛、驴、猪、羊等牲口，是土房、田野、荒坟等家乡场景。城市与农村，一个居住地,一个出生地,两个想象的中心地,在作家的笔下实现了城市艰辛状态与乡土诗意化的完美融合。

小说中有不少地方实现了作者对城市与乡村的诗意想象。如在无人候车的公交汽车站时,作者是这样描写的:

> 月光照着马路,照着树,照着那个冷清得没有一个人候车的公交汽车站。王锐看着路面上杨树的影子,觉得它们就是一片静悄悄开放的花朵。

对林秀珊的床单,作者如是写道:

> 这床单碧绿的地,上面印满了大朵大朵的向日葵。躺在上面,就有置身花丛的感觉,暖洋洋的,似乎能闻到一股淡淡的馨香。

"床单"这一"生存空间",是家宅中的一件物品,方方正正的形状就如一间房子。它能给人安全感、稳定感,也是漂泊在外的游子以城市为中心展开想象的另一端。"床单"是城市中的想象"空间",由它出发联结了城市与农村,现在与过去。"床单"具有了"家宅"的功能,可以安顿记忆,容纳想象:"由于有了家宅,我们的很多回忆都被安顿下来,而且如果家宅稍微精致一点,如果它有地窖和阁楼、角落和走廊,我们的回忆所具有的藏身之所就更好地被刻画出来。我们终生都在梦想回到那些地方。……在我们的记忆这个过去的剧场里,背景保存了人物的主要角色。人们有时以为能在时间中认出自己,然而人们认识的只是在安稳的存在所处的空间中的一系列定格,这个存在不愿意流逝,当他出发寻找逝去的时光时,他想要在这段过去中'悬置'时间的飞逝。空间在千万个小洞里保存着压缩的时间。"① "床单"只是"家宅"中的一件物什,但它也是我们"回忆"的"藏身之所",可以"悬置"时间,联结过去。由斜纹床单上"碧绿"的颜色,生发出对故乡的美好想象。

迟子建单纯的城市背景,使得她在作品中完成了城市与乡村两个空间

---

① [法]加斯东·巴什拉:《空间的诗学》,张逸婧译,上海译文出版社2009年版,第6—7页。

诗意化的想象。对孙惠芬、贾平凹等有一定的乡村背景作家来说，他们有两个想象中心点，一个是城市，一个是农村，两个都是他们的故乡。或许由于他们没有打工经历，在作品中往往也呈现出城市与乡村的两相融合。两个本不相兼容的地方，在他们笔下，有一个很好的解决办法，就是"两相融合"。米沃什说："想象力趋向于孩提时代某个遥远的区域，这是怀旧文学典型的主题（空间的距离通常是个幌子，真正的距离是普鲁斯特意义上的时间距离）。怀旧文学不算稀奇，他只是处理个人跟故土疏离感这一主题的一种表现形式。不能忽视这个新的中心地，人不能游离于地球之外，他总要有一席之地。这就产生了一个奇怪的现象：两个中心，或者说围绕这两个中心的两块地方互相干扰或者——这是个很好的解决办法——两相融合。"① 在贾平凹的《高兴》中对妓女孟夷纯的诗意化想象体现得淋漓尽致。作者在小说中借用了两个独特的意象——高跟鞋与锁骨菩萨，帮助主人公刘高兴实现了爱情与性的诗意化想象。

刘高兴在农村未过门的媳妇跑了之后，来到城市特意买了一双"高跟尖头皮鞋"，并且放在墙头上方的架板上供奉起来。在"床上的墙上钉着一个架板，架板上放着一双女式的高跟尖头皮鞋，灯照得皮鞋光亮"。每到了晚上，刘高兴就会小心翼翼地擦拭这双皮鞋。鞋是一种客体，本身是一种空间呈现。由低而高敞开的鞋口宛若一张鞋床。由这一空间——"鞋床"，刘高兴想到了城市女性，甚至是性。以鞋喻性，在古代文学中就常有出现，为此叶舒宪先生说："若从原型批评的视野上看，鞋在中国古代文学中以其特有的性象征意义而占据着引人注目的地位。特别是女性人物的鞋，在作品中层出不穷，总是或比或兴地与女主人公构成隐喻或换喻的关系。"② 在潘光旦为《性心理学》的译注中也有对"以鞋喻性"的论述："把足和性器官联系在一起，原是中外古今很普遍的一个趋势，所以恋足现象的产生可以说是有一个自然的根柢的。"③ 可见，以鞋喻性的空间想象可以说是一个跨时代、跨民族、跨文化的创造。在小说《高兴》中，刘高兴因为爱情失意而进驻城市，因高跟鞋而恋上城市、恋上妓女孟

---

① ［波］米沃什：《米沃什散文三篇·流亡注解》，《世界文学》2009年第1期。
② 叶舒宪：《高唐神女与维纳斯》，中国社会科学出版社1997年版，第558页。
③ ［英］蔼理士：《性心理学》，潘光旦译注，生活·读书·新知三联书店1987年版，第206页。

夷纯。在农村贫穷建不起房子，未过门的妻子离他而去，为此"特意买了一双女式高跟尖头皮鞋"。并自我安慰道："我的老婆是穿高跟尖头皮鞋的！""能穿高跟尖头皮鞋的当然是西安的女人。"刘高兴的买鞋行为及想象，其实是对性的一种"转借"想象。把鞋子放在架板上，经常擦拭，那份虔诚敬畏之心莫不是对性的崇敬。这是从男性的视角，完成对女性的想象、对性的想象。

来到西安城后，刘高兴发现城里的美女都穿高跟鞋，都有一双精致的脚。为此，开始寻找穿着与他买的高跟鞋一样的城里女性。终于，一次收破烂时偶遇了穿着和他买的一模一样的高跟鞋的孟夷纯。在庆幸多年来的梦想可以近距离接近的时候，却发现孟夷纯是个妓女。当得知孟夷纯是因为协助警察追查杀死他哥哥的凶手需要注入大量的资金，而被迫落入红尘时，刘高兴肃然了，觉得她就是一个"锁骨菩萨"的化身。为此，他经常资助孟夷纯，几百元几十元地送钱给她。并想象着和孟夷纯在一起的城市生活：

> 我每日去拾垃圾，回家了说：孟夷纯，我回来了！给她买了衣服，给她捎一个油饼，我们坐在屋里一边手拍着蚊子一边说话，讨论我们的屋墙上应该粉刷了，窗子前得放个沙发呀，沙发要那种棉布的，坐上舒服。对了，买个洗衣机，有洗衣机就不让她洗衣服。厨房窗上得钉上一排挂钩，挂熏肉，挂豆腐干。浆水菜瓮往哪儿放呢？是不是还养几只鸡，养个小狗，对，养个哈巴狗，我去拾破烂了有哈巴狗陪伴她。哈巴狗要那种黑毛的，一般人喜欢白毛，我觉得黑毛比白毛好看，要黑毛。

刘高兴由"尖头高跟鞋"的空间想象上升到了对城市爱情的空间想象。屋子、沙发等组成的"家宅"能"庇护着梦想，家宅保护着梦想者，家宅让我们能够在安详中做梦"[①]。对于从农村来到城市的打工者而言，有着"出生地"与"居住地"之分，以这两个空间为中心的想象往往带有两种色彩。不难看出，"家宅"是刘高兴对城市生活与城市爱情的想象起点与终点。刘高兴以"家宅"为中心的对爱情生活的想象夹杂着现代

[①] [法]加斯东·巴什拉：《空间的诗学》，张逸婧译，上海译文出版社2009年版，第4页。

气息与农村风味。"家宅"中"沙发""洗衣机"等更具现代性的物什代表了刘高兴对城市生活的最现代性想象。在窗上挂"熏肉""豆腐干",在家里养小鸡、小狗等农村特色,也一应"移植"到了城里的家中。杂糅着农村风味与现代城市特色的"梦想",使得"家宅"这一空间更有特色、更富有想象性。对刘高兴一个地地道道的农民工而言,这种以"家宅"为中心的想象,或许是他最极致、最诗意化的想象了。

孟夷纯使刘高兴的拾垃圾工作变得更有意义,使刘高兴变得更充满着诗情画意。在刘高兴眼里,孟夷纯虽是妓女,但她犹如"锁骨菩萨"般高尚。帮助刘高兴实现如此诗意般想象的那座"塔""不粗,造型却奇特,似乎两头小中间大","顶部已坍,长着荒草,竟还有一棵树,像是皂角树,蛇一样从砖缝长出来"。塔下唯一的石碑还"断裂过,明显的有粘胶粘起来的痕迹"。"造型奇特"的塔是有边界的"空间",在这个空间里有一棵"皂角树","蛇一样从砖缝长出来"隐喻着刘高兴与孟夷纯的爱情在城市这座"异域空间"里,不受环境的限制、不受文化的阈限疯狂地成长;更喻示着孟夷纯虽已是污秽之身,品质的高尚却越发灼灼发光。由石碑引出"锁骨菩萨"的故事,实现刘高兴心目中对妓女孟夷纯圣洁的想象。这与其说是作品中人物刘高兴由"塔""碑"等空间生发出去的一种想象,不如说是作者贾平凹先生对"自我"的另一个假设性想象。贾平凹以城市生存空间中的一个微小空间——"碑"为中心,生发了关于农民工的一系列想象。作品中刘高兴是一个与众不同的拾荒人:喜欢吹箫、听鸟鸣,有一定音乐细胞;懂得欣赏云彩、花朵,颇有古典情怀;具有对现实世界的诗意感受与哲学式论断的智慧;叛逆的恋爱观;很有蔑视达官显贵的风骨等。这个刘高兴不过是作者自己的另一种假设。就如贾平凹在《高兴·后记一》中所说,"如果我不是一九七二年以工农兵上大学那个偶然的机会进了城,我肯定也是农民,到了五十多岁了,也肯定来拾垃圾"。只不过,作者将自己现有的知性与智慧给予在"刘高兴"身上,所以"刘高兴"是个有个性的诗人农民工!于是,"刘高兴"有权赋予孟夷纯以"锁骨菩萨"的圣洁品格,有权爱上一个妓女的灵魂。因为"这个优秀的散文作家事实上从来都将小说视作想象性自传"[①]。

---

① 马陌上:《"天启"与"悲悯":贾平凹的农民工诗学问题》,中文百科在线(http://www.zwbk.org/MyLemmaShow.aspx?lid=106604)。

附录：本书所涉及的作品

贾平凹：《高兴》，译林出版社 2012 年版。
王十月：《烦躁不安》，花城出版社 2004 年版。
王十月：《无碑》，花城出版社 2009 年版。
王十月：《出租屋里的磨刀声》，《作品》2000 年第 6 期。
孙慧芬：《吉宽的马车》，作家出版社 2007 年版。
孙慧芬：《歇马山庄的两个女人》，群众出版社 2003 年版。
刘庆邦：《找不着北：保姆在北京》，北京十月文艺出版社 2014 年版。
刘庆邦：《红煤》，北京十月文艺出版社 2009 年版。
刘庆邦：《到城里去》，花城出版社 2010 年版。
商昌宝主编：《接吻长安街：小说视界中的农民工》，北岳文艺出版社 2014 年版。
李肇正：《女佣》，《当代》2001 年第 5 期。
陈应松：《太平狗》，《人民文学》2005 年第 10 期。
杨东明：《姊妹》，中原农民出版社 2006 年版。
荆永鸣：《大声呼吸》，《人民文学》2005 年第 9 期。
李一清：《农民》，四川文艺出版社 2004 年版。
常君：《长在城里的麦子》，《鸭绿江》（下半月版）2008 年第 1 期。
邓一光主编：《王十月作品——开冲床的人》，海天出版社 2012 年版。
陈应松：《像白云一样生活》，《芳草》2007 年第 1 期。
赵本夫：《无土时代》，人民文学出版社 2012 年版。
闫永群：《还乡》，花城出版社 2015 年版。

郭建勋：《天堂凹》，珠海出版社 2008 年版。

钟二毛：《旧天堂》，花城出版社 2015 年版。

苦乡：《北京城里的农民工》，中国社会出版社 2009 年版。

艾伟：《小姐们》，《收获》2003 年第 2 期。

白连春：《抢劫》，《佛山文艺》2006 年第 5 期。

蔡其康：《闯上海》，《清明》1989 年第 6 期。

迟子建：《踏着月光的行板》，《收获》2003 年第 6 期。

邓刚：《桑拿》，《十月》2001 年第 6 期。

方格子：《上海一夜》，《西湖》2005 年第 4 期。

关仁山：《九月还乡》，《十月》1996 年第 3 期。

鬼子：《被雨淋湿的河》，《人民文学》1997 年第 5 期。

胡传永：《血泪打工妹》，《北京文学》2003 年第 4 期。

黄秀萍：《绿叶，在风中颤抖》，《特区文学》1992 年第 1 期。

李铁：《城市里的一棵庄稼》，《十月》2004 年第 2 期。

李肇正：《女佣》，《当代》2001 年第 5 期。

尤凤伟：《泥鳅》，春风文艺出版社 2002 年版。

罗伟章：《我们的路》，《长城》2005 年第 3 期。

罗伟章：《大嫂谣》，《人民文学》2005 年第 11 期。

邵丽：《明慧的圣诞》，《十月》2004 年第 6 期。

吴玄：《发廊》，《花城》2002 年第 4 期。

张伟明：《下一站》，《大鹏湾》1989 年第 2 期。

张伟明：《我们的 NT》，《广州文艺》1990 年第 2 期。

乔叶：《紫蔷薇影楼》，《人民文学》2004 年第 11 期。

刘继明：《送你一束红花草》，武汉出版社 2006 年版。

刘继明：《放声歌唱》，《中篇小说选刊》2006 年第 4 期。

郑小琼：诗集《女工记》，花城出版社 2012 年版。

郑小琼：诗集《黄麻岭》，长征出版社 2006 年版。

许强、罗德远、陈忠村等主编：《2008 中国打工诗歌精选》，上海文艺出版社 2009 年版。

许强、罗德远、陈忠村主编：《2009—2010 中国打工诗歌精选》，上海文艺出版社 2010 年版。

许强、陈忠村主编:《2011 年中国打工诗歌精选》,长江文艺出版社 2012 年版。

许强、陈忠村主编:《2013 年中国打工诗歌精选》,长江文艺出版社 2014 年版。

参考文献

书籍类

［英］阿兰·德波顿：《身份的焦虑》，陈广兴、南治国译，上海译文出版社 2009 年版。

［德］埃德蒙特·胡塞尔：《内在时间意识现象学》，杨富斌译，华夏出版社 2000 年版。

［英］蔼理士：《性心理学》，潘光旦译，生活·读书·新知三联书店 1987 年版。

［美］爱德华·W. 苏贾：《后现代地理学——重申社会理论中的空间》，王文斌译，商务印书馆 2004 年版。

［美］Bernard J. Bear：《在意识的剧院中——心灵的工作空间》，陈玉翠译，高等教育出版社 2002 年版。

［英］安东尼·吉登斯：《现代性的后果》，田禾译，译林出版社 2000 年版。

［英］安东尼·吉登斯：《现代性与自我认同》，赵旭东、方文译，生活·读书·新知三联书店 1998 年版。

包亚明主编：《第三空间——去往洛杉矶和其他真实和想象地方的旅程》，上海教育出版社 2005 年版。

包亚明：《游荡者的权力——消费社会与都市文化研究》，中国人民大学出版社 2004 年版。

包亚明主编：《后现代性与地理学的政治》，上海教育出版社 2001 年版。

包亚明主编：《现代性与空间的生产》，上海教育出版社 2003 年版。

［法］保尔·利科：《虚构叙事中时间的塑形》，王文融译，生活·读书·新知三联书店 2003 年版。

［法］鲍德里亚：《物体系》，林志明译，上海人民出版社2001年版。

［法］鲍德里亚：《消费社会》，刘成富、全志刚译，南京大学出版社2006年版。

曹锦清：《黄河边的中国》，上海文艺出版社2004年版。

陈晓明：《无望的叛逆——从现代主义到后结构主义》，山西人民出版社2002年版。

池子华：《农民工与近代社会变迁》，安徽人民出版社2006年版。

［美］戴维·哈维：《后现代的状况——对文化变迁之缘起的探究》，阎嘉译，商务印书馆2003年版。

丁帆：《中国乡土小说史论》，江苏文艺出版社1992年版。

［英］E. M. 福斯特：《小说面面观》，冯涛译，人民文学出版社2009年版。

［德］恩斯特·波佩尔：《意识的限度——关于时间与意识的新见解》，李百涵、韩力译，北京大学出版社2000年版。

范进：《现代乡土小说三家论》，上海三联书店2002年版。

费孝通：《乡土中国　生育制度》，北京大学出版社1999年版。

冯紫岗：《农民问题概论》，岐山书店1929年版。

高秀芹：《文学中的中国城乡》，陕西人民教育出版社2002年版。

葛红兵：《障碍与认同——当代中国文化问题》，学林出版社2000年版。

荒林、王光明：《两性对话世纪中国女性与文学》，中国文联出版社2001年版。

黄曙光：《当代小说中的乡村叙事——关于农民、革命与现代性之关系的文学表达》，巴蜀书社2009年版。

计红芳：《香港南来作家的身份建构》，中国社会科学出版社2007年版。

［法］加斯东·巴什拉：《空间的诗学》，张逸婧译，上海译文出版社2009年版。

江腊生：《新世纪农民工书写研究》，人民出版社2016年版。

柯倩婷：《身体、创伤与性别——中国新时期小说的身体书写》，广东人民出版社2009年版。

［英］雷蒙·威廉斯：《乡村与城市》，韩子满、刘戈、徐珊珊译，商

务印书馆 2004 年版。

李长莉：《晚晴上海社会的变迁——生活与伦理的近代化》，天津人民出版社 2002 年版。

李培林：《农民工——中国进城农民工的经济社会分析》，社会科学文献出版社 2003 年版。

李书磊：《都市的迁徙：现代小说与城市文化》，时代文艺出版社 1993 年版。

李涛、李真：《农民工流动在边缘》，当代中国出版社 2006 年版。

刘雨：《多元矛盾中的个性选择：中国现代作家的生命体验与创作》，吉林教育出版社 2003 年版。

柳鸣九主编：《从现代主义到后现代主义》，中国社会科学出版社 1994 年版。

龙迪勇：《空间叙事研究》，生活·读书·新知三联书店 2014 年版。

卢国显：《农民工：社会距离与制度分析》，社会科学文献出版社 2010 年版。

［美］鲁·阿恩海姆：《对空间与时间的一个规限》，《艺术心理学新论》，郭小平、崔灿译，商务印书馆 1994 年版。

罗钢、刘象愚主编：《后殖民主义文化理论》，中国社会科学出版社 1999 年版。

罗钢、刘象愚主编：《文化研究读本》，中国社会科学出版社 2000 年版。

［英］罗素：《权力论：一个新的社会分析》，靳建国译，东方出版社 1988 年版。

［俄］M. 巴赫金：《小说的时间形式和时空体形式》，《巴赫金全集》，百春仁、晓河译，河北教育出版社 1998 年版。

马藜：《视觉文化下的女性身体叙事》，四川大学出版社 2009 年版。

孟繁华：《传媒与文化领导权——当代中国的文化生产与文化认同》，山东教育出版社 2003 年版。

［法］米歇尔·福柯：《福柯访谈录：权力的眼睛》，严锋译，上海人民出版社 1997 年版。

［法］米歇尔·福柯：《规训与惩罚》，刘北成、杨远婴译，生活·读书·新知三联书店 2007 年版。

［法］莫里斯·布朗肖：《文学空间》，顾嘉琛译，商务印书馆 2003 年版。

［法］莫里斯·梅洛-庞蒂：《知觉的首要地位及其哲学结论》，王东亮译，生活·读书·新知三联书店 2002 年版。

［法］莫里斯·梅洛-庞蒂：《知觉现象学》，姜志辉译，商务印书馆 2001 年版。

［德］尼采：《权力意志》，张念东、凌素心译，中央编译出版社 2000 年版。

［挪威］诺伯格·舒尔兹：《存在·空间·建筑》，尹培桐译，中国建筑工业出版社 1990 年版。

潘泽泉：《社会、主体性与秩序：农民工研究的空间转向》，社会科学文献出版社 2007 年版。

［德］齐奥尔格·西美尔：《时尚的哲学》，费勇译，文化艺术出版社 2001 年版。

沈立人：《中国农民工》，民主与建设出版社 2005 年版。

［英］斯图尔特·霍尔：《表征：文化表象与意指实践》，商务印书馆 2003 年版。

汪民安：《身体、空间和后现代性》，江苏人民出版社 2006 年版。

汪民安、陈永国：《后身体：文化、权力和生命政治学》，吉林人民出版社 2011 年版。

王圣学：《城市化与中国城市化分析》，陕西人民出版社 1992 年版。

王西彦：《悲凉的乡土》，花城出版社 1982 年版。

王志弘：《流动、空间与社会》，田园城市文化事业有限公司 1998 年版。

吴冶平：《空间理论与文学的再现》，甘肃人民出版社 2008 年版。

［英］西莉亚·卢瑞：《消费文化》，张萍译，南京大学出版社 2003 年版。

夏莹：《消费社会理论及其方法论导论——基于鲍德里亚的一种批判理论建构》，中国社会科学出版社 2007 年版。

夏铸九：《空间，历史与社会》，台湾《社会研究丛刊》1995 年版。

谢立中：《现代性、后现代性社会理论》，北京大学出版社 2004 年版。

谢纳：《空间生产与文化表征——空间转向视阈中的文学研究》，中国人民大学出版社 2010 年版。

徐剑艺：《中国人的乡土情结》，上海文艺出版社 1993 年版。

徐巍：《视觉时代的小说空间——视觉文化与中国当代小说演变研究》，学林出版社 2008 年版。

薛毅编：《乡土与中国文化研究》，上海书店出版社 2008 年版。

杨大春：《感性的诗学：梅洛-庞蒂与法国哲学主流》，人民出版社 2005 年版。

杨大春：《语言 身体 他者——当代法国哲学的三大主题》，生活·读书·新知三联书店 2007 年版。

杨宏海主编：《打工世界：青春的涌动》，花城出版社 2000 年版。

杨宏海主编：《打工文学备忘录》，社会科学文献出版社 2007 年版。

杨宏海主编：《打工文学纵横谈》，社会科学文献出版社 2009 年版。

杨治良等：《记忆心理学》，华东师范大学出版社 1999 年版。

[美] 约瑟夫·弗兰克等：《现代小说中的空间形式》，秦林芳编译，北京大学出版社 1991 年版。

张鸿雁：《城市·空间·人际》，东南大学出版社 2003 年版。

张鸿雁：《城市形象与城市文化资本论》，东南大学出版社 2002 年版。

张京媛：《后殖民理论与文化批评》，北京大学出版社 1999 年版。

张丽军：《乡土中国现代性的文学想象——现代作家的农民观与农民形象嬗变研究》，上海三联书店 2009 年版。

张意：《文化与符号权力：布尔迪厄的文化社会学导论》，中国社会科学出版社 2005 年版。

章立明：《文化人类学视野中的身体与性研究》，中国书籍出版社 2013 年版。

章妮：《三城文学"都市乡土"的空间想象》，中国社会科学出版社 2012 年版。

周大鸣：《渴望生存——农民工流动的人类学考察》，中山大学出版社 2005 年版。

周水涛：《论新时期乡村小说的文化意蕴》，华中师范大学出版社 2004 年版。

周水涛、轩红芹、王文初:《新时期农民工题材小说研究》,社会科学文献出版社 2010 年版。

周晓虹:《现代社会心理学》,上海人民出版社 1997 年版。

朱国华:《权力的文化逻辑》,上海三联书店 2004 年版。

Henri Lefebvre, Henri: *The Production of Space*, Trans Donald Nicholson-Smith. Massachusett Blackwell, 1991.

论文类

陈一军:《农民工小说叙事的时空体》,《宁夏社会科学》2012 年第 3 期。

陈竹叶珉:《什么是真正的公共空间?——西方城市公共空间理论与空间公共性的判定》,《国际城市规划》2009 年第 3 期。

丁帆:《"城市异乡者"的梦想与现实——关于文明冲突下乡土描写的转型》,《文学评论》2005 年第 4 期。

丁帆:《文明冲突下的寻找与逃逸——论农民工生存境遇描写的两难选择》,《江海学刊》2005 年第 6 期。

范耀华:《论新时期以来"由乡入城"的文学叙述》,博士学位论文,华东师范大学,2007 年。

[美]菲力普·J. 埃辛顿:《安置过去:历史空间理论的基础》,杨莉译,《江西社会科学》2008 年第 9 期。

冯学勤:《系谱学与身体美学:尼采、福柯、德勒兹》,《文艺理论研究》2009 年第 2 期。

逢增玉、苏奎:《现当代文学视野中的"农民工形象"及叙事》,《兰州大学学报》2008 年第 1 期。

复光:《"身体"辩证》,《江海学刊》2004 年第 2 期。

葛红兵:《让农民发声,还是让农民沉默》,《当代作家评论》2002 年第 5 期。

贺昌盛、王涛:《后现代语境中西方理论术语的"汉译"及其界定》,《厦门大学学报》(哲学社会科学版)2017 年第 3 期。

洪治纲:《底层写作与苦难焦虑症》,《文艺争鸣》2007 年第 10 期。

惠雁冰:《梗阻心理·失落意识·苦涩美学:〈秦腔〉新论》,《理论与创作》2006 年第 4 期。

江腊生：《当下农民工书写的想象性表述》，《文学评论》2008 年第 3 期。

江腊生：《新时期文学狗意象的文化流变》，《中国文学研究》2012 年第 3 期。

李静：《空间转向中的当代中国小说研究》，博士学位论文，苏州大学，2013 年。

刘北成：《福柯史学思想简论》，《史学理论研究》1999 年第 2 期。

刘进：《20 世纪中后期以来的西方空间理论与文学观念》，《文艺理论研究》2007 年第 6 期。

刘伟：《意识形态生产的三种形态：知识、话语和权力》，《马克思主义与现实》2018 年第 1 期。

刘旭：《底层能否摆脱被表述的命运》，《天涯》2004 年第 2 期。

刘雨：《现代作家的故乡记忆与文学的精神还乡》，《东北师范大学学报》（哲学社会科学版）2006 年第 5 期。

刘中一：《乡村性事件：一个有关文化与权力的讨论》，《西北民族大学学报》（哲学社会科学版）2011 年第 5 期。

龙迪勇：《历史叙事的空间基础》，《思想战线》2009 年第 5 期。

龙迪勇：《事件：叙述与阐释》，《江西社会科学》2001 年第 10 期。

卢建红：《"乡愁"的美学——论中国现代文学的"故乡书写"》，《华南师范大学学报》（社会科学版）2012 年第 1 期。

陆扬：《空间理论和文学空间》，《外国文学研究》2004 年第 4 期。

［法］M. 福柯：《另类空间》，王喆译，《世界哲学》2006 年第 6 期。

马大康：《反抗时间：文学与怀旧》，《文学评论》2009 年第 1 期。

孟繁华：《到"城里去"和底层写作》，《文艺争鸣》2007 年第 6 期。

南帆、郑国庆等：《底层经验的文学表述如何可能?》，《上海文学》2005 年第 11 期。

欧阳灿灿：《论福柯理论视野中身体、知识与权力之关系》，《学术论坛》2012 年第 1 期。

潘泽泉：《社会空间的极化与隔离：一项有关城市空间消费的社会学分析》，《社会科学》2005 年第 1 期。

尚杰：《空间的哲学：福柯的"异托邦"概念》，《同济大学学报》（社会科学版）2005 年第 3 期。

苏奎：《漂泊于都市的不安灵魂——中国现代文学中的"城市外来者"研究》，博士学位论文，东北师范大学，2007年。

王光东：《"刘高兴"的精神与尊严——读贾平凹的〈高兴〉》，《扬子江评论》2008年第1期。

王欣、石坚：《时间主题的空间形式：福克纳叙事的空间解读》，《外国文学研究》2007年第5期。

王学谦：《还乡文学：20世纪中国乡土文学的自然文化追求》，《东北师范大学学报》（哲学社会科学版）2001年第4期。

王宗峰：《农民工文学中的空间正义》，《小说评论》2012年第6期。

魏红珊：《农民进城与身份缺失：以罗伟章、夏天敏、邵丽的作品为例》，《中国社会科学院研究生院学报》2008年第6期。

徐德明：《乡下人的记忆与城市的冲突——论新世纪"乡下人进城"小说》，《文艺争鸣·新世纪文学研究》2007年第4期。

徐德明：《乡下人进城的一种叙述——论贾平凹的〈高兴〉》，《文学评论》2008年第1期。

叶君：《诗意地栖居——论乡村家园想象中的客居者"回家"之旅》，《武汉大学学报》（哲学社会科学版）2005年第5期。

赵晓琴：《农民工：日常生活中的身份建构与空间型构》，《社会》2007年第6期第27卷。

周和军：《空间与权力——福柯空间观解析》，《江西社会科学》2007年第4期。

后　　记

在翻阅书籍收集资料的过程中，无意间浏览到一个由内陆移居到香港的作家——曹聚仁。他有了与在香港其他作家一样的地位与名声，有了拥护吹捧他的一批特定的文学爱好者，然而，他却始终认为自己是一块"砌不进墙里的砖"①。是的，在内陆形成的稳定成熟的价值体系、人生观念、文化习俗等已深深地扎根于他的心灵。因而，当置身于香港这一全新的社会文化环境时，过去生活的印记是他无法改变、无力抹除的深深烙痕。这种悬浮感与焦虑感一直萦绕在身份归属与认同的追问中，缠绕在心中。在城市化进程中，有一群进城务工的农民也有着与曹聚仁相同的精神境遇。

相较很多进城打工的同龄人而言，我是幸运的。有一份稳定的相对体面的工作，远离了面朝黄土背朝天的日子。然而进城了，却经常有一种城市是他人的感觉。每年春节前后，农民工候鸟式地往返于家乡与工作之地，又何尝不是我的写照。自从离开父母进了城，每年春节前一个月就开始盘算着回家的日子。实际上，在家里的时间很短。过了正月的头几天，因工作、孩子上兴趣班等原因必须提前离乡。再次准备返回现在居住之地时，内心有失落、有不舍、有留恋，也有期待和憧憬。在读研期间，偶尔阅读到了孙惠芬的《民工》和《歇马山庄的两个女人》等作品。觉得书中的景、情、事、人就在身边，甚是熟悉。或许这就是掩藏于内心深处的乡村情结体现。从而，这群候鸟式的打工者的生存状态和精神图景就成了我的关注点，成了我的研究方向。

---

① 李伟：《曹聚仁传》，南京大学出版社 1993 年版，第 333—334 页：1950 年 6 月，他赴港之前一个月，艾思奇在北京大学的一次演说中谈道："一块砖砌到墙头里去，那就推不动了，落在墙边，不砌进去的话，那就被一脚踢开了！"曹聚仁读后感触很深。在香港多年，他始终认为自己并没有融入这个"自由主义"社会，觉得自己根本不可能砌进去。

据资料统计，截至2017年底，我国农民工数量达28652万人，占据农村人口的48.43%。在现代化与打工浪潮的冲击下，许多中青年农民编织着城市美好的梦想，怀揣着激情，迈出了走向声光电化的都市的脚步，开始了新的人生追求。但是，农民工在由乡进城的进程中，遭遇的不仅仅是全新的物理性生存空间，同时也将自身置于一个完全陌生的文化境遇中。自我的"生存底色——酱紫色"，是他们无意改变或无法彻底涤荡清的；现代都市文明又处处以高姿态强压乡村文化。这使得农民工必定会经历经验的断裂和重组过程中的身份焦虑。

在新时期以来的打工文学中，作家们不仅真实地记录了农民工在异质文化空间中的生活境遇和人生遭际，深刻地再现了他们"边缘人"身份及精神心理的困扰和苦痛，同时也把他们寻求自我认同的焦虑和迷茫作了淋漓尽致的发挥。农民工是处在中国社会转型期的身份特殊的群体。他们是城市里的"农民"，农村里的"城市人"；是脱离了土地的"农民"，又是不具备城市人身份的"工人"。这种边缘化的身份，使得他们像"候鸟"一样徘徊在城乡上空，只能寄居在远离城市中心的某个萧条颓废的城市边缘地带。已内化进身体性情中的生活习性和文化观念，阻碍了他们进一步融入城市；习染了都市文明的现代气息，已发生了变化的生活态度、伦理道德观和人生价值观，使得他们又不能从容地面对乡村、自如地生活在乡村了。"农民工"这种暧昧不清的身份以及充满悖论的生活逻辑，使他们陷入两难的尴尬境地。为了摆脱这种暧昧不清的身份获得"城市人"身份或追寻被现代化所遮蔽的本真的自我，他们在现代都市中又陷入了一个个充满玄幻迷离的追寻"迷宫"。他们不断地在"'放弃自己'和'找回自己'之间寻找身份的建构"①。这种寻找是一种充满艰难而迷离的追寻之旅，对很多人而言，就是一场徒劳无功的迷宫游戏。

尴尬和迷茫却依然表现出韧性和不屈，这是农民工的共性，也是支持我十多年来持续关注民工、坚持做有关农民工方面课题的精神支柱。经过多年的不断努力，书稿就要付样出版了。这是对前一阶段研究的小结，更是未来学术之路的开始。还记得在读研期间获得批准的研究生创新基金《90年代以来农民工题材小说中的身份建构》，是我获得的第一个基金项目。那时，为项目能得到学校和老师的肯定而欣喜；同时，也担心项目是

---

① 计红芳：《香港南来作家的身份建构》，中国社会科学出版社2007年版，第284页。

否能顺利完成。之后，在恩师马大康的悉心指引下，不仅顺利完成了项目，并开启了我对打工文学的研究之路。非常感谢马老师的鼓励与肯定，是他引领我走进打工文学。马老师组织的每月一次的学术讨论，让我有机会接触到西方各种文艺理论，了解到在学界发生的一件重要大事件——空间转向，从而奠定了选择空间视域对打工文学进行研究的基础。

衷心感谢教务处李建军处长。2018年申报江西省社科课题的时候，正好赶上学校审核评估。李老师每天以校为家，一星期难得睡上十几个小时，可是当我电话向他诉说想申报课题却又思想混乱时，他毫不犹豫地约我到办公室面谈，说是这样更能将问题说清说透。还记得那天下午四点到七点多，李老师推掉手上所有的工作，耐心地聆听我的想法，从学理上和课题申报细节等方面提出了很多具有建设性的建议。几天之后，当申报书初步成型之后，李老师从题目、文献综述、研究内容、研究价值等方面都做了认真的修改。感谢黄志刚院长、高建青博士、李艳兰教授、刘旭东博士等对项目申报与开展给予了许多中肯的建议和可贵的帮助；感谢江西师大江腊生博导赠送专著《新世纪农民工书写研究》，并给予远程指导与帮助；感谢江西省社联胡颖峰老师提供的思想与帮助；感谢上海师范大学杨剑龙博导利用来宜春办事的空闲时间约见我，并对书稿提出宝贵建议。感谢中国社会科学出版社任明主任的悉心阅读与指点。正因为在你们的帮助下，书稿才得以顺利完成并出版。

还要感谢我的丈夫李靖波先生给予的支持和帮助。每次申报课题时，我都会先把我的选题和思路跟他探讨，每次他都会耐心地听我讲完，并提出相关建议。也有意见不一致的时候，为此我们都会选择一个角度据理力争，争得面红耳赤。先生是学理科的，他的学理结构与思想经常可以互补我的缺憾。感谢我的女儿李丽菲和儿子李涵科。他们的乖巧、懂事，促使我有更多时间和更多精力顺利完成课题和书稿。在此，想以此书献给我即将参加中考的女儿和还不到一岁的儿子，祝他们健康快乐地成长。感谢我的家人从生活上给予的帮助，解决了我的后顾之忧，让我能更安心地做研究。衷心地感谢他们的理解和帮助。

衷心感谢宜春学院第七辑学者文库的资助和文学新闻传播学院汉语言文学学科建设经费的大力支持。